KB248288

三國志

＊

박상률 완역 삼국지 2

＊

2
완역
三國志
삼국지
영웅들의 다툼
나관중 지음
박상률 옮김
백남원 그림
북플레저

원술

자는 공로. 원소의 사촌 동생으로, 여양 사람이다. 원소와 함께 환관을 몰아낸 뒤 세력을 키우며 조조와 유비에 맞선다. 손 책에게서 옥새를 얻고 스스로 황제를 자칭하지만 끝내 뜻을 이루지 못한다.

동승

헌제의 장인. 조조의 전횡에 분노한 헌제 가 밀지를 내리자, 충집·오자란 등과 함 께 조조를 제거하려 했지만 뜻을 이루지 못한다.

하후돈

자는 원양. 조조와 함께 군사를 일 으킨 위나라의 장수다. 충직하고 강 직한 성품으로 이름을 떨쳤으며, 여 포와의 싸움 중 화살에 맞은 자신의 눈을 뽑아 삼킨 일화로 유명하다. 뒤에 대장군에 오른다.

진궁

자는 공대. 동군 사람이다. 도망 중이던 조조를 구해 함께 달 아났으나, 여백사를 죽이는 모습 을 보고 그를 떠난다. 이후 여포의 책사가 되어 조조와 맞선다.

손책

자는 백부. 오군 부춘 사람으로, 손견의 아들이다. 부친 사후 원술을 따라 힘을 키웠고, 마침내 강동을 평정해 젊은 나이에 패자로 떠오른다. 호쾌하고 기개가 높아 군사의 신임을 얻었다.

태사자

동래 황현 사람. 북해 태수 공융을 도와 황건적의 잔당을 무찌르고, 유비와 연락해 도겸을 구원한다. 이후 손책의 휘하에 들어가 많은 전투에서 공을 세운다.

가후

자는 문화. 처음에는 동탁의 책사였으나, 이각과 곽사를 움직여 여포를 몰아낸다. 이후 조조에게 투항해 책사로 활약하며 조조의 깊은 신임을 받는다.

마등

양주(서량)
한수

옹주

유언

익주

하비 싸움의 서막 (196년)

조조에게 패한 여포는 기주의 원소에게 거절당
하고 서주의 유비에게 몸을 의탁한다. 이것이
곧 하비 싸움(198년)으로 이어지는 갈등의 시작
이 되었다. 하비 싸움은 조조가 하비성을 포위
해 여포를 무찌른 전투다.

헌제, 낙양에서 허도로 천도(196년)

황제 헌제는 전란을 피해 장안에서 낙양을 거쳐 허도로 옮겨갔다. 조조가 황제를 보호하며 허도에 새 도읍을 정한 뒤 이를 계기로 정권을 장악했다.

* 이 지도는 이해를 돕기 위해 정사 삼국지를 바탕으로 한 것으로, 소설 속 삼국지와 일부 차이가 있을 수 있습니다.

일러두기

1. 옮길 때 바탕으로 삼은 책은 중국의 강소고적출판사江蘇古籍出版社에서
   1999년에 펴낸《수상삼국연의繡像三國演義》이다.

2. 각 권 및 각 회의 제목은 원문에 없어 옮긴이가 달았다.

3. 본문에 나오는 열두 달의 월은 원문 그대로 따랐다.

4. 황제·왕·임금 따위의 부르거나 가리키는 말은 될 수 있으면 객관적으로 썼다.
   특별히 유비를 선주, 유선을 후주 하는 식으로 따로 대우하지 않았다.

5. 짐朕/고孤·신臣·경卿 등은 나·저·그대 등 우리 시대에 맞는 말투로 바꾸었다.
   굳이 봉건시대에 쓰던 그대로 할 까닭이 없어서였다.

6. 사람 이름은 대화문에서는 자, 호, 벼슬 이름, 고향 이름 등 부르는 사람의
   처지에서 쓰는 대로 했으나, 지문에서는 본디 이름으로 통일하여 썼다.

7. 숫자는 대화문 속에서는 우리말로 소리 나는 그대로 적고, 지문에서는
   아라비아숫자로 적는 것을 기준으로 했다.

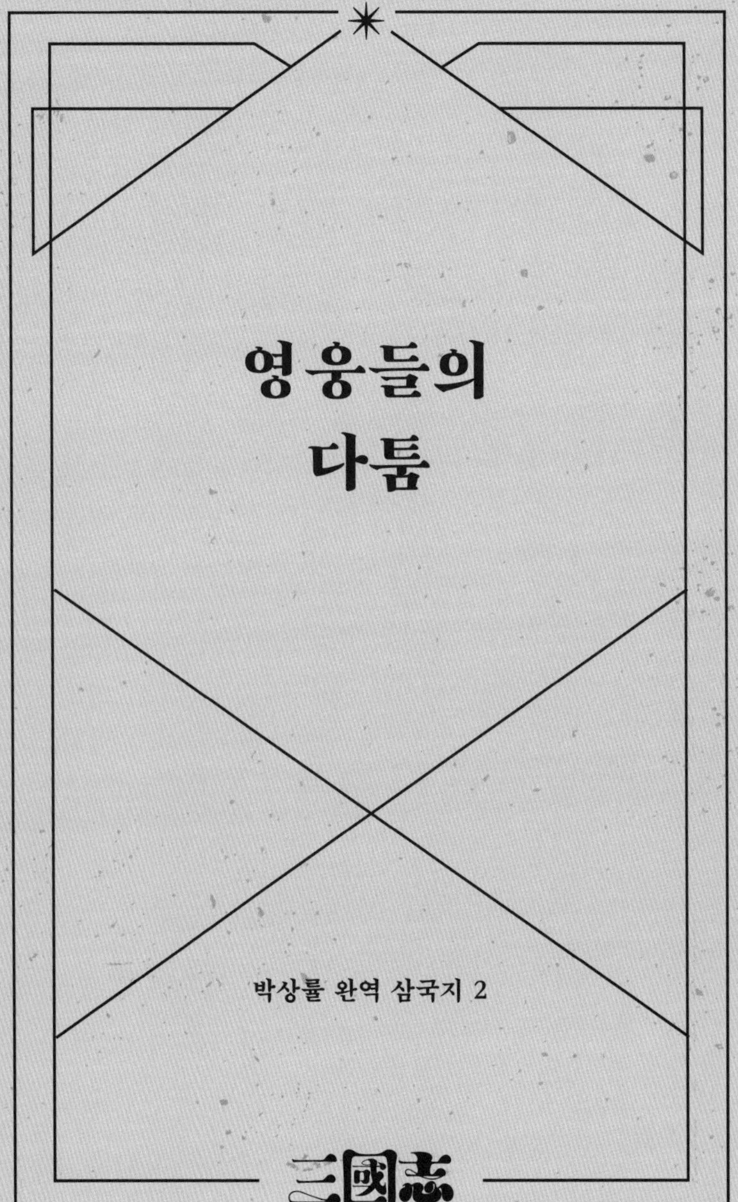

영웅들의 다툼

박상률 완역 삼국지 2

三國志

이각과 곽사의 다툼

이각과 곽사는 한판 크게 싸우고
양봉과 동승은 황제를 보호하다

조조는 정도에서 여포를 크게 무찔렀다. 바닷가로 달아난 여포는 패잔병들을 끌어모았다. 장수들까지 여럿 모이자 여포는 조조와 다시 한판 붙을 궁리를 했다.

진궁이 말렸다.

"지금 조조군은 기운이 오를 대로 올라 있어 맞붙어서는 안 됩니다. 먼저 발붙일 곳부터 찾고서 다시 싸워도 늦지 않습니다."

"다시 원소한테 가면 어떻겠소?"

"먼저 기주로 사람을 보내 사정을 알아본 다음에 결정하시지요."

여포가 고개를 끄덕였다.

한편 기주에 있는 원소는 조조와 여포가 싸우고 있는 사정을 다 알고 있었다. 모사인 심배가 원소를 부추겼다.

"여포는 승냥이나 이리 같은 인간입니다. 만약 연주를 차지하면 그다음엔 기주를 넘볼 겁니다. 조조를 도와 여포를 쳐서 뒤탈을 없애는 게 좋겠습니다."

원소는 안량더러 군사 5만 명을 이끌고 가서 조조를 돕도록 했다. 이 소식은 바로 여포에게 알려졌다. 놀란 여포는 진궁을 급히 찾았다.

"들리는 소문에 따르면 유현덕이 서주를 다스리게 되었다 합니다. 그쪽으로 가야겠습니다."

여포는 진궁의 말을 좇아 서주로 떠났다. 이 소식은 곧장 유비에게 들어갔다.

"여포는 아주 씩씩한 사람이오. 나가서 맞아들여야겠소."

그러나 미축이 반대했다.

"여포는 범이나 이리 같은 인간입니다. 받아들이면 안 됩니다. 언젠가는 해코지를 할 인간입니다."

"지난번에 여포가 연주를 치지 않았다면 여기가 괜찮았겠소? 오갈 데가 없어 나를 믿고 오는데 어찌 딴마음을 먹겠소?"

장비가 못마땅해서 툭 내뱉었다.

"형님은 속도 좋으시오. 어찌 됐든 조심은 해야지요."

유비는 아랫사람들을 거느리고 성 밖 30리까지 나가 여포를 맞은 뒤 나란히 말을 타고 돌아왔다. 관아에 이르러 인사를 마치자 여포가 먼저 입을 열었다.

"왕사도와 짜고 동탁을 죽였지만 이각·곽사 때문에 관동 지방을 떠도는 신세가 되었소. 아무도 나를 받아주지 않더군요. 저번에 조조가 제멋대로 서주를 짓밟으려 할 때 사군께서 도겸을 힘껏 도운 일에 힘입어 나는 연주를 쳐서 세력을 나눠놓았소. 그런데 놈의 간사스런 꾀에 빠져 장수와 군사를 잃고 말았소. 이제 사군한테 와서 함께 큰일을 꾀했으면 하는데 뜻이 어떠신지요?"

"도사군께서 돌아가신 뒤 서주를 맡아 다스릴 사람이 마땅치 않아 이 사람이 잠깐 고을 일을 보고 있습니다. 마침 장군께서 오셨으니 이 자리를 물려드릴까 합니다."

유비는 서주를 나타내는 패와 도장을 가져오라 해서 여포에게 주려 했다. 여포는 웬 떡이냐 싶어 그걸 선뜻 받으려 했다. 그 순간 유비 뒤를 보니 관우와 장비가 잔뜩 인상을 찌푸린 채 노려보고 있었다. 여포는 얼른 억지웃음을 지으며 내민 손을 거두었다.

"나같이 재주 없는 사람이 어찌 서주를 맡을 수 있겠소?"

유비는 거듭 권했다. 그러자 진궁이 나섰다.

"강한 손님은 주인을 누르지 않는다 하였습니다. 사군께서는 아무 의심하지 마십시오."

유비는 그때에야 비로소 더 권하지 않고, 잔치를 베풀고 지낼 곳을 마련해주었다.

다음 날 여포는 고마움을 나타내는 뜻으로 술자리를 열어 유비를 불렀다. 유비는 관우·장비와 함께 갔다. 술기운이 무르익자 여포는 유비를 뒤채로 데리고 갔다. 관우·장비도 함께 따라갔다. 여포는 유비에게 절을 시키겠다며 자기 아내와 딸을 불러내려 했다. 유비가 두 번 세 번 받아들이지 않자 여포가 술기운을 빌려 말했다.

"아우는 그렇게 마다할 것 없소."

그 말에 장비가 눈을 부릅뜨고 소리를 질렀다.

"우리 형님은 황실의 후손으로, 황금으로 된 나뭇가지와 옥으로 만든 잎처럼 귀하신 분이다. 네까짓 게 무엇인데 감히 우리 형님을 아우라 하느냐? 나와라! 삼백합이라도 싸워주마!"

유비가 어쩔 줄을 몰라 하며 장비를 꾸짖은 뒤 관우더러 장비를 데리고 나가게 했다.

"미련한 아우놈이 술에 취해 지껄인 소리니까 형님은 마음에 두지 마시오."

장비가 여포에게 싸움을 걸다.

여포는 아무 말도 하지 않았다. 술자리는 곧 끝나고 말았다. 유비가 돌아가려 하자 여포가 배웅하러 밖으로 따라나왔다. 바로 그때 창을 든 장비가 말을 달려오며 외쳤다.

"여포야! 나랑 삼백합만 싸워보자!"

유비는 관우를 시켜 겨우 말렸다.

다음 날 여포가 유비를 찾아왔다.

"사군은 나를 받아주나 아우들이 받아주지 않으니, 나는 다른 데를 찾아 떠나야겠소."

"장군께서 떠나신다면 그건 내 잘못입니다. 아우놈이 장군의 기분을 상하게 한 건 다시 잘못을 빌도록 하겠소. 여기서 가까운 곳에 소패라는 곳이 있습니다. 지난날에 내 군사들이 있던 곳입니다. 비좁긴 하지만 괜찮으시다면 우선 거기 가 계시지요. 먹을거리하고 군사들 필요한 것은 대드리겠소."

여포는 유비에게 고맙다는 인사를 하고 군사들과 함께 소패로 갔다. 여포가 떠난 뒤 유비는 장비를 불러 크게 나무랐다.

한편 조조는 산동 지방을 휩쓸고 나자 조정에 그 사실을 알렸다. 이에 나라에서 조조를 건덕장군 비정후로 삼았다.

이 무렵 이각은 제 마음대로 대사마가 되고, 곽사 역시 스스로 대장군이 되어 멋대로 굴었다. 그러나 누구 하나 그들을 말리지 못했다.

그러던 어느 날 태위 양표와 대사농 주준이 남몰래 헌제를 찾아갔다.

"지금 조조는 군사를 이십만 명도 넘게 거느리고 있고, 모사와 장수도 수십 명이라 합니다. 조조만 끌어들이면 나라를 단단히 붙들어세울 수 있고 간사스런 무리들도 쓸어낼 수 있습니다. 그렇게 하면 세상이 다 편안하겠습니다."

황제가 그 말에 눈물을 흘렸다.

"나는 두 역적놈들한테 업신여김당하고 들들 볶인 지 하루이틀이 아니오. 만일 이 두 놈만 없앨 수 있다면 더 이상 바랄 게 없소."

양표가 말했다.

"저한테 좋은 생각이 있습니다. 먼저 두 역적놈이 서로 싸우게 한 뒤 조조에게 군사를 끌고 와서 그들 무리를 몰아내라는 조서를 내리십시오. 그러면 나라가 편안해집니다."

"어떻게 해야 두 놈이 서로 싸울 수 있겠소?"

"들리는 말에 따르면 곽사 아내는 질투심이 대단하다 합니다. 사람을 보내 두 사람 사이가 벌어지게 부추기면 둘은 서로 죽이려 들 겁니다."

황제는 비밀 조서를 써서 양표에게 주었다. 양표는 물러나오자 아내를 불러 자기 생각을 일렀다. 양표 아내는 곧바로 핑곗거리를 만들어 곽사의 집을 찾은 뒤 때를 보아 곽사 아내에게 속닥였다.

"곽장군님과 이사마 부인이 보통 사이가 아니라는 소문이 들리던데 알고 계시는지요? 만약 이사마께서 아시면 큰일입니다. 두 사람이 어울리지 않도록 얼른 손을 쓰시는 게 좋을 거예요."

곽사 아내의 낯빛이 바뀌었다.

"가끔 집에 들어오지 않기에 왜 그러나 했더니 그런 짓을! 부인이 일러주지 않았으면 모르고 지날 뻔했네요. 마땅히 그리하지 못하도록 막아야지요."

양표 아내가 자리에서 일어나자 곽사 아내는 거듭 고맙다고 했다.

며칠이 지난 어느 날 이각의 집에서 술자리가 열리기에 곽사가 나갈 채비를 하는데 아내가 말렸다.

"이각은 속내를 알 수 없는 사람입니다. 더구나 한 하늘 아래 두 영웅은 있을 수 없습니다. 술자리에 불러놓고 독약이라도 타서 먹이면 제 신세는 뭐가 됩니까?"

곽사는 아내의 말을 곧이듣지 않았으나 거듭 말리는 바람에 술자리에는 나가지 못하고 말았다. 그러자 저녁에 이각이 술과 안주를 보내왔다. 곽사 아내는 아무도 모르게 음식에다 독을 친 다음 상을 차렸다. 곽사가 음식을 막 먹으려 하자 아내가 말렸다.

"밖에서 들어온 음식은 바로 먹으면 안 됩니다."

그러면서 개를 불러 먹여보았다. 음식을 먹은 개가 그 자리에서 픽 쓰러졌다. 곽사는 곧바로 의심하는 마음이 들 수밖에 없었다.

하루는 조회가 끝나자마자 이각이 끌었다. 곽사는 하는 수 없이 이각의 집에 가서 취하도록 술을 마시고 밤이 깊어서야 돌아왔다. 그런데 공교롭게도 배가 아팠다. 곽사 아내는 호들갑을 떨었다.

"틀림없이 독약 탄 술을 마셨지요!"

배탈은 급히 똥물을 마시고 먹은 걸 다 게우고서야 가라앉았다.

곽사는 화가 몹시 나서 소리를 질렀다.

"같이 큰일을 꾀한 이각놈이 이제 와서는 나를 없애려 드는구나! 내가 먼저 손을 쓰지 않았다간 그놈 손에 죽게 생겼다!"

곽사는 본부 군사를 비밀리에 무장시켜 이각을 칠 준비를 마쳤다. 이 일은 곧바로 이각에게 알려졌다. 이각 역시 화를 몹시 내며 소리 질렀다.

"곽사가 어찌 나한테 그럴 수 있단 말이냐!"

이각 역시 본부 군사를 무장시켜 곽사를 치러 갔다.

양쪽 군사 수만 명이 장안성 아래에서 부딪쳐 싸우기 시작했다. 군사들은 싸우는 틈틈이 백성들의 집도 닥치는 대로 털었다.

한편 이각의 조카 이섬은 군사를 끌고 가 궁궐을 에워싼 뒤 수레 두 대를 준비시켰다. 곧 황제와 복황후를 수레에 나눠 태운 다음 가후와 좌영이 맡도록 했다. 궁녀와 환관들은 걸어서 그 뒤를 따랐다. 막 후재문을 빠져나올 때쯤 곽사의 군사가 들이쳤다. 곽사의 군사들이 쏘는 화살에 사람들이 마구 죽어났다. 얼마쯤 지나 이각의 군사가 몰려오자 곽사는 군사를 거두었다. 황제와 복황후를 태운 수레는 위험을 무릅쓰고 성 문을 빠져나와 이각의 군사들이 진을 치고 있는 곳으로 들어갔다.

곽사는 군사들을 끌고 궁으로 들어가 남아 있던 후궁과 궁녀들을 모두 끌어낸 다음 궁궐에 불을 질렀다. 그다음 날에야 이각 쪽에서 황제를 끌고 간 사실을 안 곽사는 군사를 몰고 이각의 영채 앞으로 가 싸움을 벌였다. 양쪽 군사들 싸우는 소리에 황제와 황후는 무서워서 벌벌 떨었다.

훗날 어떤 사람이 이때 일을 두고 지은 시가 있다.

광무제가 다시 일으킨 한나라

 박상률 완역 삼국지 2

열두 황제 대를 물려 이어가더니

어리벙벙한 환제·영제 때 나라 꼴 이지러져

환관들이 설쳐대는 어지러운 세상 되었다네

어리석은 하진이 삼공 되더니만

간사스런 신하 내친다고 더 간사스런 영웅 불렀다네

승냥이 떼는 내쳤지만 범과 이리 부른 꼴이라

서주의 역적놈이 온갖 못된 짓은 다하는구나

왕윤은 미인의 참된 마음 기막히게 이끌어서

부모 자식 노릇하던 동탁과 여포 사이 갈라놓았다네

마귀 같은 놈 사라지면 세상이 다 편할 줄 알았는데

이각·곽사란 놈 들고일어날 줄 누가 알았으랴

우리 땅의 고달픈 시달림을 어찌해야 하나

여섯 궁에서도 배를 곯으며 세상의 다툼을 걱정하네

백성들 마음 흩어지니 하늘의 뜻도 멀어지고

영웅들은 저마다 강산을 나누어 차지하는구나

뒷날의 왕들이여, 이를 보고 본보기 삼아

멀쩡한 강산 단단히 지켜내소

산목숨들 아무 까닭 없이 스러져가

원한 맺힌 넋들의 피 산천에 넘쳐나네

그날의 역사를 살피니 슬픔이 넘쳐나고

옛 궁터에 무성한 잡풀 보니 한숨 또한 넘치도다

곽사가 군사를 거느리고 쳐들어오자 이각이 나왔다. 곽사는 싸움이 쉽지 않자 잠시 군사를 거두었다.

그 사이 이각은 황제와 황후의 수레를 미오로 끌고 가게 한 뒤 조카 이섬에게 감시하도록 했다. 황제 가까이는 아무도 못 가게 하고, 밑에 모시는 사람들 끼니도 제대로 챙겨주지 않았다. 모두들 굶주려 힘들어하자 황제는 아랫사람들을 먹이기 위해 이각에게 사람을 보내 쌀 다섯 섬과 소뼈 다섯 짝을 보내라고 했다. 그러나 이각은 화를 벌컥 냈다.

"아침저녁으로 밥 먹여주면 됐지 뭘 더 달라는 말이냐!"

이각은 상한 고기와 썩은 쌀을 내어주며 가져가라 했다. 냄새가 나서 도무지 먹을 수 없었다. 황제가 이를 부드득 갈았다.

"역적놈이 나를 가지고 노는구나!"

시중 양기가 급히 달랬다.

"이각은 사납고 모질기 짝이 없는 인간입니다. 일이 이렇게 된 마당이니 우선은 참으십시오. 일단 칼날은 피해야 합니다."

황제는 아무 말 없이 고개를 떨구더니 흐르는 눈물을 소매로 닦았다. 바로 그때 곁에 있던 신하들이 웅성거렸다.

"웬 군사들이 몰려옵니다. 창이 번쩍번쩍하고 징 소리가 요란합니다. 폐하를 구하러 오는지 모릅니다."

황제가 누구인지 알아보라 했다. 곽사였다. 황제는 더욱 걱정스러웠다. 밖에서 외침 소리가 크게 났다. 이각이 군사를 이끌고 싸우러 나가는 소리였다.

이각이 채찍으로 곽사를 가리켰다.

"너를 서운하게 대한 일이 없는데 무엇 때문에 나를 해치려 하느냐?"

곽사가 대꾸했다.

"너는 역적질을 한 놈이다. 그래서 없애려고 한다."

"역적질이라니! 나는 여기서 황제를 보호하고 있다."

"너는 지금 황제를 억지로 끌어다 가둬놓고 있다. 보호는 무슨 보호냐!"

"더 떠들지 마라. 군사들도 가만있으라 하고 우리 둘이서 싸워 끝장을 내자. 이기는 쪽이 황제를 맡으면 된다!"

두 사람은 곧바로 앞으로 나와 맞붙었다. 10합을 싸우도록 끝이 나지 않았다. 그때 양표가 말을 달려나오며 소리 질렀다.

"두 장군은 잠깐 멈추시오. 이 늙은이가 두 분의 다툼을 풀려고 대신들을 모셔왔소."

이각과 곽사는 싸움을 멈추고 제가끔 자기 진영으로 돌아갔다. 양표와 주준은 60명 남짓한 조정의 벼슬아치들과 함께 곽사를 찾아가 싸우지 말라고 했다. 곽사는 아무 대꾸 없이 찾아온 사람들을 모두 잡아 가두어버렸다.

벼슬아치들이 아우성쳤다.

"우리는 좋은 일 하자고 찾아왔는데 대체 이런 법이 어디 있소?"

곽사가 대꾸했다.

"이각은 황제도 잡아 가두었는데, 내가 대신들을 가둔 것쯤이야 무슨 문제요?"

양표가 나섰다.

"한 사람은 황제를 잡아 가두고, 또 한 사람은 대신들을 잡아 가두어서 앞으로 어쩌자는 뜻이오?"

곽사가 화를 벌컥 내며 칼을 뽑아 양표를 찌르려 들었다. 중랑장 양밀이 있는 힘을 다해 곽사를 말렸다. 곽사는 양표와 주준만 놓아주고 나머지 사람들은 계속 가두어두었다.

양표가 같이 풀려나온 주준을 보며 어이없어했다.

"나라의 신하가 되어 임금을 제대로 모시지 못하고 있으니 세상 헛살았구려."

두 사람은 서로 부둥켜안고 목놓아 울다가 땅바닥에 그대로 쓰러졌다. 주준은 집으로 돌아가 바로 병을 얻어 죽고 말았다.

이때부터 이각과 곽사는 50일을 넘게 내리 싸우면서 보냈다. 그동안 셀 수 없이 많은 사람들이 죽어 나자빠졌다.

이각은 원래 삿되고 요사스런 짓을 즐겨 했다. 그래서 걸핏하면 군대 안에까지 무당을 데려와 귀신 부르는 굿을 하곤 했다. 가후가 여러 번 말렸으나 듣지 않았다.

시중 양기가 황제에게 조용히 말했다.

"가후는 이각의 가까운 부하이긴 하지만 폐하를 잊고 있지는 않은 듯합니다. 그 사람을 한번 불러다 의논을 해보면 어떨까요?"

그때 마침 가후가 들어왔다. 황제는 곁에 있는 이들을 물러가게 한 뒤 울먹였다.

"한나라를 가엾게 여겨 내 목숨을 구해줄 수 없겠소?"

가후가 엎드려 말했다.

"제가 바라는 바입니다. 더 말씀하지 않으셔도 됩니다. 알아서 하겠습니다."

황제는 눈물을 씻으며 고마워했다. 얼마 지나지 않아 이번엔 이각이 칼을 찬 채 들어왔다. 황제의 낯빛이 흙빛이 되었다.

이각이 황제를 빤히 쳐다보며 말했다.

"곽사가 딴마음을 먹고 대신들을 잡아 가두고 폐하까지

잡아가려 합니다. 저 아니었으면 폐하도 벌써 잡혀갔을지 모릅니다."

황제가 두 손을 모으며 고마워했다. 이각은 아무 말 없이 나가버렸다. 이어 황보력이 들어왔다. 황제는 그가 말을 잘하고 이각과 같은 고향 출신이고 해서 양쪽을 잘 다독거려 보라 했다. 황보력은 먼저 곽사에게 갔다.

곽사가 조건을 걸었다.

"이각이 황제를 풀어준다면 나도 대신들을 바로 풀어주겠소."

황보력은 바로 이각을 찾아갔다.

"황제께서 제가 장군과 같은 서량 사람이라 해서 특별히 두 분의 다툼을 말리도록 부탁하셨소. 곽사는 이미 황제의 뜻에 따른다고 했소. 장군은 어찌하시겠소?"

"나는 여포를 무찔러 쫓아낸 사람이오. 게다가 조정에서 사 년 동안 나랏일을 살피며 쌓은 공도 적지 않다는 사실도 세상이 다 아는 일이오. 곽사는 하잘것없는 말 도둑놈일 뿐이오. 그런데 제깟 놈이 주제넘게 대신들을 잡아 가두고 나에게 맞서다니! 그냥 둘 수 없소. 반드시 잡아 죽이고 말겠소. 내 다스리는 방식이나 군사를 보시오. 곽사 정도를 이기지 못할 이유가 없잖소?"

"장담할 수는 없습니다. 옛날 유궁의 후예는 제 활솜씨만 믿고 어려움이 있을 건 생각도 하지 않고 있다가 마침내 스러지고 말았습니다. 얼마 전, 아무도 못 말릴 힘을 가지고 있던 동태사의 끝이 어찌 되었는지는 장군께서도 잘 아시잖습니까? 은혜를 가장 많이 입었던 여포가 딴마음 품자 동태사의 목도 꼼짝없이 잘리고 말았지요. 그러니 강하다는 것도 믿을 것이 전혀 못 됩니다. 장군께서는 으뜸장수가 되어 황제의 믿음을 나타내는 기와 일을 맡아볼 수 있는 힘을 나타내는 도끼를 지니셨습니다. 게다가 자손과 일가붙이들 또한 모두 높은 벼슬을 하고 있습니다. 그만하면 나라로부터 받은 은혜가 작다고 할 수는 없습니다. 그런데 지금 한 사람은 대신들을 잡고 있고, 또 한 사람은 황제를 잡고 있습니다. 누구 죄가 더 가볍네 무겁네 할 수 있겠습니까?”

이각이 화를 벌컥 내며 칼을 뽑아 들었다.

“황제가 너보고 나를 욕하라고 보냈구나! 내 당장 네 목부터 베어야겠다.”

기도위 양봉이 급히 말렸다.

“곽사를 아직 없애지 못했는데 황제가 보낸 사람을 죽이면 곽사가 군사를 일으킬 핑곗거리만 만들어줍니다. 그러면 제후들도 곽사 편을 듭니다.”

가후까지 나서서 힘껏 말리는 바람에 이각이 조금 누그러졌다. 그 틈을 타 가후는 황보력을 밖으로 내보냈다. 밖으로 나간 황보력이 큰소리로 외쳤다.

"이각은 왜 황제의 명령을 듣지 않는가? 황제를 죽이고 자기가 황제가 되겠다는 속셈인가?"

시중 호막이 급히 말렸다.

"그런 말 마시오. 목숨이 걱정되오."

그러자 황보력은 호막을 꾸짖었다.

"호경재! 너도 이 나라의 신하이면서 어찌 역적놈한테 가서 붙었느냐? '임금이 치욕을 당하면 신하는 죽어야 한다'는 말이 있다. 이각이 나를 죽이면 마땅히 죽겠다!"

황보력은 이각을 계속 꾸짖었다. 이를 안 황제는 황보력에게 서둘러 서량으로 돌아가 있으라 했다.

이각의 군사는 반 넘게 서량 사람들이었으며, 나머지 군사 가운데엔 강족 사람들이 많이 섞여 있었다.

황보력은 서량 사람들에게 내놓고 떠들어댔다.

"이각은 역적질을 하고 있다. 그러니 그놈을 따르면 바로 역적 무리가 된다. 뒤탈이 무서우면 알아서 행동하라!"

서량 사람들 사이에 이 말이 퍼지자 마음이 흔들리는 군사들이 많아졌다. 이런 사실이 알려지자 이각은 화가 머리 끝까지 치솟아 왕창을 시켜 황보력을 잡아오게 하였다. 그러나 왕창은 황보력의 충성스런 마음을 알고 있어서 쫓는 시늉만 하다 돌아와서 적당히 둘러댔다.

“황보력이 어디로 갔는지 찾을 수가 없었습니다.”

한편 가후는 강족 군사들을 쑤셔댔다.

“황제께서 너희들의 충성스런 마음을 다 알고 계신다. 또 오래도록 싸움터에서 시달린 사정도 다 알고 계셔서 이제 고향에 돌아가도 된다는 명령을 몰래 내리셨다. 나중에 상도 내리신다 하셨다.”

그러잖아도 강족 군사들은 이각이 자리도 올려주지 않고 상도 내리지 않는 데 대해 불만이 많았다. 그런 때에 가후의 말을 듣자 모두들 자기 고향으로 돌아가버렸다.

가후는 곧 황제를 찾아갔다.

“이각은 욕심만 많지 꾀는 없습니다. 지금 군사들의 마음이 흩어지고 있어서 속으로는 겁을 많이 먹고 있을 겁니다. 이런 때에 벼슬자리나 높여주면서 끌어당기십시오.”

헌제는 곧바로 이각을 대사마로 삼는다는 조서를 내렸다. 이각은 무척 기뻐했다.

“그동안 여자 무당들이 신을 불러 열심히 기도를 올린 덕이구나.”

이각은 무당들에게 많은 상을 내렸다. 그러나 장수와 군사들에게는 아무런 상을 주지 않았다.

화가 몹시 난 기도위 양봉이 송과에게 툴툴거렸다.

“우리는 죽음을 무릅쓰고 화살과 돌멩이를 맞으며 싸워

왔소. 우리 공이 무당들이 한 일보다 못하단 말이오?"

송과가 고개를 끄덕였다.

"이 역적놈을 죽여서 황제를 구합시다."

"그럼 오늘 밤에 중군에서 불을 지르시오. 그걸 신호로 나는 밖에서 군사를 몰아치겠소."

두 사람은 밤이 너무 깊지 않을 때 일을 치르기로 약속했다. 그러나 뜻밖에도 누군가가 이 일을 이각에게 일러바쳤다. 이각은 크게 화를 내며 송과를 잡아다가 죽여버렸다. 양봉은 송과가 죽은 줄도 모르고 군사를 거느리고 와서 기다렸다. 그러나 불길이 오르지 않았다. 그 대신 이각이 직접 군사를 끌고 나왔다. 양봉은 영채 앞에서 이각과 밤이 깊도록 한판 싸움을 크게 벌였다. 그러나 양봉은 이각을 해보지 못하고 군사들과 함께 서안으로 도망쳤다.

이런 일이 있고 나자 이각의 힘도 점점 약해졌다. 게다가 곽사의 공격도 끊임이 없어 죽어나가는 군사도 자꾸 늘어만 갔다. 그러던 어느 날 급한 보고가 올라왔다.

"장제가 두 분의 다툼을 푼다며 섬서에서 많은 군사를 거느리고 왔습니다. 누구든 자기 말을 듣지 않으면 군사를 몰아 짓이겨버리겠다고 떠든답니다."

더는 큰소리를 칠 수 없게 된 이각은 낮이나 내려고 장제한테 재빠르게 사람을 보내 뜻을 받아들였다. 곽사 역시 더 버틸 처지가 아니어서 장제의 뜻에 따랐다.

장제는 황제에게 홍농으로 가자는 글을 올렸다. 황제가 그 뜻을 기꺼이 받아들였다.

"그러잖아도 동도를 늘 마음속에 두고 있었소. 돌아갈 수만 있다면 정말 좋은 일이오."

황제는 장제를 표기장군으로 삼았다. 장제는 식량·술·고기 따위를 바치며 대신들에게 나눠주도록 했다.

곽사는 대신들을 풀어주었다. 이각은 수레를 갖춘 뒤 지난날의 어림군 수백 명에게 창을 든 채 황제가 동쪽으로 가는 길을 지키도록 했다.

황제 일행이 신풍을 지나 패릉에 이르자 소슬한 가을바람이 가슴을 파고들었다. 갑자기 외침 소리가 일며 군사 수백 명이 다리 위로 몰려와 수레를 가로막고 외쳤다.

"거기 서라! 누구냐?"

시중 양기가 다리 위로 말을 몰았다.

"황제 폐하의 수레가 지나가는데 누가 길을 막느냐?"

장수 둘이 앞으로 나섰다.

"곽장군이 염탐꾼들이 지나가지 못하도록 이 다리를 지키라고 했소. 황제의 수레인지 아닌지 우리 눈으로 직접 봐야겠소."

잠시 후 양기가 수레의 발을 걷어올리자 황제가 얼굴을 내밀었다.

"내 여기 있거늘 그대들은 왜 물러가지 않느냐?"

그들은 곧바로 "만세!"를 외치더니 군사들을 양쪽으로 갈라 세우며 길을 터주었다. 마침내 수레가 지나갔다. 두 장수는 곽사에게 보고했다.

"황제 폐하의 수레가 지나갔습니다."

곽사가 발끈했다.

"내 장제를 속이고 황제를 미오로 다시 끌고 가려 했는데 네놈들이 뭐라고 맘대로 수레를 지나가게 해주었느냐!"

곽사는 당장 두 장수의 목을 베어버리고 군사를 몰아 황제의 뒤를 쫓았다.

황제 일행이 막 화음현에 이르렀을 때 뒤에서 하늘을 찌르는 외침 소리가 일었다.

"수레를 멈추어라!"

황제는 놀라 울먹이며 신하들을 돌아봤다.

"이제 막 이리 굴을 벗어나는가 싶었는데 범의 아가리를 만났으니 어찌해야 좋을꼬!"

모두들 낯빛이 바뀐 채 어찌할 바를 모르는데 군사들은 점점 가까이 몰려왔다.

바로 그때 북소리와 함께 한 장수가 산 뒤쪽에서 1천 명 남짓 되는 군사들을 이끌고 나타났다. 그들은 '대 한나라 양봉'이라는 글자가 쓰인 커다란 깃발을 앞장세우고 있었다.

양봉은 이각을 치려다 뜻대로 되지 않자 군사들을 이끌고 종남산에 가 있었다. 마침 황제가 지나간다는 소문이 들리자 군사들을 끌고 보호하러 왔다.

양봉은 곧장 싸울 준비를 했다. 곽사의 장수 최용이 말을 몰고 나와 마구 욕을 퍼부어댔다.

"양봉, 이 배신쟁이 도적놈아!"

화가 오른 양봉이 뒤를 돌아보았다.

"공명이 어디 있느냐?"

바로 장수 하나가 화류마를 나는 듯이 몰고 나와 최용에게 큰 도끼를 휘둘렀다. 두 사람의 말이 어우러져 싸운 지 단 1합 만에 최용이 말 아래로 고꾸라졌다. 양봉은 곧장 그 기운을 놓치지 않고 적을 덮쳤다. 곽사의 군사는 20리도 넘게 뒤로 도망쳤다. 마침내 양봉은 군사를 거두어 황제 앞으로 나아갔다.

"그대가 나를 구해주었구려. 공이 적지 않소."

양봉이 머리를 조아리며 절을 했다.

"아까 적의 장수들을 무찌른 장수는 누구시오?"

양봉은 그 장수를 불러 황제의 수레 앞에서 절을 시키고 소개했다.

"이 사람은 하동 양군 사람으로, 이름은 서황이고 자는 공명입니다."

황제는 그에게도 고맙다고 했다.

황제는 양봉의 보호를 받으며 화음에 이르렀다. 그곳에 있던 장군 단외가 옷과 식량을 바쳤다. 그날 밤 황제는 양봉의 영채에서 묵었다.

다음 날 싸움에 져 도망쳤던 곽사가 또 군사를 이끌고 양봉의 영채로 쳐들어왔다. 서황이 앞장서 말을 달려나가자 곽사의 군사들이 양봉의 영채를 겹겹으로 에워쌌다. 영채 안의 황제와 양봉은 포위망 안에 갇혀버렸다. 그때 동남쪽에서 아우성치는 소리가 크게 일더니 한 장수가 말을 내몰고 와 곽사의 군사를 닥치는 대로 무찔렀다. 서황도 힘을 얻어 곽사의 군사를 힘껏 몰아치자 곽사의 군사는 달아나기 시작했다.

그 장수가 황제 앞으로 갔다. 황제의 외가 친척인 동승이었다. 황제는 반갑고 마음이 놓여 지금까지 겪은 일을 울며 털어놨다.

동승이 황제를 달랬다.

"폐하께서는 너무 걱정하지 마십시오. 저와 양봉 장군이 반드시 두 역적의 목을 베어 나라를 편안하게 하겠습니다."

황제는 빨리 동도로 가자고 했다. 이에 밤낮없이 서둘러

홍농을 바라고 갔다.

한편 곽사는 싸움에 진 군사들을 이끌고 돌아가다가 이 각을 만났다.

"양봉과 동승이 황제를 빼앗아 홍농으로 가버렸다. 산동 에 이르러 자리를 잡고 나면 틀림없이 천하의 제후들을 시 켜 우리 둘을 치라 하겠지. 그리하면 우리는 친가·외가·처 가 할 것 없이 모두 씨가 마르게 될지도 모른다."

"지금 장제는 장안을 지키고 있어 쉽사리 움직이지 못한 다. 이번 기회에 우리 둘이 군사를 합쳐 홍농으로 가서 황제 를 죽여버리자. 그렇게 한 뒤 천하를 둘로 나눠 가진다고 안 될 것 없잖아!"

곽사는 그 말을 기꺼이 받아들였다.

두 사람은 군사를 합쳐서 한 길로 나아갔다. 그들은 지나 가면서 군사를 풀어 닥치는 대로 빼앗고 짓밟았다. 그래서 그들이 지나간 길엔 남아나는 게 없었다.

양봉과 동승은 적군이 온다는 보고를 받자 군사를 거느 리고 동간으로 가 맞아 싸웠다.

이각과 곽사가 머리를 맞댔다.

"우리 군사는 많고 저것들은 얼마 안 되니 닥치는 대로 마구 짓밟아버리면 된다."

마침내 이각은 왼쪽에서, 곽사는 오른쪽에서 온 산과 들을 새카맣게 뒤덮으며 몰려갔다. 양봉과 동승은 양쪽에서 죽기 살기로 싸웠다. 그러나 벼슬아치를 비롯해 궁녀들을 많이 잃고 여러 가지 문서와 황제의 물건도 많이 잃어버렸다. 겨우 황제와 황후만 수레에 태워 빠져나왔다.

곽사는 군사를 이끌고 홍농으로 들어가 닥치는 대로 짓밟고 빼앗았다. 동승과 양봉은 황제를 모시고 섬북으로 달아났다. 이각과 곽사는 군사를 나누어 뒤를 계속 쫓아왔다.

동승과 양봉은 이각과 곽사에게 사람을 보내 싸움을 멈추자고 하는 한편, 하동으로도 사람을 급히 보냈다. 옛날 백파군의 우두머리 노릇을 했던 한섬과 이락·호재에게 도와달라는 황제의 뜻을 전하기 위해서였다. 이락은 지금도 산적질을 하고 있었으나 그런 걸 따질 형편이 아니었다. 세 사람은 황제가 지난날의 죄를 용서하고 벼슬까지 내린다 하자 머뭇거릴 이유가 없었다. 그들은 저마다 거느리고 있는 군사들을 이끌고 동승에게 간 다음 함께 홍농을 쳐서 다시 빼앗았다.

이각과 곽사는 지나는 곳마다 사납게 날뛰며 마구 뒤집어놓았다. 게다가 늙은이와 병든 사람은 닥치는 대로 죽여버렸다. 그들은 튼튼한 사람만 군사로 끌고 가 감사군이라 부르며 싸울 때마다 앞장세웠는데 그 수가 적지 않았다.

이락의 군사와 위양에서 맞닥뜨린 곽사는 옷가지 등을 길바닥에 뿌려놓으라는 명령을 내렸다. 도적의 티를 못 벗어난 이락의 군사들은 길바닥에 널린 옷가지 등을 보자 서로 많이 주우려고 날뛰었다. 그 바람에 대열이 마구 흐트러져버렸다. 이각과 곽사가 때를 놓치지 않고 군사들을 휘몰아 덮치자 이락의 군사들은 도망치느라 정신이 없었다. 양봉과 동승도 어찌해볼 도리가 없어 황제의 수레를 몰고 북쪽으로 달아나기 시작했다.

적군이 틈을 주지 않고 계속 쫓아오자 이락이 헐떡거리며 말했다.

"다급하기 짝이 없습니다. 폐하께서는 말로 갈아타시고 먼저 가십시오."

황제가 대답했다.

"신하들을 버리고 혼자서는 차마 갈 수 없소."

그 말에 모든 사람이 울며 수레 뒤를 따랐다.

싸우는 도중에 호재가 죽고 적들이 발뒤꿈치까지 따라붙자 동승과 양봉은 황제에게 수레를 버리고 걸어갈 수밖에 없다고 말했다. 허둥지둥 걸어 황하에 이르자 이락의 무리들이 어디서 작은 배 한 척을 구해왔다. 아주 차갑기 그지없는 날씨였다. 황제와 황후는 서로 부축하면서 어렵사리 강기슭에 이르렀으나 아래를 내려다보니 아찔했다. 뒤에서는 적군이 바짝 조여왔다.

양봉이 서둘렀다.

"말고삐를 빨리 풀어서 잇도록 하라! 폐하의 허리에 두른 다음 배로 모셔야 한다."

그때 황후의 친정 오라버니인 복덕이 흰 비단 여남은 필을 내놓았다.

"이건 싸우는 군사들 틈에서 얻은 비단이오. 이걸 이어서 씁시다."

행군교위 상홍이 그 비단으로 황제와 황후의 몸을 둘둘 감아서 묶었다. 황제가 먼저 비단줄에 매달려 배로 내려갔다. 이락은 칼을 짚은 채 뱃머리에 서 있고 복덕은 매달려 내려오는 황후를 받아 내렸다. 강가에 있던 사람들이 배를 타려고 다투었다. 이락은 배에 달라붙는 이들을 칼로 닥치는 대로 쳐서 떼어냈다. 황제와 황후를 건네놓고 배가 다시 돌아오자 서로 먼저 타려고 아우성이었다. 이락은 뱃전을 붙잡는 이들의 손을 칼로 마구 쳤다. 칼질을 당한 이들이 목이 찢어져라 우는 소리가 강 하늘을 뒤덮었다.

황제 곁엔 겨우 여남은 명밖에 남지 않았다. 양봉이 어디선가 구해온 소달구지에 황제를 태우고 대양으로 갔다. 먹을 게 없어 쫄딱 굶은 채 어느 기와집을 찾아들어가 밤을 새웠다. 시골 늙은이 하나가 조밥 한 그릇을 바쳤다. 황제와 황후는 그 밥을 같이 먹기 시작했다. 밥알이 목에 자꾸 걸려 넘어가지 않았다.

다음 날 황제는 이락과 한섬을 각각 정북장군과 정동장군으로 삼았다. 황제 일행이 한참을 가다 보니 어디선가 대신 두 사람이 나타나 소달구지 앞에 쓰러지듯 엎드리며 울었다. 태위 양표와 태복 한융이었다. 황제와 황후도 같이 울었다.

한융이 말했다.

"이각이랑 곽사 두 역적놈이 제 말은 제법 믿는 편입니다. 제가 죽을 각오를 하고 찾아가서 군사를 거두도록 잘 타일러보겠습니다. 그동안 귀하신 몸 다치지 않도록 하십시오."

이락이 황제를 양봉의 영채로 모셨다. 쉬는 틈을 타 양표가 황제에게 일단 안읍현을 도읍으로 삼아 지내자고 했다. 황제가 그 말을 받아들여 다시 길을 재촉하여 안읍으로 갔다. 그러나 큰 집이라곤 하나도 없어 황제도 초가집에 들 수밖에 없었다. 제대로 된 문짝 하나 없는 집이라 가시나무를 베어다 울타리를 쳐야 했다. 황제는 대신들을 초가집 마당에 불러 나랏일을 의논했고, 장수들은 울타리 밖에서 군사들과 함께 지켰다.

이락의 무리는 무어든 제멋대로 했다. 조금만 마음에 들지 않는 이가 있으면 황제 앞이라도 가리지 않고 때리며 욕설을 퍼부었다. 황제에게는 일부러 거친 음식과 텁텁한 술을 올렸다. 황제는 아무런 소리도 못 하고 그들이 주는 대로 먹어야 했다.

이락과 한섬은 이에 그치지 않고 온갖 건달들로 이루어진 2백 명 남짓 되는 졸개들의 이름이 적힌 명단을 내밀며 벼슬을 내리라고 윽박질렀다. 이에 황제는 어쩔 수 없이 교위·어사 따위의 벼슬을 내렸다. 미처 도장을 새길 새도 없어 나무 쪼가리에 송곳으로 글자를 새겨 꾹꾹 눌러주었다. 황제의 권위고 뭐고 내세울 수도 없는 형편이 되어버렸다.

한편 한융은 이각과 곽사에게 가서 좋은 말로 달랬다. 두 역적이 그의 말을 좇아 붙잡아두고 있던 벼슬아치와 궁녀들을 풀어주었다.

농사마저 흉년이 들어 백성들은 풀뿌리로 겨우 굶주림을 달래며 목숨을 이었다. 배곯아 죽은 시체가 들녘에 널릴 정도였다.

하내 태수 장양이 쌀과 고기를 보내오고, 하동 태수 왕읍이 비단을 비롯한 옷감을 보내와 황제는 아쉬운 대로 험한 꼴을 벗어났다.

동승과 양봉은 서로 의논하여 낙양으로 사람을 보내 궁궐을 수리하게 한 뒤 황제를 동도로 모시고자 했다. 그러나 이락이 말을 듣지 않았다.

동승이 말했다.

"낙양은 원래 도읍지라 그리 가는 게 좋겠소. 이렇게 좁은 안읍에서 황제가 어찌 오래 계실 수 있겠소? 낙양으로 돌아가는 것이 옳은 일이오."

이락이 소리를 질렀다.

"황제를 모시고 가고 싶으면 가시오! 나는 여기 이대로 있겠소."

동승과 양봉은 황제를 모시고 떠났다. 이락은 이미 이각과 곽사에게 남몰래 사람을 보내 황제를 덮치기로 하고 있었다. 동승을 비롯해 양봉과 한섬은 그러한 사실을 눈치채고 군사들을 다잡아 황제를 보호하며 기관을 향해 서둘렀다. 이락은 자신의 계획이 드러난 걸 알자마자 이각과 곽사의 군사를 기다릴 새도 없이 혼자서 군사를 이끌고 뒤를 쫓았다.

한밤중이 지나고 있을 때였다. 기산 아래까지 쫓아온 이락이 큰소리를 질렀다.

"꼼짝 말고 게 섰거라! 이각과 곽사가 왔노라!"

황제는 소스라치게 놀라 온몸을 사시나무 떨듯 했다. 여기저기서 피어난 횃불이 산 위를 환하게 밝혔다.

지난번엔 두 역적이 둘로 나뉘더니

이번엔 세 역적이 하나로 합치는구나

과연 한나라 황제는 이 어려움을 어떻게 벗어나야 할
지…….

낙양에서 허도로

조조는 황제를 허도로 옮기게 하고
여포는 밤을 틈타 서주를 공격하다

이락이 군사를 몰아 뒤를 쫓으며 이각과 곽사가 왔다고 소리치자 황제는 소스라치게 놀랐다. 그러나 양봉은 금세 알아보았다.

"저건 이락입니다!"

양봉이 서황을 내보냈다. 이락은 직접 싸우러 나왔다. 두 사람의 말이 어우러져 싸운 지 단 1합 만에 싸움은 끝장이 났다. 서황이 단 한 번의 도끼질로 이락을 말 아래로 고꾸라뜨려버렸다. 나머지 무리들은 겁을 먹은 채 모두 허둥지둥 달아나거나 죽어 나자빠졌다.

다시 황제 일행은 길을 재촉해 기관을 지나갔다. 하내 태수 장양이 식량과 옷감을 가지고 지도로 마중을 나왔다. 황제는 장양을 대사마로 삼았다. 장양은 군사를 머무르게 하기 위해 황제와 헤어져 야왕으로 떠났다.

마침내 황제는 낙양으로 들어갔다. 궁궐은 모두 불타버렸고 거리도 부수어져 잡초만 무성했다. 궁궐 자리에 남은 거라곤 허물어지다 만 벽과 담뿐이었다. 황제는 양봉더러 작은 궁 하나를 급히 짓도록 하여 그곳에서 지냈다. 신하들은 황제를 만날 때 가시덤불 속에 서 있어야 했다. 황제는 흥평이라는 연호를 건안으로 바꾸어 그해를 시작하는 해로 삼도록 했다.

이 해에도 흉년이 크게 들었다. 겨우 수백 호밖에 되지 않는 낙양 백성들이지만 식량을 챙길 수가 없었다. 모두 성 밖으로 나가 나무껍질을 벗기거나 풀뿌리를 캐서 굶주린 배를 채웠다. 상서랑 이하 모든 벼슬아치들도 성 밖에 나가 땔나무를 하고 풀뿌리를 캐야 했다. 허물어진 담벼락 사이엔 죽어 쓰러져 있는 사람들이 셀 수 없을 정도였다. 기운이 다한 한나라의 꼴이 눈뜨고 볼 수 없을 만큼 서글펐다.

훗날 어떤 사람이 이런 꼴을 시로 읊었다.

망탕산에서 흰 뱀이 피 흘리며 죽은 뒤로

붉은 깃발 아래 온 세상 힘으로 넘쳐났네

진나라 무너뜨려 새 나라 일으키고

초나라 항우 물리치고 온 세상 다 차지했네

황제가 물러터지니 간사스런 신하들 설쳐대고

황실과 나라 기운 다하니 도적들이 날뛰었네

두 도읍 모두 스러져가는 꼴을 보노라면

쇠로 된 사람인들 눈물 아니 흘릴 수 있으랴

태위 양표가 황제에게 말했다.

"저번에 내리신 조서를 미처 보내지 못했습니다. 조조는 지금도 씩씩한 군사와 장수들을 많이 거느리고 산동에 있습니다. 불러들여 도움을 받아야겠습니다."

"이미 내린 조서요. 굳이 다시 들먹이지 않아도 되오. 바로 사람을 보내시오."

양표는 바로 사람을 산동으로 보내 조조를 들라 했다.

산동에 있는 조조는 황제가 낙양으로 들어갔다는 소식을 듣자 아랫사람들을 모아놓고 의논을 했다.

순욱이 먼저 나섰다.

"옛날에 진문공은 주양왕을 받들어 모셨습니다. 그러했기에 제후들이 그 사람을 따랐지요. 또 한고조는 초나라 의제의 장사를 잘 지내줌으로써 세상 인심을 얻었지요. 지금

황제께서 어려움에 빠져 피난 생활을 하고 있습니다. 장군
께서는 이 틈을 타 군사를 일으켜 황제를 받들어 모시면서
세상 사람들의 뜻을 대신하면 앞날의 가닥이 잡히리라 봅
니다. 빨리 서두르지 않으면 다른 사람이 기회를 채갈지도
모릅니다.”

조조가 무척 기뻐하며 군사를 일으킬 준비를 하는데 황
제의 조서가 도착했다는 보고가 들어왔다. 조조는 조서를
받자 바로 군사를 일으켰다.

한편 황제는 낙양에 있지만 불편한 게 한둘이 아니었다.
무너진 성 담벼락 하나 제대로 고칠 형편이 아니었다. 그러
한 때에 이각과 곽사가 들이친다는 보고가 올라왔다.

황제는 크게 놀라 양봉을 바라보았다.

“산동으로 간 사람은 아직 돌아오지도 않았는데 이각과
곽사가 쳐들어온다니 어찌해야 하나!”

양봉과 한섬이 머리를 조아렸다.

“저희들이 죽을힘을 다해 싸워서 폐하를 모시겠습니다.”

동승이 나섰다.

“성벽은 무너지고 군사도 얼마 되지 않습니다. 만약에 싸
워서 물리치지 못하면 더 큰일입니다. 차라리 폐하를 산동
으로 모시고 가는 게 좋겠습니다.”

황제는 동승이 하자는 대로 곧장 산동으로 떠났다. 벼슬
아치들은 타고 갈 말이 없어 모두 걸어서 수레 뒤를 따랐다.
낙양성을 떠난 지 얼마 되지 않았을 때였다. 하늘을 가릴 정
도로 뿌연 먼지가 일더니 헤아릴 수 없을 정도로 많은 군사
들이 징 소리, 북소리를 울리며 몰려왔다. 황제와 황후는 벌
벌 떨며 입을 열지도 못했다. 갑자기 말 하나가 나는 듯이
달려와 섰다. 산동으로 떠났던 사람이었다. 그가 수레 앞에
서 절을 하며 말했다.

"조장군은 폐하의 부르심을 받자마자 산동의 군사를 모
두 일으켰습니다. 그런데 도중에 이각과 곽사가 낙양을 덮
치려 한다는 소식을 들었습니다. 그래서 곧바로 하후돈에
게 장수 열 명과 날랜 군사 오만 명을 거느리고 달려와 폐하
를 지키도록 했습니다."

그 말에 황제는 조금 마음이 놓였다. 잠시 후 하후돈이 허
저·전위 등과 함께 나타나 황제에게 예의를 갖추었다. 황제
가 그들을 다독거렸다.

그때 동쪽에서도 군사가 밀려왔다. 황제가 하후돈더러
가서 알아보게 했다. 하후돈이 돌아와 말했다.

"조장군이 보낸 일반 군사들입니다."

곧 이어 조홍·이전·악진이 황제 앞에 나아가 인사를 올
리고 저마다 이름을 말했다.

조홍이 말했다.

"적군이 가까이 오자 저의 형이 하후돈을 도우라고 저희들을 보내서 왔습니다."

황제가 고개를 끄덕였다.

"조장군은 나라의 참된 신하로다!"

황제가 그들이 앞장서서 가게 했다. 그때 또 보고가 들어왔다.

"이각과 곽사가 군사들을 몰아 쳐들어오고 있습니다."

황제는 하후돈에게 군사를 양쪽으로 나누어 적을 맞으라 했다. 하후돈은 조홍과 함께 군사를 양 날개 펴듯 나누어 말 탄 군사를 앞세우고 일반 군사는 뒤따르도록 한 뒤 무찔러 나아갔다. 마침내 적군은 무너졌다. 잘린 적의 머리만도 1만 개가 넘을 정도였다. 이리하여 황제는 다시 낙양의 궁으로 돌아가고, 하후돈은 성 밖에 군사를 머무르게 했다.

다음 날 조조가 많은 군사를 거느리고 도착했다. 영채를 세운 뒤 조조는 성으로 들어가 바닥에 엎드려 황제에게 인사를 올렸다. 황제는 조조를 일어나게 한 뒤 반갑게 맞았다.

조조가 말했다.

"저는 그동안 입은 나라의 은혜를 어떻게 갚을까 하고 늘 생각해왔습니다. 지금 이각과 곽사의 죄는 온 세상에 가득

차 있습니다. 마침 제가 씩씩한 군사를 이십만 명 넘게 거느리고 있습니다. 하늘의 뜻에 따라 역적을 치면 반드시 물리칠 수 있습니다. 폐하께서는 귀하신 몸을 잘 돌보시어 나라를 지키셔야 합니다.”

황제는 조조를 사례교위로 삼은 뒤 황제의 믿음을 나타내는 기와 나랏일을 대신 맡아볼 수 있는 도끼를 주며 녹상서사 일도 보도록 했다.

한편 이각과 곽사는 조조의 군사가 먼 길을 와서 지쳐 있을 걸로 보고 빨리 싸워서 끝장을 내려고 했다. 그러나 가후의 생각은 달랐다.

“쉬운 일이 아닙니다. 조조의 군사는 날쌔고 용감합니다. 차라리 이번 기회에 항복하여 죄를 용서받는 게 낫습니다.”

이각이 벌컥 화를 내며 칼을 빼어 들어 가후를 죽이려 들었다.

“네가 함부로 내 기를 꺾으려 드느냐!”

여러 사람이 힘써 말린 덕에 가후는 목숨을 건졌다. 그날 밤 가후는 홀로 말을 타고 고향으로 돌아가버렸다.

다음 날 이각은 조조의 군사를 맞기 위해 군사를 거느리고 나갔다. 조조는 허저·조인·전위 등에게 말 탄 군사 3백 명을 거느리고 나가 이각의 진영을 세 번씩이나 들이치게 한 뒤 군사들을 늘어세웠다. 양쪽 군사들이 서로 마주하자마자 이각의 조카 이섬과 이별이 뛰쳐나왔다. 두 사람이 입을 열어 미처 외치기도 전에 허저가 나는 듯이 말을 달려나가더니 이섬의 목을 한칼에 베어버렸다. 이별은 놀라 말에서 떨어져 굴렀다. 허저는 이별의 목 역시 한칼에 벤 뒤 두 사람의 머리를 들고 돌아갔다.

조조가 허저의 등을 쓰다듬었다.

"그대는 나의 번쾌일세!"

하후돈은 왼쪽으로 군사를 몰아 나가고, 조인은 오른쪽으로 군사를 이끌었으며, 조조는 중군을 직접 거느리고 나갔다. 북소리가 울려퍼지자 세 군데서 군사들이 한꺼번에 몰아쳤다. 적군들은 제대로 싸워보지도 못하고 달아나기에 바빴다. 조조는 칼을 빼어 들고 군사들을 휘몰아 밤새도록 적을 마구 무찔러 죽였다. 항복한 군사도 수두룩했다.

이각과 곽사는 겨우 목숨을 건져 서쪽으로 달아났다. 갈 곳도 없이 축 처져서 갈팡질팡하는 꼴이 마치 상갓집 개 같았다. 자신들이 붙어 있을 곳이 아무 데도 없다는 걸 안 그들은 산속으로 들어갔다. 조조는 군사를 거두어 낙양성 밖에 머물게 했다.

한편 양봉과 한섬은 서로 머리를 맞대었다.

"조조가 공을 크게 세웠으니 틀림없이 힘을 거머쥘 텐데, 우리를 받아줄까?"

두 사람은 황제에게 이각과 곽사를 뒤쫓겠다는 핑계를 댄 다음 부하들을 거느리고 대량으로 가버렸다.

얼마 뒤 황제는 조조와 의논할 일이 있으니 그를 불러오라며 사람을 보냈다. 조조는 황제가 보낸 사람을 안으로 맞아들였다. 눈빛이 맑고 얼굴 또한 깨끗했으며, 온몸에 기운이 넘쳐흘렀다. 조조는 속으로 그를 좋지 않게 생각했다.

'지금 동도는 흉년이 크게 들어 벼슬아치고 군사들이고 백성들이고 할 것 없이 모두 굶주려 허덕이는데, 이 사람은 뭘 먹어 이렇게 몸이 좋은가?'

조조는 기어이 묻고 말았다.

"공의 얼굴을 보니 전혀 굶주린 티가 없군요. 따로 좋은 걸 먹는 모양이지요?"

"별것 없습니다. 덤덤한 나물만 먹은 지 삼십 년이 되었습니다."

조조가 머리를 끄덕였다.

"벼슬자리가 무엇이오?"

"효렴으로 벼슬자리를 얻어 원소와 장양 밑에서 종사 노릇을 했습니다. 얼마 전 황제께서 돌아오셨다는 소식을 듣고 뵈러 왔다가 정의랑 벼슬을 살게 되었습니다. 제음 정도 사람으로, 이름은 동소이고 자는 공인입니다."

조조가 자리에서 일어났다.

"공의 높은 이름은 이미 들어 알고 있소. 이렇게 만나게 되어 반갑소."

조조는 곧바로 술상을 들이게 하고 순욱을 불러 인사를 나누게 했다. 그때 급한 보고가 올라왔다.

"군사 한 무리가 동쪽으로 가고 있는데, 어떤 군사들인지 잘 모르겠습니다."

조조가 급히 알아보라는 지시를 내리는데 옆에 있던 동소가 말했다.

"이각의 장수였던 양봉과 백파군이었던 한섬입니다. 명공께서 오셨기 때문에 군사를 이끌고 대량으로 가는 중입니다."

"나를 믿지 못한 거로군요."

"보잘것없는 이들입니다. 마음에 두실 필요 없습니다."

"그럼 도망친 이각과 곽사 두 도적은 어찌 되겠소?"

"발톱 빠진 호랑이요, 날개 부러진 새입니다. 머지않아 명공께 다 붙잡힐 터이니 염려하지 마십시오."

조조는 거침없는 동소의 말이 자신의 생각과 다르지 않자 비로소 조정의 일을 물었다.

동소가 대답했다.

"명공께서 의병을 일으켜 역적들을 쫓아내고 조정으로

　　　　　　　　　　　

들어와 황제를 도우시는 일은 바로 춘추전국시대 때 주나라 왕실을 도운 다섯 사람, 즉 오패와 견줄 만합니다. 물론 사람들의 마음은 저마다 따로따로라 명공을 모두 따른다고 할 수는 없습니다. 그러니 여기 계속 이러고 있는 건 여러 가지로 불편한 일입니다. 황제를 모시고 허도로 가십시오. 그게 마땅한 일입니다. 그동안 조정이 이리저리 떠돌다가 겨우 낙양으로 돌아온 터에 또 옮겨간다고 하면 사람들 마음이 들썩거리기는 할 겁니다. 그러나 세상일이란 어려운 일을 해야 남다른 일을 이룰 수 있는 법이니, 장군께서 결정을 잘하시기 바랍니다."

조조가 동소의 손을 잡으며 웃었다.

"내 마음도 바로 그렇소. 그런데 양봉이 대량에 있고 대신들이 조정에 있으니, 뜻하지 않게 시끄러운 일이라도 일어나지 않겠소?"

"그건 걱정하지 마십시오. 우선 양봉에게 편지를 보내 마음을 놓게 해놓으시지요. 그런 다음 대신들에겐 낙양에 먹을거리가 없어 허도로 옮긴다고 하시지요. 무엇보다도 그곳은 노양과 가까워 먹을거리를 옮겨오기가 좋다는 점을 뚜렷이 밝히십시오. 그러면 어느 누구도 반대하지 않을 겁니다."

조조는 기분이 좋았다. 동소가 일어나자 다시 그의 손을 잡으며 말했다.

"앞으로 이 사람이 하는 일을 잘 도와주시오."

동소가 고마워하며 돌아갔다.

조조는 곧바로 아랫사람들을 모아놓고 도읍 옮기는 일을 비밀스레 의논했다.

이때 시중 태사령인 왕립은 황족들의 일을 보는 종정 벼슬을 사는 유애를 조용히 만났다.

"하늘을 살펴보니 지난봄부터 금성이 북두칠성과 견우성 사이에서 토성을 건드리며 북십자성 곁을 지나가더군요. 게다가 화성은 거꾸로 나아가서 금성과 동쪽의 첫째 별자리에서 만나더군요. 쇠 기운 금과 불 기운 화가 서로 만나면 반드시 새로운 천자가 나는 법이오. 내 보기에 한나라 기운은 거의 다했소. 진과 위 땅에서 새로이 힘을 일으키는 사람이 나타날 것이오."

그는 또 황제도 조용히 만났다.

"하늘의 운수는 때가 되면 바뀌게 마련입니다. 오행 또한 하나로 붙박여 있지 않습니다. 불 기운을 대신하는 건 흙 기운입니다. 그렇게 볼 때 한나라를 대신하여 천하를 다스릴 이는 위 땅에 있는 듯합니다."

이 말을 전해들은 조조는 왕립에게 급히 사람을 보내 입을 막았다.

"공의 충성심을 모르는 바 아니오. 그러나 하늘의 뜻은 깊고 깊다 할 수 있소. 함부로 떠들고 다니지 마시오."

조조는 왕립이 한 말을 순욱에게 했다. 순욱이 나름대로 그 말뜻을 풀이했다.

"한나라는 불 기운을 바탕으로 해서 일어났습니다. 명공께서는 바로 흙 기운을 타고나셨습니다. 허도는 흙 기운 토를 띤 곳입니다. 그러니 그리 가시면 틀림없이 잘 되리라 여겨집니다. 불은 흙을 낳고, 흙은 나무를 잘 자라게 합니다. 동소와 왕립의 말대로 머지않아 새로 일어나는 분이 있을 테지요."

순욱의 말을 듣고 난 조조는 마침내 마음을 먹고 다음 날 궁궐로 들어가 황제를 만났다.

"동도 낙양은 허물어질 대로 허물어져서 다시 일으켜세우기가 어렵습니다. 또 먹을거리를 날라오기도 쉬운 곳이 아닙니다. 허도는 노양이 가까운데다 성곽이며 궁궐을 갖추기 쉽고 돈·물자들을 끌어들이기도 쉬운 곳입니다. 그리 옮겨갔으면 합니다. 허락해주십시오."

황제는 조조의 말을 내칠 수가 없었다. 여러 벼슬아치들도 조조의 기운에 눌려 입도 벙긋하지 못했다. 마침내 날을 잡아 낙양을 떠났다. 조조가 군사를 거느리고 황제를 보호했다. 벼슬아치들이 모두 그 뒤를 따랐다.

얼마 가지 않았을 때 갑자기 고개 위에서 크게 외치는 소리가 나더니 양봉과 한섬이 군사를 이끌고 나타나 길을 막았다.

서황이 앞으로 나서며 외쳤다.

"조조야! 황제를 끌고 어디로 가느냐?"

조조가 말을 달려나가 서황을 보니 씩씩하고 기운차 보였다. 곧 허저를 내보내 싸우게 했다. 허저는 칼을 들고, 서황은 도끼를 들고 50합을 넘게 싸웠으나 이기고 짐을 가르지 못했다. 조조는 곧장 징을 쳐서 군사를 거두고 아랫사람들을 모아놓고 의논했다.

"양봉이나 한섬은 들먹일 필요도 없지만 서황은 참으로 뛰어난 장수일세. 저 사람을 힘으로 꺾기보다는 꾀를 써서 데려오면 좋겠네."

행군종사 만총이 나섰다.

"주공은 걱정 마십시오. 제가 서황을 좀 압니다. 오늘 밤에 일반 군사로 꾸미고 저쪽으로 건너가 반드시 그 사람 마음을 돌려세워서 데려오겠습니다."

조조가 기꺼이 그러라고 하자 만총은 밤을 기다렸다가 일반 군사로 꾸민 뒤 군사들 속에 스며들어 서황이 있는 곳으로 갔다. 서황은 촛불 아래 갑옷을 입은 채 앉아 있었다. 만총이 그의 앞으로 다가가 손을 모으며 인사를 했다.

"여보게 친구, 오랜만일세! 별일 없었는가?"

서황은 깜짝 놀라며 만총을 찬찬히 살펴보았다.

"어? 산양의 만백녕 아닌가? 여기까지 어쩐 일인가?"

"나는 지금 조조 장군 종사로 있네. 낮에 옛 친구 자네를 보았기에 죽을 각오를 하고 찾아왔네."

서황이 자리를 권하며 자신을 찾은 뜻을 자세히 물었다.

"자네처럼 씩씩하고 슬기가 뛰어난 사람은 흔치 않네. 그런데 무엇이 아쉬워서 양봉과 한섬 같은 사람을 섬기고 있는가? 조장군은 이 시대의 영웅일세. 어진 사람을 좋아하고 예의를 갖춰 대접한다는 건 세상 사람이 다 아는 일이네. 오늘 낮 싸움에서 자네의 씩씩하고 기운찬 모습을 보는 순간 자네가 마음에 들었다 하네. 그래서 차마 더 뛰어난 장수를 내보내 자네와 싸우게 하지 못하고, 나를 보내 자네를 데려오라 했네. 자네도 어두운 길을 버리고 밝은 길로 나가서 큰일 한번 같이하세."

서황은 한참 동안 입을 다물고 있다가 한숨을 길게 내쉬었다.

"나도 양봉이나 한섬이 큰일을 할 만한 사람이 아닌 점은 알고 있네. 하지만 오랫동안 같이 지내온 터라 쉽게 버릴 수가 없다네."

"영리한 새는 나무를 가려 깃들이고, 지혜로운 신하는 주인을 가려 섬긴다고 했네. 섬길 만한 주인이 나타났는데도 머뭇거리다 기회를 놓치는 건 장부다운 일이 아닐세.”

서황이 자리에서 일어나 고마움을 나타냈다.

“자네 말을 따르겠네.”

내친김에 만총은 서황을 채근했다.

“그렇다면 이참에 양봉과 한섬의 목도 가지고 가서 조장 군을 뵙는 선물로 삼도록 하게.”

서황이 고개를 저었다.

“그렇게는 못 하네. 자기가 모시던 주인을 죽이는 건 의로운 일이 아닐세.”

만총이 고개를 끄덕였다.

“자네는 참으로 의로운 사람일세!”

그날 밤 서황은 조조에게 가기 위해 자기가 거느리고 있는 부하 수십 명만 데리고 만총을 따라나섰다. 군사 하나가 이 사실을 곧장 양봉에게 알렸다. 양봉은 화가 치밀어 직접 말 탄 군사를 1천 명 넘게 이끌고 뒤쫓아왔다.

“배신자 서황 이놈! 게 섰거라!”

양봉이 가까이 쫓아왔을 때 갑자기 쾅 하는 소리가 크게 났다. 이어 산 위아래에서 횃불이 확 타오르더니 숨어 있던 군사들이 여기저기서 쏟아져나왔다. 조조가 직접 군사들 앞에 나타나 소리를 질렀다.

"내 여기서 오랫동안 기다렸다. 달아날 생각일랑 하지 말아라!"

양봉은 깜짝 놀라 급히 군사를 돌리려 했으나 이미 조조군이 둘러싸고 있었다.

그때 한섬이 군사를 이끌고 왔다. 양봉은 양쪽 군사들이 어우러져 싸우는 틈을 타 겨우 달아났다. 조조는 적군이 허둥대는 틈을 타 더 세게 밀어붙였다. 양봉과 한섬의 군사는 절반 넘게 항복했다. 양봉과 한섬은 처량한 꼴로 패잔병들을 이끌고 원술한테로 갔다.

조조가 군사를 거두어 돌아오자 만총은 서황을 데리고 들어가 인사를 시켰다. 조조는 크게 기뻐하며 서황을 잘 대접했다.

얼마 뒤 조조는 허도에 도착하자 궁궐을 비롯해 종묘와 사직을 세웠고, 여러 관아와 성곽도 새로 짓거나 고쳤다.

조조는 동승을 비롯한 13명을 열후로 삼았고, 상을 주거나 죄를 묻는 일 모두 자신의 뜻대로 했다. 조조는 스스로 대장군 무평후가 되었으며, 순욱은 시중상서령으로 삼았다. 이어 순유는 군사로, 곽가는 사마제주로, 유엽은 사공창조연으로, 모개와 임준은 전농중랑장으로 삼았다. 또 정욱은 동평상으로, 범성과 동소는 낙양령으로, 만총은 허도령으로 삼았다. 하후돈·하후연·조인·조홍은 모두 장군이 되었다. 여건·이전·악진·우금·서황은 교위가 되었다. 허저, 전위는 도위가 되었으며, 그 밖의 장수들도 벼슬자리를 얻었다.

이리하여 나라의 힘은 조조의 손안으로 빨려들어갔으며, 조정의 큰일은 모두 조조에게 먼저 보고한 뒤 황제에게 알렸다.

큰 틀을 짜는 일을 마치고 난 조조는 뒤채에서 잔치를 베풀었다. 아랫사람들이 다 모이자 조조가 의논거리를 내놓았다.

"유비가 서주에다 군사를 모아놓고 고을 일을 맡아보고 있소. 게다가 얼마 전에 싸움에 지고 쫓겨온 여포를 소패에서 머무르게 하고 있는데, 그게 아무래도 꺼림칙하오. 둘이 힘을 합쳐 쳐들어오기라도 하면 큰일이오. 좋은 방법이 없겠소?"

허저가 곧장 대답했다.

"날랜 군사 오만 명만 내주십시오. 유비와 여포의 머리를 베어다가 승상께 바치겠습니다."

순욱이 고개를 가로저었다.

"장군의 용기는 대단합니다. 그러나 이럴 땐 힘을 쓰지 말고 꾀를 써야 합니다. 황제를 허도로 모셔온 지 얼마 안 되므로 군사를 함부로 움직여서는 안 되기 때문입니다. 제 생각으로는 두 마리 호랑이가 먹이를 두고 다투게 하는 꾀를 쓰면 좋겠습니다. 지금 유비가 서주를 차지하고 있기는 하나 조정의 정식 허락을 받은 건 아닙니다. 명공께서는 황제께 아뢰어 유비를 정식으로 서주목에 임명한 뒤 비밀 편지를 보내 여포를 죽이라고 하십시오. 일이 뜻대로 되면 유비가 여포를 없애서 우리의 걱정거리를 덜어줄 테고, 뜻대로 되지 않으면 여포가 유비를 죽일 겁니다. 이게 바로 두 마리 호랑이가 먹이를 두고 다투게 하는 꾀입니다.”

조조는 그 말에 따라 곧바로 황제더러 유비를 정동장군 의성정후 서주목으로 삼게 하고 서주로 사람을 보냈다.

서주의 유비는 황제가 허도로 도읍을 옮겨갔다는 소식을 듣고 축하하는 글을 보내려던 참이었다. 그때 마침 황제가 보낸 사람이 왔다는 보고가 들어왔다. 유비는 성 밖으로 나가 그를 맞이하고 황제의 명령을 받은 뒤 술자리를 열었다.

황제가 보낸 사람이 말했다.

“공께서 이렇게 된 건 조조 장군께서 황제께 힘껏 말씀드렸기 때문입니다.”

유비가 고마움을 나타내자 그는 품속에서 비밀 편지 한 통을 꺼냈다. 편지를 읽고 난 뒤 유비가 말했다.

“이 일은 시간을 두고 생각해보겠소.”

술자리가 끝나고 그 사람이 자러 가자 유비는 아랫사람
들을 불러 밤이 깊도록 의논을 했다.

장비가 툭 쏘아붙였다.

"여포는 눈을 씻고 봐도 의로운 데라곤 없는 놈입니다. 그
까짓 놈 하나 죽이는 게 무슨 큰일이라고 의논하고 말고 합
니까?"

유비가 고개를 가로저었다.

"여포는 오갈 데가 없어서 나를 믿고 찾아왔다. 그런 사람
을 죽인다면 나 역시 의로운 데가 없는 사람이 된다."

"사람이 좋기만 해서는 아무 일도 못 해요!"

유비는 끝내 장비의 말을 따르지 않았다.

다음 날 여포가 축하한다고 찾아오자 유비는 그를 안으
로 맞아들였다.

"공께서 조정으로부터 정식으로 인정을 받았다는 소리를
듣고 축하하러 왔습니다."

여포의 말에 유비가 스스로 낮추는 자세로 고마움을 나
타내고 있는데, 갑자기 장비가 칼을 빼어 들고 여포를 죽이
겠다고 달려들었다. 유비가 서둘러 장비를 막아섰다.

여포가 크게 놀라며 물었다.

"익덕은 어째서 나만 보면 죽이려고만 드는가?"

장비가 큰소리로 내뱉었다.

“조조가 너는 의로운 데라곤 없는 놈이니까 우리 형님보고 죽이라고 했다!”

유비는 장비를 큰소리로 꾸짖어 물러가게 한 뒤, 여포를 뒤채로 데리고 가 사실대로 얘기하고 조조가 보낸 편지도 보여주었다.

편지를 읽고 난 여포가 울면서 말했다.

“이건 조조가 우리 두 사람 사이를 갈라놓으려고 하는 짓이오.”

“너무 걱정하지 마십시오. 유비는 결코 의롭지 않은 일은 하지 않는 사람입니다.”

여포는 거듭 머리를 조아리며 고마움을 나타냈다. 유비는 여포에게 술대접을 했다. 여포가 저녁때가 다 되어서 돌아가자 관우와 장비가 불만스레 물었다.

“형님은 왜 여포를 죽이지 않소?”

“그건 조맹덕이 나와 여포가 힘을 합쳐 쳐들어갈까봐 겁이 나서 짜낸 꾀이다. 우리 둘이 다투게 한 뒤 자기는 가운데에서 손 안 대고 이익을 보자는 짓이야. 그런 걸 아는데 내가 그 꾀에 말려들어서야 되겠느냐?”

관우는 말귀를 곧바로 알아듣고 고개를 끄덕이는데, 장비는 여전히 볼멘소리로 투덜거렸다.

“그런 도적놈은 죽여 없애야 뒤탈이 없는 법이오!”

유비가 끊듯이 말했다.

"그건 대장부가 할 짓이 아니다."

다음 날 유비는 황제가 보낸 사람이 돌아갈 때 황제의 은혜에 고마워하는 뜻을 담은 글과 조조의 비밀 편지에 대한 답장을 같이 보냈다. 답장의 내용은 시간을 두고 천천히 생각해보겠다는 것뿐이었다. 그는 조조에게 유비가 여포를 죽이지 않은 사실을 보고했다.

조조가 순욱에게 물었다.

"우리 꾀가 통하지 않았으니 어찌해야 좋겠소?"

순욱이 대답했다.

"다른 꾀를 또 써보지요. 이번엔 호랑이를 몰아서 이리를 잡아먹게 하는 꾀입니다."

"어떻게 말이오?"

"원술에게 사람을 보내 유비가 남군을 치겠다는 글을 몰래 올렸다고 하십시오. 그 말을 들으면 원술은 틀림없이 화가 나서 유비를 칠 겁니다. 그렇게 되면 공께서는 유비에게 원술을 치라는 황제의 조서를 내리십시오. 둘이 붙어서 싸우게 되면 여포는 틀림없이 딴 생각을 할 겁니다. 이게 호랑이를 몰아서 이리를 잡아먹게 하는 꾀입니다."

조조는 좋아라 하며 원술에게 사람을 보내고, 이어 황제의 조서를 가짜로 꾸며 서주로도 사람을 보냈다.

유비는 황제의 명령을 전할 사람이 온다는 소식을 듣자 성 밖으로 나가 맞았다. 조서를 보니 곧장 군사를 일으켜 원술을 치라는 내용이었다. 유비는 명령대로 하겠다고 한 뒤 그를 돌려보냈다.

미축이 고개를 갸우뚱했다.

"이것 역시 조조의 장난질입니다."

유비가 고개를 끄덕였다.

"그렇다 하더라도 황제의 명령을 어길 수는 없소."

군사를 살핀 뒤 떠날 채비를 하는데 손건이 말했다.

"성을 지킬 사람을 정해놓고 떠나셔야지요."

유비가 관우와 장비를 돌아보았다.

"두 사람 가운데 누가 지키겠느냐?"

관우가 대답했다.

"제가 지키겠습니다."

"나는 아무 때고 너랑 머리를 맞대고 의논해야 한다. 내 곁에 있어야 한다."

장비가 나섰다.

"그럼 제가 남아서 지키지요."

유비가 고개를 가로저었다.

"너는 못 믿겠다. 술만 마셨다 하면 군사들을 때리는 버릇에다 어떤 일이든 너무 가볍게 생각하고 남의 말을 잘 듣지 않으니 내가 마음을 놓을 수가 없다."

"오늘부턴 술도 마시지 않고 군사도 때리지 않고 남이 하는 말을 잘 받아들여서 하면 되지 않소?"

미축이 비아냥댔다.

"말대로 마음이 따라주어야 말이지요."

장비가 벌컥 화를 냈다.

"여러 해 동안 형님을 모시고 다니면서 한 번도 믿음을 저버린 적이 없는데 나를 깔아뭉개다니!"

유비가 진등에게 눈짓을 한 뒤 장비를 보며 말했다.

"네 말이 틀리지는 않지만 그래도 마음이 놓이지 않는다. 진원룡이 남아서 돕도록 하마. 진원룡은 아침저녁으로 잘 살펴서 장비가 술을 많이 못 마시게 해서 실수하는 일이 없도록 하시오."

진등이 유비 말을 받아들였다. 유비는 여러 가지 일을 당부한 뒤 말 탄 군사와 일반 군사 합해서 3만 명을 거느리고 서주를 떠나 남양으로 향했다.

한편 원술은 유비가 자기 땅을 빼앗으려고 글을 올렸다는 소식을 듣자 화가 몹시 났다.

"자리나 치고 짚신이나 삼던 촌놈이 분에 넘치게 큰 고을을 차지하고 앉아 제후 노릇을 한다기에 버릇 좀 고쳐주려 했는데 마침 잘됐다. 네깟 놈이 나를 쳐? 괘씸한 놈!"

마침내 상장 기령이 10만 대군을 이끌고 서주로 쳐들어갔다. 양쪽 군사는 우이에서 맞닥뜨렸다. 유비는 군사들이 적어 산을 등지고 물가에 영채를 세웠다.

기령은 산동 사람으로, 무게가 50근이나 나가는 한 자루 삼첨도를 잘 다루었다. 그가 말을 타고 앞으로 나와 욕을 퍼부어댔다.

"촌놈 유비 나와라! 겁도 없이 우리 땅을 쳐들어오다니!"

유비가 점잖게 꾸짖었다.

"나는 황제의 조서를 받들어 신하 노릇을 하지 않는 이를 치러 왔다. 네 함부로 설쳐대는 꼴을 보니 죽어 마땅하구나!"

기령이 화가 나서 칼춤을 추며 유비를 향해 말을 달렸다. 관우가 말을 달려나오며 외쳤다.

"어디서 꼴같잖은 게 나타나 설치느냐!"

관우와 기령은 쉬지 않고 30합을 싸웠으나 이기고 짐을 가르지 못했다. 기령이 잠시 쉬자고 외쳤다. 관우는 말 머리를 돌려 진으로 돌아와 잠시 숨을 돌렸다. 기령은 자기 대신 부장 순정을 내보내 싸우도록 했다.

관우가 소리를 질렀다.

"기령보고 나오라 해라. 둘이 끝장을 보아야겠다!"

순정이 맞받아쳤다.

"이름도 없는 네까짓 건 기장군의 상대가 못 된다!"

관우는 화가 치밀어 나는 듯이 말을 달려나가 단 1합에 순정을 고꾸라뜨리고 말았다. 유비는 곧장 군사를 휘몰아 나아갔다. 기령은 크게 져서 회음의 강어귀까지 물러났다. 기령은 떳떳이 나서서 싸우지 못하고 군사들에게 유비의 영채를 몰래 덮치도록 했다. 그러나 그때마다 서주군에게 목숨을 잃거나 쫓겨갔다. 이리하여 양쪽 군사는 서로 자리를 잡고 눌러앉아 있기만 할 뿐이었다.

한편 장비는 유비가 떠난 뒤 일상적인 일은 진등에게 맡기고 자신은 군사에 관한 업무만 보았다. 그러던 어느 날 술자리를 열고 벼슬아치들을 불렀다.

"형님이 떠나실 때 나에게 술을 많이 마시지 말라고 하셨는데, 그건 내가 실수를 할까봐서였소. 여러분은 오늘 하루만 실컷 마시고, 내일부터는 딱 끊고 나를 도와 같이 성을 지킵시다. 자, 오늘은 모두 취해봅시다!"

장비가 자리에서 일어나 한 사람씩 돌아가며 술을 따라주었다. 조표 차례가 되었다.

"저는 처음부터 술은 냄새도 맡지 못하는 사람으로 태어났습니다."

장비가 눈알을 부라렸다.

"싸움질하는 사나이가 술을 못 마실 까닭이 어디 있어? 나는 꼭 한 잔 먹여야겠다."

조표는 겁에 질려 억지로 한 잔을 받아 마셨다. 모든 사람에게 한 차례 잔을 돌리고 난 장비는 커다란 잔에 술을 따라 쉬지 않고 수십 잔을 들이켰다. 크게 취한 장비는 다시 일어나 술을 따라주기 시작했다. 조표의 차례가 되었다.

조표가 사정을 했다.

"정말이지 못 마시겠습니다."

"아까도 마셨지 않은가. 그래놓고 새삼스레 지금 못 마실 이유가 어디 있나?"

조표는 두 번 세 번 마다했다. 장비는 취할 대로 취해 성깔을 부리기 시작했다.

"장수의 명령을 어겨? 곤장 백 대 감이다!"

장비는 군사들에게 조표를 끌어내라고 했다. 진등이 급히 말렸다.

"현덕공께서 떠나실 때 하신 말씀 잊으셨소?"

장비가 얼굴을 잔뜩 찌푸렸다.

"붓 든 사람은 붓으로 할 일이나 알아서 잘해! 남의 일에 끼어들지 말고."

조표는 안달이 나서 사정을 했다.

"익덕공, 내 사위 얼굴을 봐서라도 나를 용서해주시오."

장비가 조표를 때리다.

"사위가 누군데?"

"여포입니다."

장비는 골이 날 대로 났다.

"내 실은 너를 때리기까지는 안 하려고 했는데, 여포를 들 먹이면서 나를 겁주는구나! 어디 매맛 한번 보아라. 너를 때리는 건 바로 여포를 때리는 거나 마찬가지다!"

여러 사람이 달려들어 말렸지만 장비는 듣지 않았다. 장비가 조표를 50대 정도 때리고 나자 사람들이 다시 말려 겨우 매질을 그쳤다. 그렇게 술자리는 끝나고 모두들 돌아갔다.

집으로 돌아온 조표는 장비를 두고 이를 부드득 갈았다. 당장 편지 한 통을 써서 소패의 여포에게 보냈다. 우선 장비가 한 짓을 낱낱이 적었다. 이어 현덕이 지금 회남에 가고 없으니 오늘 밤 안으로 장비가 술 취한 틈을 타서 군사를 이끌고 와 서주를 공격하라 했다. 절대로 기회를 놓치지 말라는 말도 빠뜨리지 않았다.

편지를 읽고 난 여포가 진궁을 불러 의논을 하자 진궁이 말했다.

"소패는 오래 있을 곳이 못 됩니다. 서주를 차지할 기회가 왔는데 치지 않으면 나중에 후회해도 소용없습니다."

여포는 그 말을 좇아 곧바로 갑옷을 입고 말 탄 군사 5백 명을 거느리고 앞장섰다. 대군은 진궁이 이끌고 뒤따라오게 했다. 그 뒤는 고순이 따랐다.

소패와 서주는 4, 50리밖에 되지 않아 말을 타고 가면 금세 닿을 거리였다. 여포가 서주성에 이르렀을 때는 한밤중이었다. 달빛만 휘영청 밝을 뿐 성 위에서는 아무런 움직임도 보이지 않았다. 여포는 성 문 아래로 가서 외쳤다.

"유사군께서 급한 일로 보낸 사람이오. 어서 빨리 문을 여시오!"

성 위에 있던 조표의 군사가 바로 조표에게 알렸다. 조표가 성 위로 올라가 한번 살핀 뒤 군사에게 성 문을 열어주도록 했다. 여포가 비밀 신호를 외치자 군사들이 성 안으로 밀고 들어가며 소리를 질렀다.

장비는 술에 취해 세상 모르고 자고 있다가 누가 흔들어 깨우는 바람에 일어났다.

"여포가 거짓말로 성 문을 열게 하고 들이닥쳤습니다!"

장비는 화를 벌컥 내며 급히 갑옷을 입고 장팔사모를 들고 뛰쳐나갔다. 장비가 부중 문 앞에서 막 말 등에 올랐을 때 여포의 군사들과 마주쳤다. 장비는 아직 술이 덜 깨 힘껏 싸울 수가 없었다. 여포는 장비의 씩씩함을 아는지라 함부로 대들지 못했다. 이러는 사이에 장비와 같은 연나라 출신 장수들 18명이 말을 타고 장비를 에워싼 채 길을 터 동문을 빠져나갔다. 부중에 있는 유비의 가족도 미처 돌볼 새가 없었다.

조표는 장비를 따르는 이가 여남은 명밖에 되지 않는 성싶고 장비도 아직 취해 있는 듯해 해볼 만하다고 여겨 군사 1백 명 정도를 이끌고 뒤쫓았다. 장비는 조표가 뒤쫓아오는 걸 보자 화가 치밀 대로 치밀어 바로 말 머리를 돌려 조표에게 달려들었다. 겨우 3합을 싸우고는 조표가 달아나기 시작했다. 장비는 강가까지 뒤쫓아가 한 번에 그의 등을 찔러버렸다. 조표는 말을 탄 채 강물에 빠져 죽고 말았다.

장비는 성 밖에서 군사들을 불러낸 뒤 그들과 함께 회남 땅으로 달아났다.

여포는 성 안의 백성들을 안심시키고, 군사 1백 명 남짓을 보내 유비의 집 대문을 지키게 하면서 아무나 함부로 못 드나들게 하였다.

장비는 겨우 수십 명의 말 탄 군사들과 함께 우이로 가서 유비를 만나 조표와 여포가 짜고 한밤중에 서주를 덮친 일을 알렸다. 모두들 어안이 벙벙하여 벌린 입을 다물지 못하는데 유비가 한숨을 길게 내쉬었다.

"얻었다고 기뻐할 필요도 없고 잃었다고 안타까워할 까닭도 없다!"

관우가 물었다.

"형수님들은 어떻게 되었느냐?"

"성에서 빠져나오지 못했습니다."

유비는 입을 꽉 다문 채 아무 말도 하지 않았다.

관우가 펄쩍 뛰었다.

"네가 성을 지키겠다고 할 때 뭐라고 말했느냐? 그리고 형님께서도 몇 번이나 당부하시지 않았느냐? 그런데 성도 잃고 형수님들도 적군 속에 떨어뜨리고 왔으니 이 일을 어떡한단 말이냐!"

장비는 그 말에 죄스러운 마음을 어찌할 수 없어 칼을 쓱 뽑아 자기 목을 찌르려 했다.

잔 들어 거침없이 마실 때는 왜 그랬던고?
자기 목을 찔러 죽으며 후회한들 무엇하리

과연 장비의 목숨은 어찌 되는지…….

소패왕이라 불리는 손책

태사자는 손책과 싸우고
손책은 또 엄백호와 크게 싸우다

장비가 칼을 빼어 들고 죽으려 하자 유비가 달려들어 그를 껴안으며 칼을 빼앗아 던졌다.

"옛사람이 말하기를, 형제는 손발과 같고 아내와 자식은 옷과 같다고 했다. 옷은 찢어지면 다시 꿰매 입으면 되지만, 손발이 잘리면 어찌 다시 이어 붙일 수 있겠느냐? 우리 세 사람은 복숭아밭에서 다짐하기를, 한날한시에 태어나지는 못했지만 죽는 건 한날한시에 같이하자고 했다. 지금 성과 가족을 잃었다고 해서 어찌 아우를 먼저 죽게 할 수 있겠느냐? 그 성은 원래 내 것이 아니었다. 가족이 붙잡혀 있기는 하지만 여포도 결코 해치지는 않을 테니 잘하면 구해낼 수 있을 거다. 네가 한때 실수를 했기로서니, 그렇다고 죽어서야 되겠느냐!"

유비는 말을 마치자마자 울음을 터뜨렸다. 관우와 장비도 가슴이 뭉클하여 따라 울었다.

한편 원술은 여포가 서주를 쳐서 차지했다는 소식을 듣자 바로 여포에게 사람을 보내 식량 5만 섬과 말 5백 마리, 금·은 1만 냥과 비단 1천 필을 줄 테니 유비를 같이 들이치자고 했다. 여포는 좋아라 하며 고순에게 군사 5만 명을 이끌고 가서 유비의 뒤를 치라고 했다. 유비는 이 소식을 듣자 비가 내리는 틈을 타 군사를 거두어 우이를 떠났다. 우이 대신 동쪽의 광릉을 차지하기 위해서였다.

고순이 군사를 끌고 와보니 유비는 이미 떠나고 난 뒤였다. 고순은 기령을 만나 약속한 물품을 달라고 했다.

기령이 대꾸했다.

"공은 일단 군사를 거두어 돌아가시오. 내가 주공께 말씀드리겠소."

고순은 돌아와 여포에게 기령의 말을 전했다. 여포는 께름칙해서 입을 쩝쩝거렸다. 그때 원술의 편지가 왔다. 고순이 오기는 했으나 유비를 없애지 못했기 때문에, 유비를 잡으면 그때 약속한 물품을 보낸다는 내용이었다. 여포는 약속을 어긴 원술을 욕하며 당장 군사를 일으키려 했다. 그러나 진궁이 말렸다.

"안 됩니다. 원술은 수춘에 있어 군사도 많고 먹을거리도 많습니다. 가볍게 보면 안 됩니다. 차라리 현덕을 오라 하여 소패를 내주고 우리의 한 날개로 삼으십시오. 뒷날 현덕을 앞장세워 원술을 먼저 치고 나중에 원소까지 치면 천하를 주름잡을 수 있습니다."

여포는 그 말을 좇아 유비에게 편지를 보냈다.

유비는 군사를 거느리고 동으로 가서 광릉을 차지하려다 되레 원술의 공격을 받아 군사를 절반이나 잃고 돌아오다가 여포가 보낸 사람을 만났다. 편지를 본 유비는 무척 기뻐했다. 그러나 관우와 장비는 못마땅해했다.

"여포는 의리라곤 눈곱만큼도 없는 놈입니다. 그놈 말을 곧이곧대로 믿어서는 안 됩니다."

유비는 생각이 달랐다.

"그 사람이 좋은 마음으로 나를 대하는데 의심할 게 뭐 있겠나."

유비는 마침내 서주로 갔다. 여포는 유비가 자신을 의심할까봐 유비에게 가족을 바로 돌려보내주었다. 유비의 두 부인인 감부인과 미부인은 유비를 보자 그동안의 일을 자세히 얘기했다. 여포가 문밖에 군사를 세워 아무나 함부로 드나들지 못하게 하고, 생활에 필요한 물건도 여자들을 시켜 늘 챙겨주었다고 했다.

유비가 관우와 장비를 보며 고개를 끄덕였다.

"나는 여포가 내 가족을 해치지 않을 걸 알고 있었다."

유비는 여포에게 고마움을 나타내려 성으로 들어갔다. 장비는 여포가 죽도록 미워서 따라가지 않고 두 부인을 모시고 소패로 먼저 갔다.

유비가 여포를 보고 고마움을 나타내자 여포가 말했다.

"내가 원래 성을 차지하려고 온 건 아니오. 장비가 술에 취해 사람을 죽인다기에 뒷일이 걱정되어 잠시 지켜주려 왔소."

유비가 고개를 끄덕이며 짐짓 스스로를 낮추며 말했다.

"나는 진즉부터 이 성을 장군에게 넘길 생각이었소."

여포는 겉으로만 성을 다시 돌려주는 척했다. 유비는 애써 마다한 뒤 군사를 이끌고 소패로 갔다. 관우와 장비는 분이 풀리지 않아 속이 뒤집어질 것만 같았다.

유비가 달랬다.

"몸을 낮추고 자기 분수를 알고서 하늘이 내리는 때를 기다리면 된다. 쓸데없이 운명과 겨루어서는 안 된다."

여포는 식량과 비단 따위를 보내주었다. 양쪽은 일단 서로 좋은 사이를 유지하며 지냈다.

한편 원술은 수춘에서 장수와 군사들을 모아놓고 잔치를 크게 베풀었다. 마침 손책이 여강 태수 육강을 이기고 돌아왔다는 보고가 들어왔다. 원술이 손책을 들라 했다. 손책이 뜰아래에서 절을 하자 원술은 그를 불러 자기 옆에 앉혔다.

손책은 아버지 손견이 죽은 뒤 강남으로 물러나 어질고 재주 있는 사람을 예의를 다해 널리 구하며 지냈다. 그런데 서주목 도겸과 외삼촌인 단양 태수 오경이 서로 사이가 좋지 않아 여러 가지로 불편했다. 손책은 어머니를 비롯한 가족은 곡아로 옮겨놓고 자신은 원술에게 와 있었다.

원술은 손책을 무척 좋아했다.

"손책 같은 아들 하나만 있으면 내 발 뻗고 죽을 수 있을 텐데!"

원술은 손책을 회의교위로 삼아 경현의 대수 조랑을 치게 했더니 이기고 돌아왔다. 원술은 손책의 씩씩한 기운이 대견스러워 다시 육강을 치게 했더니 또 이기고 돌아왔다.

잔치가 끝나자 그 자리를 물러나온 손책의 마음은 편치 않았다. 자신을 대하는 원술의 태도가 꽤나 잘난 척하며 업신여기는 듯해 보였기 때문이다. 달빛이 내리비치는 뜰을 거닐다 보니 지난날 아버지 손견의 굽힘없이 씩씩했던 모

습이 떠올랐다. 그에 비해 자신의 모습이 초라하게만 여겨
져 그만 울음이 터져나오고 말았다. 그때 누군가가 뜰 안으
로 들어오더니 큰 웃음을 지으며 물었다.

"백부는 무슨 일로 속이 상했소? 아버님께서 살아 계실
때 나를 많이 찾으셨소. 어려운 일이 있으면 나를 찾지 않고
왜 울고만 있소?"

돌아보니 단양 고장 사람인 주치였다. 주치의 자는 군리
인데, 손견 아래에서 종사관을 했다. 손책은 눈물을 거두고
그에게 앉을 자리를 내주었다.

"아버님의 뜻을 잇지 못한 게 한스러워서 울었습니다."

"원공로에게 군사를 좀 빌려 강동으로 가면 되오. 오경을
구한다는 핑계라도 대고 속으로는 큰일을 꾀하면 될 터인
데, 언제까지 이렇게 남 밑에서 지낼 생각이오?"

한참 얘기를 나누고 있는데 한 사람이 들어왔다.

"공들이 나누는 말뜻을 나도 다 압니다. 내 밑에 날랜 군
사 백여 명이 있는데 백부를 돕도록 하겠소."

원술의 모사인 여범이었다. 그는 여남 세양 사람으로, 자
는 자형이었다. 손책이 기뻐하며 그와 함께 의논하기 시작
했다.

여범이 걱정스레 말했다.

"원공로가 군사를 쉽게 내주지 않을까, 그게 걱정이오."

손책이 조심스레 말했다.

"아버님께서 남기신 전국옥새를 맡기면 어떻겠습니까?"

여범이 말했다.

"원공로는 그걸 진즉부터 갖고 싶어 했소. 그걸 맡기면 군사를 내어줄 거요."

세 사람은 그렇게 하기로 하고 자리를 털고 일어났다.

다음 날 손책은 원술 앞에 가서 엎드려 울었다.

"아버님의 원수도 갚지 못했는데 외삼촌이 지금 양주 자사 유요한테서 시달림을 당하고 있습니다. 곡아에 계신 늙으신 어머니와 가족도 곧 해를 입게 될지 모릅니다. 씩씩한 군사 몇천 명만 빌려주시면 강을 건너가서 어머니를 구하고 싶습니다. 혹시 저를 못 믿으시겠다면 아버님이 남기신 옥새를 맡겨두고 떠나겠습니다."

원술은 옥새를 이리저리 살펴보며 좋아라 했다.

"옥새가 나한테 무슨 필요가 있겠는가? 하지만 자네 뜻이 정 그렇다면 여기 잠깐 두고 갔다 오게나. 군사 삼천 명과 말 오백 마리를 내줄 테니 가서 무찌르고 곧 돌아오게. 음, 자네 벼슬자리가 너무 낮아 큰 힘을 쓰기가 어렵겠구먼. 황제께 글을 올려 자네를 절충교위 진구장군이 되게 하겠네. 일단 날을 잡아 군사를 이끌고 떠나도록 하게."

손책은 절을 하며 고마움을 나타낸 뒤 물러나왔다.

손책은 주치와 여범을 비롯해 오래전부터 함께 해온 정보·황개·한당 등과 함께 군사를 거느리고 떠났다. 역양에 이르렀을 때 군사들 한 떼가 몰려왔다. 앞장선 이를 보니 얼굴 모습이 깨끗하고 몸 생김도 아름다웠다.

그 사람이 말에서 내려 절을 했다. 주유였다. 주유의 자는 공근인데 여강 서성 사람이다. 손견이 동탁을 치러 갈 때 서성으로 옮겨가 살았다. 손책과 주유는 나이가 같아 금세 친해져 의형제를 맺었다. 손책이 주유보다 두 달 먼저 태어났다. 그래서 주유는 손책을 형으로 받들었다.

주유는 삼촌인 주상이 단양 태수가 되어 인사를 드리러 가는 참이었다. 손책은 주유를 보자 무척 기뻐 속내를 털어놓았다.

주유가 고개를 끄덕였다.

"나도 내 모든 힘을 다해 큰일을 이루도록 돕겠소."

"공근을 얻었으니 큰일은 이루어진 거나 마찬가지네."

손책은 주유와 주치·여범 등이 서로 인사를 나누게 했다.

주유가 손책을 바라보았다.

"형님은 큰일을 꾀하는 분이시니, 강동의 두 장씨는 아시겠군요?"

"두 장씨라니?"

"한 사람은 팽성의 장소인데 자가 자포이고, 다른 한 사람은 광릉의 장굉인데 자가 자강이오. 두 사람 다 천하를 주무를 만한 사람인데 난리를 피해 여기 숨어 지내고 있습니다. 형님은 어째서 그런 분을 모르고 있었소?"

손책은 기뻐하며 곧바로 두 사람에게 사람을 보내 예물을 바치고 모셔오라 했다. 그러나 두 사람 모두 마다하며 나오지 않았다. 손책은 몸소 찾아가 이야기를 나눴다. 즐겁게 이야기를 나누고 다시 힘껏 부탁하자 그때에야 비로소 따라나섰다.

손책은 장소를 장사 겸 무군중랑장으로 삼고, 장굉은 참모 정의교위로 삼은 다음 유요를 칠 일을 함께 의논했다.

유요는 자가 정례이고 동래 모평 사람이다. 황실의 친척으로 태위 유총의 조카이고, 연주 자사 유대의 아우이다. 양주 자사가 되어 수춘에 머물 때 원술이 쳐들어오자 강동으로 가 곡아에 머물고 있었다. 손책이 쳐들어온다는 보고를 받은 유요는 급히 장수들을 모아놓고 의논을 했다.

부장 장영이 나섰다.

"제가 군사를 이끌고 우저를 지키면 백만 군사라도 쳐들어오지 못할 겁니다."

장영의 말이 채 끝나기도 전에 다른 사람이 외쳤다.

"제가 앞장서도록 해주십시오!"

동래 황현 사람 태사자였다. 태사자는 어머니를 돌봐준

북해 공융을 구해준 뒤 유요한테 와 있었다. 손책이 쳐들어온다는 말을 듣고 스스로 앞장서기를 원했다.

유요가 고개를 저었다.

"자네는 아직 어려서 앞장서서 싸우긴 어렵네. 내 곁에 그냥 있게."

태사자는 부루퉁한 표정으로 물러났다.

장영은 군사를 거느리고 우저로 가서 군사들이 먹을 식량 10만 섬을 창고에 쌓아두었다. 마침내 손책이 군사를 거느리고 몰려오자 장영도 싸우러 나가 우저 한쪽의 여울에서 마주쳤다. 손책이 말을 몰아 나오자 장영이 마구 욕설을 퍼부어댔다.

바로 그때 황개가 뛰쳐나와 장영에게 덤벼들었다. 몇 합 싸우지 않았을 때 갑자기 장영의 영채가 시끌시끌해졌다. 불이 났다는 보고가 들어왔다. 장영은 급히 군사를 되돌렸다. 손책이 군사들을 이끌고 와 덮쳤다. 다급해진 장영은 우저를 버리고 산속 깊이 달아났다.

장영의 영채에다 불을 지른 이는 씩씩한 장수 둘이었다. 한 사람은 구강 수춘 사람 장흠으로 자는 공혁이다. 다른 한 사람은 주태인데, 구강 하채 사람으로 자는 유평이다. 두 사람은 세상이 어지러워지자 양자강에서 패거리를 지어 도적질을 하며 살았다. 그들은 손책이 강동의 영웅이라는 소리를 오래전부터 들어왔다. 손책이 천하의 뛰어난 사람을 예의를 다해 모신다는 말을 듣자 졸개 3백 명 남짓을 이끌고 찾아왔다.

손책은 무척 기뻐하며 두 사람을 군전교위로 삼았다. 이어 우저의 창고에 쌓인 식량과 무기를 챙기고 항복한 군사 4천 명을 받아들인 뒤 신정을 향해 갔다.

한편 유요는 싸움에 지고 돌아온 장영을 보자 화가 치밀어 당장 그의 목을 베려 들었다. 그러나 모사 작용과 설례가 급히 말렸다. 유요는 장영에게 말릉성으로 군사를 이끌고 가서 적을 막게 하고 자신은 신정령 남쪽으로 군사를 이끌고 가서 영채를 세웠다.

손책은 신정령 북쪽에 영채를 세우고 거기 사는 사람에게 물었다.

"가까운 산에 한나라 광무제를 모신 사당이 있소?"

"바로 고개 위에 있습니다."

"지난밤에 광무제께서 부르시는 꿈을 꾸었소. 그러니 한번 찾아가봐야겠소."

그러나 장소가 말렸다.

"그건 안 됩니다. 유요가 고개 남쪽에 둥지를 틀고 있습니다. 숨어 있다 들이치기라도 하면 어쩌시려고 그럽니까?"

"신령이 나를 돕는데 겁낼 게 뭐 있겠소?"

손책은 마침내 갑옷과 투구 차림에 창을 들고 말에 올랐다. 손책을 비롯해 정보·황개·한당·장흠·주태 등 장수 열세 사람은 영채를 나와 고개 위의 사당으로 갔다. 말에서 내린 손책은 향을 피우고 절을 한 다음 무릎을 꿇고 마음속으로 애타게 빌었다.

'만일 제가 강동에서 큰일을 이루어 돌아가신 아버님의 뜻을 받들 수 있게 되면 곧장 사당을 손보고 네 철마다 제사를 모시겠습니다.'

사당을 나온 손책은 말에 오른 뒤 여러 장수들을 돌아보았다.

"고개를 넘어가 유요의 영채를 한번 살펴봐야겠소."

모두들 안 된다고 말렸으나 손책은 고집을 꺾지 않고 고갯마루로 올라가 남쪽을 바라보았다. 숲과 마을이 한눈에 들어왔다. 숨어 있던 군사 하나가 곧장 유요에게 나는 듯이 달려가 보고했다.

유요가 고개를 끄덕였다.

"음, 이건 손책이 우리를 꾀어내려는 짓이다. 절대로 뒤쫓으면 안 된다."

그러나 태사자는 참지 못했다.

"지금 손책을 잡지 않으면 언제 잡는단 말입니까!"

그는 끝내 유요의 명령을 듣지 않고 갑옷과 투구 차림에 창을 들고 말에 뛰어올라 영채를 빠져나가며 외쳤다.

"용기 있는 사람은 나를 따르시오!"

아무도 따라가지 않았다. 겨우 아랫자리 장수 하나가 대꾸했다.

"태사자야말로 씩씩한 장수요. 나랑 같이 갑시다."

그가 말을 달려나가자 모든 장수들이 비웃었다.

손책은 오랫동안 남쪽을 살펴보다가 말 머리를 돌려 막 고개를 내려가고 있었다. 그때 고개 위에서 크게 외치는 소리가 났다.

"손책은 게 섰거라!"

손책이 고개를 돌려보니 말 두 마리가 나는 듯이 고개를 내려오고 있었다. 손책은 장수 13명을 벌려세운 다음 고개 아래에 말을 세우고 창을 든 채 기다렸다.

태사자가 또 외쳤다.

"손책은 앞으로 나서라!"

손책이 되물었다.

"너는 누구냐?"

"나는 동래 사람 태사자다. 손책을 잡으려고 내 일부러 왔노라!"

손책이 가소로운 표정을 지었다.

"그래, 내가 바로 손책이다. 너희 둘이 한꺼번에 덤벼들어
도 괜찮다. 내가 너희를 겁낸다면 손백부가 아니다!"

"나도 너희들이 다 덤벼들어도 겁 안 난다!"

태사자가 창을 들고 말을 몰아 손책에게 달려들었다. 손
책도 창을 들고 그를 맞았다. 두 마리 말이 어우러져 50합
을 싸웠으나 이기고 짐을 가르지 못했다. 곁에서 보고 있던
정보를 비롯한 장수들이 모두 속으로 놀라 마지않았다. 태
사자는 손책의 창솜씨에 조금도 빈틈이 없자 짐짓 진 척하
며 달아났다. 그는 내려온 길로 되돌아가지 않고 산을 돌아
뒤로 빠졌다. 손책은 바짝 뒤쫓으며 소리 질렀다.

"왜 도망가느냐? 비겁한 놈 같으니라고!"

그러나 태사자는 속으로 얼른 앞뒤를 다 따져본 터라 싸
우다 도망가고 도망가다 싸우곤 하였다.

'이놈은 곁에 도와줄 놈이 열둘이나 있는데 나는 혼자다.
이놈을 사로잡아보았자 저놈들한테 다시 빼앗기기 딱 알맞
다. 저놈들이 쫓아오지 못할 데로 이놈을 더 끌고 가서 끝장
을 내야겠다.'

물론 손책도 그를 쉽게 도망가도록 하지 않았다. 끝까지
뒤쫓다 보니 평평한 벌판이 있는 데까지 이르렀다. 태사자
가 갑자기 뒤돌아서며 덤볐다. 두 사람은 다시 어우러져 50
합을 싸웠다. 손책이 창을 들어 한 번 힘껏 내지르자 태사자

가 잽싸게 피하며 손책의 창을 붙잡았다.

태사자는 곧바로 손책에게 창을 내질렀다. 손책 역시 재빠르게 창끝을 피한 뒤 태사자의 창을 부여잡았다. 두 사람은 있는 힘을 다해 서로를 끌어당겼다. 그러느라 둘 다 말에서 굴러떨어졌다. 그러자 말들이 놀라 어디론가 뛰어가버렸다.

두 사람은 창도 내던져버리고 몸을 부여잡고 싸웠다. 그 바람에 옷자락이 찢겨 너덜거렸다. 손책이 손을 이리저리 놀려 태사자의 등 뒤에서 짧은 창을 뽑아 들고 찌르려 했다. 태사자는 그 틈에 손책의 투구를 벗겨서 손에 쥐고 막아냈다. 그때 뒤에서 큰소리가 일더니 유요가 보낸 군사가 1천 명 넘게 몰려왔다. 손책은 어찌해야 좋을지 몰랐다.

바로 그때 정보를 비롯한 열두 장수도 달려왔다. 손책과 태사자는 그제야 서로 손을 놓고 뒤로 물러났다.

태사자는 자기 편 군사들 가운데서 말 한 필을 얻어 타고 다시 창을 들고 뛰쳐나왔다. 손책은 정보가 붙잡아둔 자기 말을 다시 타고 달려나갔다. 유요의 1천 명 넘는 군사와 정보를 비롯한 열두 장수가 한껏 어우러져 싸우며 신정령 아래까지 밀려갔다.

이때 주유가 군사를 거느리고 달려왔다. 유요도 직접 군사를 이끌고 나타났다. 날은 이미 저물기 시작했는데 갑자

손책과 태사자가 맞서다.

기 비바람이 몰아치기 시작했다. 양쪽은 하는 수 없이 군사를 거두어 돌아갔다.

이튿날 손책은 군사를 거느리고 유요 쪽으로 갔다. 유요가 군사를 거느리고 나왔다. 양쪽은 마주 보듯이 둥그렇게 진을 펼쳤다. 손책은 군사들에게 어제 빼앗은 태사자의 짧은 창을 창끝에 매달아 높이 쳐들고 외치게 하였다.

"태사자가 어제 잽싸게 도망치지 않았으면 벌써 죽은 목숨이다!"

태사자도 가만히 있지 않았다. 자기 군사들에게 손책의 투구를 가져다 높이 쳐들고 외치게 하였다.

"손책의 대갈통이 여기 있는 게 보이느냐!"

양쪽 군사는 있는 힘껏 소리를 지르며 서로 이겼다고 우기기도 하고 자기네들이 더 세다고 떠들어댔다. 마침내 태사자가 끝장을 내자며 말을 달려나왔다. 손책이 뛰쳐나가려 하는데 정보가 나섰다.

"굳이 주공께서 나설 필요 없습니다. 제가 나가서 붙잡아 오겠습니다."

태사자가 정보를 보고 소리 질렀다.

"너는 나를 해볼 수 없다. 어서 손책보고 나오라 해라!"

화가 돋은 정보가 창을 내뻗으며 태사자에게 달려들었다. 두 마리 말이 서로 엉켜 싸운 지 30합에 이르렀을 때 갑자기 유요가 징을 쳐서 군사를 거두어들였다.

태사자가 볼멘소리를 했다.

"적장을 막 사로잡을 수 있는 판인데 왜 싸움을 그치게 합니까?"

유요가 대꾸했다.

"주유가 군사를 이끌고 곡아를 덮쳤다는 보고가 들어왔네. 여강 송자에서 온 놈 가운데 진무란 놈이 있어. 그놈이 배신해서 적을 끌어들였다는구먼. 우리 바닥인 곡아를 잃었는데 어찌 여기 이러고 있겠는가? 얼른 말릉으로 가서 설례와 작융의 군사와 힘을 합쳐야 하네."

태사자는 유요를 따라가지 않을 수 없었다. 손책이 굳이 뒤를 쫓지 않고 군사를 거두어들이자 장소가 말했다.

"주유 때문에 적군은 허겁지겁 돌아가기도 바빠 싸울 준비를 못 하고 있습니다. 오늘 밤에 영채를 들이치는 게 좋을 듯합니다."

손책도 같은 생각이었다. 그날 밤 손책은 다섯 갈래로 군사를 나누어 공격을 하게 했다. 유요의 군사는 크게 패해 이리저리 흩어졌다. 태사자도 혼자의 힘만으로는 해볼 수가 없어 말 탄 군사 여남은 명과 함께 밤새 경현으로 달아났다.

손책은 진무의 도움을 받아 곡아를 차지했다. 진무의 자는 자열인데 키가 7자나 되게 크고, 누런 얼굴에 붉은 눈동

자로 남다른 모습이었다.

손책은 그를 무척 좋아하여 교위로 삼고 설례를 치는 데 앞장서도록 했다. 진무가 말 탄 군사 여남은 명을 이끌고 적을 덮쳐 50명 넘게 머리를 베자 설례는 성으로 들어간 뒤 문을 걸어잠그고 꼼짝도 하지 않았다.

손책이 성을 무너뜨리기 위해 공격을 하고 있을 때였다. 유요가 작융과 함께 다시 우저를 차지했다는 보고가 들어왔다. 손책은 크게 화를 내며 몸소 군사를 거느리고 우저로 달려갔다. 유요와 작융이 말을 달려 싸우러 나오자 손책이 소리 질렀다.

"손책이 여기 왔노라! 어서 항복해라."

유요 뒤쪽에서 우미가 창을 빼어 들고 뛰쳐나왔다. 손책은 채 3합을 싸우기도 전에 그를 사로잡아 옆구리에 끼고 자기 진영으로 돌아갔다. 이걸 본 유요의 장수 번능이 창을 꼬나들고 뛰쳐나와 손책의 등을 노렸다. 손책의 군사들이 다급하게 소리 질렀다.

"뒤를 조심하십시오!"

손책이 고개를 돌렸다. 번능의 말이 거의 몸 가까이 온 걸 보자마자 천둥 같은 소리를 내질렀다. 그 소리에 번능은 말에서 떨어져 머리가 깨져 죽었다. 손책이 문기 아래에다 우미를 내동댕이쳤다. 그런데 우미가 꼼짝하지 않았다. 살펴보니 이미 죽어 있었다.

한 사람은 손책의 옆구리에서 숨 막혀 죽고, 한 사람은 손책의 목소리만 듣고도 죽었다. 이리하여 손책은 옛날 초나라 항우를 패왕이라고 부른 것에 빗대어 작은 패왕이라는 뜻으로 소패왕이라 불렸다.

이날 유요의 군사는 절반이 넘게 항복해왔고, 손책에게 목이 잘린 군사만도 1만 명이 넘었다. 유요는 유표에게 몸을 맡기기 위해 작융과 함께 예장으로 달아났다.

손책은 다시 말릉으로 갔다. 성 아래 도랑가에 이르러 설례에게 항복하라고 외쳤다. 그때 갑자기 화살 한 대가 날아와 손책의 넓적다리에 꽂히는 바람에 손책이 말에서 굴러떨어졌다. 부하들이 달려들어 손책을 떠메고 영채로 돌아가 화살을 뽑고 상처가 덧나지 않게 하는 약을 발랐다.

손책은 군사들에게 자신이 죽었다는 소문을 내게 했다. 이에 군사들은 소리 내 울고 영채를 거두어 물러나기 시작했다.

설례는 손책이 죽었다는 보고를 받자 당장 그날 밤에 모든 군사를 일으켰다. 설례는 날랜 장수 장영·진횡과 함께 성 문 밖으로 뛰쳐나와 손책의 군사를 뒤쫓았다. 그러나 얼마 가지 않아 숨어 있던 군사들이 사방에서 쏟아져나오고, 말을 탄 손책이 앞으로 나서며 외쳤다.

"손랑이 여기 있노라!"

설례의 군사들은 놀라 자빠지며 창이며 칼을 다 버리고 땅바닥에 엎드렸다. 손책은 항복한 군사는 한 사람도 죽이지 않도록 했다.

그 틈을 타 장영은 말 머리를 돌려 달아나다 진무가 내지른 창에 맞아 죽었다. 진횡은 장흠이 쏜 화살에 맞아 죽었으며, 설례는 군사들 속에서 갈팡질팡하다 죽고 말았다.

손책은 말릉 성으로 들어가 백성들을 안심시킨 다음, 태사자를 잡기 위해 경현으로 군사를 움직였다.

한편 태사자는 씩씩한 군사를 2천 명 넘게 모아 부하들과 함께 거느리고 유요의 원수를 갚으려 하고 있었다.

손책은 태사자를 사로잡기 위해 주유와 머리를 맞대었다. 주유는 경현을 세 방향에서 공격하고 동문 하나만 터줌으로써 도망갈 수 있도록 하자고 했다. 이어 경현에서 25리 떨어진 곳 세 군데다 군사를 나누어 숨어 있게 하자고 했다. 태사자가 거기쯤 왔을 때는 사람이고 말이고 모두 지쳐 있을 테니 사로잡을 수 있으리라는 계산이었다.

태사자가 모은 군사는 대부분이 촌에서 살던 사람들이라 조직의 질서에 익숙하지 않았다. 게다가 경현성도 그리 높지 않았다.

그날 밤 손책은 진무에게 가뿐한 차림으로 칼 한 자루만 들고 성 위로 올라가 불을 지르도록 하였다. 태사자는 성 위에서 불길이 치솟는 것을 보고 동문 쪽으로 말을 달렸다. 뒤에서는 손책의 군사들이 마구 쫓아왔다. 30리쯤 쫓아오고 나서야 더 쫓아오지 않았다. 태사자는 50리쯤 더 달아났다. 사람과 말 모두 지칠 대로 지쳤다. 그때 갈대밭에서 갑자기 외침 소리가 일었다. 태사자는 놀라 다시 말을 몰았다. 그러나 숨어 있는 군사들이 여기저기 쳐놓은 올가미에 말이 걸려 넘어졌다. 태사자는 사로잡히고 말았다.

태사자가 붙들려온다는 보고를 받은 손책은 태사자를 맞기 위해 밖으로 나왔다. 손책은 군사들을 물러가게 한 뒤 직접 밧줄을 풀어주고 자기가 입고 있던 비단 전포를 입혀주었다. 손책은 태사자를 영채 안으로 데리고 들어갔다.

"나는 자의가 사내대장부인 걸 알고 있소. 유요가 못난 사람이라 큰 장수를 몰라봐서 이렇게 되고 말았소."

손책이 따뜻하고 예의 바르게 대하자 태사자는 기꺼이 항복했다. 손책이 태사자의 손을 잡으며 웃었다.

"신정에서 싸울 때, 만약 공이 나를 사로잡았다면 나를 죽일 생각이었소?"

태사자도 웃으며 받았다.

"글쎄올시다."

손책은 크게 웃으며 태사자를 장막 속으로 데리고 들어
가 윗자리에 앉히고 술자리를 마련했다.

태사자가 말했다.

"유요가 싸움에 지는 바람에 군사들 마음이 많이 흔들리
고 있습니다. 제가 가서 남은 군사들을 끌고 와 명공을 도울
까 하는데 믿어주시겠소?"

손책이 일어나 고마움을 나타냈다.

"정말로 원하던 바요. 내일 한낮까지 돌아올 수 있겠소?"

태사자가 그렇게 하겠다고 한 뒤 떠나자 여러 장수가 수
군거렸다.

"태사자는 결코 돌아오지 않을 겁니다."

"자의는 믿음과 의리가 있는 사람이오. 절대로 나를 등지
지 않을 거요."

그러나 장수들은 그 말을 곧이듣지 않았다.

다음 날 장수들은 영 문 앞에 장대를 세워놓고 해그림자
길이와 위치로 시간을 재며 기다렸다. 해가 하늘 한가운데
에 왔을 때 태사자가 1천 명 넘는 군사를 이끌고 돌아왔다.
손책은 무척 기뻐했다. 장수들은 손책이 사람을 알아보는
걸 보고 놀랐다.

손책은 마침내 군사 수만 명을 거느리고 강동으로 내려
갔다. 백성들의 마음을 풀어 달래주자 찾아오는 이가 줄을

이었다. 강동 사람들은 손책을 손랑이라고 부르길 좋아했다. 손랑의 군사가 쳐들어온다는 말만 들어도 미리 놀라 도망가는 이들이 많았다. 그러나 손랑의 군사들은 그 누구도 백성들의 재산을 훔치거나 사람을 다치게 하지 않았다. 그러자 닭이나 개들조차도 놀라는 일이 없었다. 이르는 곳마다 사람들은 기꺼이 소를 잡고 술을 내와 군사들을 대접했다. 그때마다 손책은 금과 비단으로 인사를 대신하니, 백성들이 기뻐 내지르는 소리가 들녘마다 가득했다.

손책은 유요 밑에 있던 군사들 가운데 자신을 따르는 이는 받아주고, 군사가 되기 싫어하는 이는 선물을 주며 고향에 돌아가 농사를 짓도록 했다. 이러니 강남 백성들은 모두 손책을 우러러보게 되었고, 군사력도 점차 커졌다.

손책은 어머니를 비롯해 삼촌과 여러 아우들을 곡아로 돌아오게 했다. 아우 손권은 주태와 함께 선성을 지키게 하고, 자신은 오군을 치기 위해 남쪽으로 갔다.

오군에는 엄백호라는 이가 스스로 동오덕왕이라 일컬으며 부하 장수를 시켜 오정과 가흥을 지키게 하고 있었다. 손책의 군사가 들이친다는 보고가 들어오자 엄백호는 아우인 엄여에게 군사를 끌고 풍교로 가서 싸우도록 했다. 엄여는 다리 위에 말을 멈추고 칼을 비껴든 채 서 있었다. 손책은 보고를 받자마자 곧장 나가 싸울 준비를 했다.

그때 장굉이 말렸다.

"장군께는 모든 군사의 목숨이 달려 있습니다. 저따위 하잘것없는 놈하고 맞붙어서는 안 됩니다. 장군께서는 참으셔야 합니다."

"선생의 말씀은 깊이 새겨듣겠습니다. 하지만 내가 앞장서 적의 화살과 돌을 무릅쓰지 않으면 목숨을 걸고 싸우고 싶은 이가 없을 듯해서 그럽니다."

결국 손책은 한당더러 나가 싸우라 했다. 한당이 다리 위에 이르자 장흠과 진무가 재빠르게 작은 배 하나를 타고 나타났다. 두 사람은 언덕 위에 있는 적군들에게 화살을 마구 쏘아댔다. 이윽고 강언덕으로 뛰어오른 두 사람은 닥치는 대로 적군을 무찔러나갔다. 엄여가 달아나기 시작하자 한당이 군사들과 함께 그 뒤를 쫓아 성벽 위의 문 아래까지 쳐들어갔다. 적군들은 모두 성 안으로 들어가버렸다.

손책은 군사를 나누어 뭍과 강 양쪽으로 나아가 오성을 에워싸고 사흘을 지켰지만 아무도 싸우러 나오지 않았다. 손책은 군사를 거느리고 성벽 문 앞으로 가서 항복하라고 소리 질렀다. 성벽 문 위에서 비장 하나가 왼손으로 들보를 짚고 선 채 오른손 손가락 하나로 아래를 가리키며 욕을 퍼부어댔다. 태사자가 말 위에서 활을 뻗쳐들며 장수들을 돌아보았다.

“저놈의 왼손을 맞힐 테니 지켜보십시오.”

말이 미처 끝나기도 전에 화살 날아가는 소리가 나더니 성벽 위 군사의 왼손이 들보에 달아 매달리듯 박혔다. 성 위아래에서 이 광경을 보고 놀라지 않은 이가 없었다. 여러 사람이 그를 구해 내려가자 엄백호는 질린 표정이었다.

“저 편에 이 정도 솜씨를 부리는 이가 있다면 더 싸울 수가 없다.”

엄백호는 부하들을 모아놓고 싸움을 그만둘 방법을 의논했다.

다음 날 엄여가 손책을 만나기 위해 성을 나왔다. 손책은 엄여를 막사로 데리고 가 술을 권했다. 술기운이 오르자 손책이 물었다.

“형님분의 뜻은 무엇이오?”

“장군과 함께 강동을 절반씩 나누어 가졌으면 합니다.”

손책이 화를 벌컥 냈다.

“쥐새끼 같은 놈이 겁도 없이 나랑 맞먹겠다고!”

손책은 엄여를 베어 죽이라고 명령했다. 엄여가 칼을 빼어 들며 일어섰다. 그러나 손책의 잽싼 칼놀림 한 번에 엄여는 바로 고꾸라지고 말았다. 손책은 엄여의 머리를 잘라 성 안으로 들여보내라 명령했다. 이에 엄백호는 당해낼 방법이 없는 걸 알고 성을 버리고 달아나버렸다. 손책은 군사를 휘몰아 그 뒤를 쫓았다. 가는 길에 황개는 가흥을 덮치고 태사자는 오정을 덮치니, 나머지 고을은 저절로 손안에 들어왔다.

엄백호는 여항 쪽으로 달아나며 닥치는 대로 재물을 빼앗았다. 이에 그 고장 사람인 능조가 사람들을 모아 공격하자 회계 쪽으로 달아났다.

능조는 아들과 함께 손책을 맞았다. 손책은 그를 종정교위로 삼은 뒤 같이 군사를 거느리고 강을 건넜다. 엄백호는 도적 떼를 끌어모아 서진 나루를 지키고 있었으나, 정보가 쳐들어가자 다시 회계로 정신없이 달아났다.

회계 태수 왕랑은 엄백호를 돕기 위해 군사를 일으켰다. 그러나 군리인 우번이 말렸다.

"그렇게 하지 마십시오. 손책의 군사는 어짊을 베풀고 있으나 엄백호의 무리는 사납고 거칠기 짝이 없습니다. 차라리 엄백호를 사로잡아 손책에게 바치십시오."

왕랑은 그의 말을 듣지 않고 도리어 화를 벌컥 냈다. 우번은 회계 여요 사람으로 자는 중상이었다. 그는 한숨을 길게 내쉬며 밖으로 나갔다.

왕랑은 군사를 이끌고 나가 엄백호와 함께 산음 벌판에 진을 쳤다. 양쪽 군사는 둥그렇게 자리를 잡고 마주 보았다.

손책이 말을 몰고 나와 왕랑에게 소리쳤다.

"나는 어진 뜻으로 군사를 일으켜 절강을 편안하게 하려고 왔거늘 넌 어째서 도적을 돕고 있느냐?"

왕랑이 욕설을 퍼부어댔다.

"너야말로 욕심이 끝이 없는 놈이다. 오군 땅을 빼앗아 차지했으면 됐지, 뭐가 부족해 나 있는 데까지 처먹겠다고 달려드느냐? 오늘은 특별히 엄씨의 원수를 갚아주마!"

손책이 크게 화를 내며 싸우려 드는데 태사자가 먼저 뛰쳐나갔다. 왕랑이 칼춤을 추며 말을 달려나와 태사자와 맞붙었다. 채 몇 합 싸우지 않았을 때 왕랑의 부하 주흔이 싸움을 거들기 위해 뛰쳐나왔다. 이에 황개가 나는 듯이 달려나가 주흔을 맞아 싸웠다. 양쪽 군사들은 북소리를 둥둥 울리며 서로 뒤엉켜 싸우느라 정신이 쏙 빠졌다.

그때 갑자기 왕랑의 군사들 뒤쪽이 시끌벅적해졌다. 뜬금없이 한 떼의 군사가 뒤를 짓이겨 들어왔기 때문이다. 주유가 정보와 함께 뒤쪽으로 몰고 온 군사들이었다. 왕랑은 깜짝 놀라 말을 돌려 뒤쪽의 적을 맞아 싸웠다. 앞뒤 양쪽에서 공격을 당하자 왕랑은 군사 수도 적어 더더욱 해볼 수가 없어 엄백호·주흔과 함께 죽을힘을 다해 성 안으로 도망쳤다. 그들은 곧바로 성 문 앞 도랑에 걸쳐 있던 다리를 들어올리고 성 문을 굳게 닫아걸었다.

손책의 대군은 성 턱밑까지 들이친 다음 네 군데 성 문을 나누어 공격했다. 왕랑은 손책의 공격이 거세지자 다시 군사를 끌고 나가 죽기를 맘먹고 싸우고자 했다. 그러나 엄백호가 말렸다.

"손책의 군사는 너무 많으니 함부로 부딪칠 일이 아니오. 성 밑 도랑이나 더 깊게 파고 성벽이나 더 단단히 쌓고 지키면서 나가지 마시오. 적들은 틀림없이 한 달 안에 먹을거리가 바닥나 물러가지 않을 수 없게 됩니다. 그때 덮치면 별로 힘들이지 않고 이길 수 있지요."

왕랑은 그 말을 좇아 회계성을 굳게 지키며 꿈쩍도 하지 않았다. 손책은 며칠을 두고 들이쳤는데도 뜻을 이루지 못하자 장수들과 머리를 맞대고 의논했다.

손정이 말했다.

"왕랑이 성을 굳게 지키니 무찌르기가 쉽지 않다. 그런데 회계의 재물과 먹을거리 절반 이상이 사독에 쌓여 있다. 거기가 여기서 몇십 리 안 되니 거기를 먼저 쳐서 차지하는 게 나을 성싶다. 미처 지키지 않는 데를 치고, 뜻밖의 곳으로 나아가는 게 빠르다."

손책은 막힌 가슴이 탁 터지는 듯했다.

"작은아버님 말씀대로 하면 적을 깰 수 있겠습니다."

그날 밤 손책은 곧바로 성 문 밖에 모닥불을 피우고 깃발을 꽂아 군사들이 그대로 있는 듯이 해놓은 뒤 성의 포위를 풀고 남쪽으로 떠날 준비를 했다.

주유가 손책에게 말했다.

"주공께서 군사를 물리면 결국 왕랑이 눈치 채고 뒤쫓아 올 겁니다. 기습 작전을 쓰는 게 좋겠습니다."

"이미 준비를 해놓았소. 성은 오늘 밤 안으로 우리가 차지하게 될 것이오."

마침내 손책은 군사를 거느리고 떠나갔다.

한편 왕랑은 손책의 군사가 떠났다는 보고를 받자 직접 성벽 높은 데로 올라가 성 밖을 살펴보았다. 여기저기서 모닥불이 활활 타오르고 기가 꽂혀 있는 걸 보니 군사들이 떠난 게 아니라 어딘가 숨어 있는 성싶었다. 이때 주흔이 나서며 말했다.

"손책이 달아나면서 우리 눈을 속이려고 저렇게 해놓았지요. 곧장 군사를 끌고 나가 덮쳐야 합니다."

엄백호가 말했다.

"손책은 아마도 사독을 차지하기 위해 떠났을 겁니다. 내가 부하들을 이끌고 주장군과 함께 뒤를 쫓겠소."

왕랑이 고개를 끄덕였다.

"사독은 먹을거리를 쌓아둔 곳이라 어떻게 하든 지켜야 하오. 군사를 몰고 먼저 가시오. 곧바로 뒤따르겠소."

엄백호는 주흔과 함께 군사 5천 명을 끌고 손책의 뒤를 쫓았다. 초저녁 무렵, 성에서 20리 남짓 떨어진 곳에 이르렀을 때였다. 갑자기 숲속에서 북소리가 크게 나더니 횃불이 밝혀졌다. 엄백호는 깜짝 놀라 말고삐를 잡아당겨 뒤로 돌아서려는데 한 장수가 나타나 앞을 가로막았다. 불빛에 비친 그는 손책이었다. 주흔이 칼을 휘두르며 달려들었으나 손책의 칼놀림 한 번에 고꾸라지고 말았다. 남은 무리들은 겁에 질려 모두 항복을 했다.

엄백호는 겨우 포위망을 뚫고 여항 쪽으로 달아났다. 뒤쫓아가던 왕랑은 먼저 간 군사들이 무너졌다는 보고를 받자 성으로 다시 돌아가지도 못하고 군사들과 함께 바닷가 쪽으로 달아났다. 손책은 다시 돌아와 성을 차지하고 백성들이 마음을 놓게 하였다.

다음 날 어떤 사람이 엄백호의 목을 들고 와서 손책에게 바쳤다. 8자나 되는 큰 키에 얼굴은 네모졌고 입이 무척 큰 사람이었다. 그는 회계 여요 사람으로, 이름은 동습이고 자는 원대라 했다. 손책은 그를 반기며 별부사마로 삼았다.

마침내 동쪽 지방은 모두 조용해졌다. 손책은 작은아버지 손정에게 회계성을 맡기고, 주치를 오군 태수로 삼은 뒤 군사를 거두어 강동으로 갔다.

한편 선성에는 손권과 주태가 있었는데, 어느 날 밤 갑자기 산적 떼가 사방에서 쳐들어왔다. 미처 손쓸 틈이 없어 주태는 손권을 안아 말에 태웠다. 도적 떼가 칼을 휘두르며 마구 달려들었다. 주태는 미처 옷도 갖춰 입지 못한 채 맨발로 칼을 휘둘러 여남은 명을 쓰러뜨렸다. 그러는 틈에 뒤에서 말을 몰아 주태에게 달려들며 창으로 찌르려 하는 이가 있었다. 주태가 몸을 돌려 창을 움켜쥐고 잡아당기자 도적이 말 아래로 고꾸라졌다. 주태는 창과 말을 빼앗아 포위망을 뚫고 손권을 구해냈다. 도적들은 마침내 멀리 달아나기 시작했다.

주태는 그 사이에 열두 군데나 창에 찔렸다. 날이 갈수록 상처가 덧나 자칫하면 목숨이 위태로울 지경이었다. 이 보고를 들은 손책은 깜짝 놀랐다.

그때 동습이 나섰다.

"제가 전에 해적들과 싸우다가 창에 찔린 적이 있었습니다. 그때 회계의 우번이 의원을 소개해주어서 그 의원한테 치료를 받았는데, 치료받은 지 보름 만에 나았습니다."

손책이 눈을 크게 떴다.

"우번이라면 우중상을 말하는 게요?"

"그렇습니다."

"그 사람은 어진 선비요. 불러다 써야겠소."

손책은 장소와 동습을 보내 우번을 맞아오게 했다. 우번이 오자 손책은 예의를 갖춰 그를 대접하고 공조라는 벼슬을 내린 뒤 용한 의원을 찾는 뜻을 말했다.

우번이 대답했다.

"그 의원은 패국 초군 사람인데, 이름은 화타요 자는 원화입니다. 우리 시대의 귀신 같은 의원입니다. 제가 가서 불러 오겠습니다."

우번은 미처 하루도 지나기 전에 화타를 데려왔다. 화타를 보니 아이 얼굴에 학처럼 새하얀 머리칼로 이 세상 사람 같지 않았다. 손책은 그를 귀한 손님으로 대접하며 주태의 상처를 살펴봐달라고 했다. 상처를 살펴본 화타는 별로 대수롭지 않게 말했다. 화타가 약을 쓴 지 한 달 만에 주태의 상처는 깨끗이 나았다. 손책은 크게 기뻐하며 화타에게 고마운 뜻을 깊이 나타냈다.

곧이어 손책은 군사를 거느리고 가서 지난번에 쳐들어왔던 산적들을 깨끗이 쓸어버렸다. 이리하여 강남 지방이 모두 조용해졌다.

손책은 중요한 길목마다 장수와 군사를 보내 지키게 했다. 이어 나라에 글을 올려 그동안의 사정을 알리고, 조조에게도 사람을 보내 인사를 텄다. 원술에게는 지난번에 맡긴 옥새를 돌려달라는 편지를 보냈다.

원술은 속으로 황제가 되고 싶은 욕심을 품고 있었다. 그래서 답장은 바로 보냈지만 옥새는 이런저런 핑계를 대며 돌려주지 않았다. 원술은 급히 장사 양대장, 도독 장훈·기령·교유, 상장 뇌박·진란 등 30명 넘는 사람을 모아놓고 의논했다.

"손책은 나한테서 군사와 말을 빌려가 일을 일으켜 강동 땅을 다 차지했다. 그랬으면 은혜 갚을 생각을 먼저 해야지 도리어 옥새를 내놓으라니, 참으로 버르장머리 없는 놈이다. 앞으로 어찌해야 좋겠는가?"

장사 양대장이 말했다.

"손책은 장강을 끼고 앉아 있는데다 군사들도 뛰어나고 먹을거리도 많이 갖추고 있어 쉽게 무찌를 수는 없습니다. 지금으로 봐서는 유비를 먼저 치는 게 낫습니다. 지난번에 우리에게 달려들었던 원수를 먼저 갚은 뒤 손책을 쳐도 늦지 않습니다. 저한테 좋은 꾀가 하나 있습니다. 그대로만 하면 유비는 쉽게 사로잡을 수 있습니다."

범을 잡으러 강동으로 가지는 않고
어찌 서주로 가서 교룡과 싸우려 드는가?

과연 그 꾀란 무엇인지······.

잔꾀 부리는 여포

여포는 영채 문밖의 화극을 정확히 쏘아 맞히고
조조는 육수 싸움에서 져 패장이 되다

장사 양대장이 유비를 칠 좋은 꾀가 있다고 하자 원술은 솔깃했다.

"어떻게 하면 되겠소?"

양대장이 대답했다.

"소패에 머무르고 있는 유비를 치는 일은 어렵지 않으나, 여포가 서주에 호랑이처럼 버티고 있어 걱정입니다. 저번에 여포에게 황금과 비단에다 먹을거리를 준다 해놓고 아직도 주지 않아 여포가 유비를 돕지 않을까 걱정됩니다. 지금이라도 먹을거리를 보내 여포가 군사를 움직이지만 않게 해놓으십시오. 그러면 유비는 바로 사로잡을 수 있습니다. 일단 유비를 잡아놓고 여포를 치면 서주를 차지할 수 있습니다.”

원술은 기꺼이 식량 20만 섬을 여포에게 주기로 하고 한윤에게 비밀 편지를 주어 여포에게 보냈다. 여포는 좋아라 하며 한윤을 잘 대접했다.

한윤이 돌아오자 원술은 마침내 기령을 대장으로 삼고 뇌박과 진란을 부장으로 삼은 뒤 군사 수만 명을 주며 소패를 치도록 하였다.

한편 이 소식을 들은 유비는 여러 사람과 의논을 시작했다. 장비는 무작정 나가 싸우자는데 손건이 말렸다.

“지금 소패에는 먹을거리도 얼마 없고 군사도 많지 않아 적을 해볼 방법이 없습니다. 여포에게 편지를 보내 도와달라고 합시다.”

장비가 못마땅해하면서 툭 내뱉었다.

“그놈이 잘도 오겠소.”

그러나 현덕은 고개를 끄덕였다.

“손건의 말대로 해야 한다.”

유비는 바로 편지를 써서 여포에게 보냈다.

장군이 돌봐주신 까닭에 유비는 소패에서 지내고 있습니다. 하늘 같은 은혜에 진심으로 감사드립니다. 지금 원술이 사사로운 원수를 갚겠다고 기령을 이곳으로 보냈다 합니다. 소패는 언제 무너질지 모릅니다. 장군이 아니시면 구해주실 이가 없습니다. 부디 군사를 한 번 일으켜 급한 처지를 살펴주시면 더할 수 없이 고맙겠습니다.

편지를 읽은 여포는 진궁을 불러 의논했다.

"저번에 원술이 먹을거리에다 편지를 보낸 건 나보고 현덕을 도와주지 말라는 뜻이었소. 그런데 이번엔 현덕이 도와달라는 편지를 보내왔소. 현덕이 소패에 있는 건 나한테 별로 해가 되지 않지요. 만일 원술이 현덕을 내몰고 거기를 차지하면 북쪽으로 이어지는 태산의 여러 장수와 손을 잡고 나한테 덤벼들 테니 편히 베개를 베고 잠을 잘 수가 없겠지요. 그러니 현덕을 돕는 게 낫겠소."

여포는 군사를 살펴 끌고 나갔다.

한편 기령은 군사를 이끌고 멀리 나와 벌써 패현 동남쪽에 이르러 영채를 세웠다. 낮에는 나부끼는 깃발이 산과 내를 다 가리고, 밤에는 횃불 아래 북소리 울려퍼지니 하늘과 땅이 무너질 듯 떠들썩했다.

유비는 겨우 5천 명 조금 넘는 군사를 거느리고 있었다. 그러나 싸우지 않을 수도 없어 성 밖으로 나가 싸우기 위해

   박상률 완역 삼국지 2

영채를 세웠다. 그때 여포가 군사를 이끌고 현에서 1리쯤 떨어진 서남쪽에 영채를 세웠다는 보고가 들어왔다.

기령은 여포가 유비를 도우러 왔다는 보고를 받자 곧장 여포에게 편지를 보내 못마땅함을 나타냈다. 여포는 너털 웃음을 터뜨렸다.

"내게도 다 생각이 있다. 원술과 유비 둘 다 나를 원망하지 않게 해주겠다."

여포는 곧장 기령과 유비 양쪽에 사람을 보내 두 사람을 다 불러들였다. 유비는 여포가 부르자 곧바로 가려고 하는데 관우와 장비가 말렸다.

"형님, 가지 마십시오. 여포가 딴 생각을 품고 있는 게 틀림없습니다."

"내가 저를 서운하게 대한 적이 없는데 나를 해칠 까닭이 있겠느냐."

유비가 말에 올라타자 관우와 장비도 뒤를 따랐다. 여포의 영채에 이르러 장막 안으로 들어가자 여포가 제법 뻐기는 투로 맞았다.

"내가 이번에 특별히 공을 위기에서 구해줄 테니 나중에 뜻을 이루더라도 잊지 마시오."

유비가 고마워하자 여포가 자리에 앉기를 권했다. 관우와 장비는 칼을 쥐고서 유비 뒤에 섰다. 그때 기령이 도착했

다는 보고가 들어왔다. 유비는 깜짝 놀라 피하려 하는데 여
포가 막았다.

"내 특별히 두 사람과 의논할 거리가 있어 같이 불렀으니
의심쩍어할 것 없소."

유비는 여포의 속을 알 수 없어 불안하기 짝이 없었다. 기
령도 말에서 내려 들어오다가 유비를 발견하고는 깜짝 놀
라 돌아 나가려 했다. 옆에서 말렸지만 듣지 않았다. 여포가
벌떡 일어나더니 기령을 어린아이 다루는 듯한 자세로 잡
아끌었다. 기령이 볼멘소리를 냈다.

"장군은 기령이를 죽일 생각입니까?"

"아니오."

"그럼 저 귀 큰 놈을 죽이시겠습니까?"

"그것도 아니오."

"그렇다면 어쩌자는 겁니까?"

"현덕과 나는 형제 같은 사이요. 지금 장군 때문에 어려움
에 빠져 있기에 도우러 왔을 뿐이오."

"그럼 나를 죽이겠다는 말씀이구려."

"그렇지 않소. 나는 평생 동안 싸움을 좋아하지 않고 오로
지 싸움 말리기를 좋아한 사람이오. 나는 오늘 양쪽의 다툼
을 풀어주고 싶소."

"무슨 방법으로요?"

　　　　　　　　　　박상률 완역 삼국지 2

“내게 한 가지 방법이 있소. 하늘의 뜻에 달린 거요.”

여포는 기령을 끌고 장막 안으로 들어가 유비와 인사를 시켰다. 유비와 기령 두 사람은 서로 의심을 풀지 못하고 잔뜩 긴장한 채 어색한 표정이었다. 여포는 자신의 왼쪽에 기령을 앉히고 오른쪽에는 유비를 앉게 한 뒤 술자리를 베풀었다. 술잔이 몇 번 돌자 여포가 말했다.

“양쪽 모두 내 낯을 보아 군사를 거두는 게 어떻소?”

유비는 아무 말을 하지 않고 기령이 대답했다.

“나는 주공의 명을 받들어 오로지 유비를 잡기 위해 십만 군사를 이끌고 이곳에 왔소. 이제 와서 어떻게 그냥 돌아갈 수 있겠소?”

장비가 발끈해서 창을 들어올리며 소리쳤다.

“우리가 군사는 얼마 안 된다마는 네까짓 것들 하는 짓은 어린애들 놀이 정도로밖에 보이지 않는다. 네놈들이 백만 황건적과 견주어 나을 것이 있느냐? 어디 건방지게 우리 형님을 해치겠다고!”

관우가 급히 말렸다.

“여장군이 어떻게 하나 더 지켜보자. 그러고 나서 영채로 돌아가 그때 싸워도 늦지 않다.”

여포가 목소리를 높였다.

“내가 양쪽을 부른 건 싸움을 그만두게 하기 위해서요. 절대로 싸우지 못하게 하겠소."

이쪽에서는 기령이 씩씩거렸고, 저쪽에서는 장비가 씩씩거렸다. 여포가 다시 소리를 버럭 질렀다.

"내 창을 가져오너라!"

아랫사람이 가져온 화극을 여포가 받아들자 기령과 유비 둘 다 얼굴빛이 싹 바뀌었다. 여포가 툭 내뱉었다.

"양쪽이 싸우지 말라는 건 하늘의 뜻이란 말이오!"

여포는 화극을 영채 문밖에 꽂으라고 했다. 이어 여포가 기령과 유비를 돌아보았다.

"여기서 저 문까지는 백오십 걸음 정도요. 내가 화살 한 대로 저기 꽂아둔 화극의 작은 가지를 쏘아 맞히면 곧바로 싸움을 그만두고, 맞히지 못하면 각자 영채로 돌아가 싸울 준비를 하시오. 내 말을 듣지 않는 사람은 나도 힘을 합쳐 같이 치겠소."

기령은 얼른 속으로 따져보았다.

'화극은 백오십 걸음 밖에 있다. 결코 맞히기가 쉽지 않겠지. 일단 그러겠다고 대답하고, 맞히지 못하면 그때 가서 내 맘대로 싸우면 되겠구먼.'

그래서 기령은 기꺼이 그러겠노라고 대답했다. 유비는 처음부터 마다할 까닭이 없었다. 여포는 두 사람을 다시 자리에 앉힌 뒤 술 한 잔씩을 더 했다. 여포가 활과 화살을 가져오게 했다. 유비는 속으로 빌었다.

'부디 쏘아서 맞히게 해주소서!'

여포가 소매를 걷어붙이더니 시위에 화살 한 대를 먹여 힘껏 당긴 뒤 놓았다.

"얍!"

활은 하늘 가운데 뜬 가을 달처럼 둥글게 부풀고, 화살은 별똥별처럼 날아가 내려앉으며 화극의 작은 가지를 정확히 맞혔다. 막사 위아래에 있던 장수들이 모두 놀라는 소리를 질렀다.

훗날 이 일을 노래한 시가 있다.

온후의 활솜씨는 신의 솜씨라 겨룰 이가 없어

영채 문밖을 향해 쏜 화살 한 대로 위기를 막네

해를 쏘아 떨어뜨린 후예도 당하지 못하고

원숭이를 울린 유기도 해보지 못하리

호랑이 심줄로 만든 시위 소리 팅 하고 울리니

독수리 날개깃 화살이 바로 날아가 꽂히는구나

표범 꼬리 장식 흔들리며 화극을 맞히니

씩씩함 뽐내는 10만 군사 싸울 뜻을 버렸네

여포는 화극의 잔가지를 맞히고 나자 크게 웃으며 활을

던져버린 다음 기령과 유비의 손을 맞잡았다.

"이건 하늘이 싸움을 말리는 바요."

여포는 아랫사람을 불렀다.

"술 좀 더 내오너라! 큰 잔으로 한 잔씩 더 마셔야겠다."

유비는 다행스럽기는 했지만 속으로는 창피하기도 했다. 기령은 한참 동안 입을 다물고 있다가 여포에게 말했다.

"장군의 말씀을 어길 생각은 없지만, 내가 이대로 돌아가면 주공이 믿지 않을 터이니 어찌하면 좋겠소?"

"내 직접 편지를 써주겠소."

술잔이 몇 번 더 돌고 나자 기령은 편지를 받은 뒤 먼저 돌아갔다. 여포가 유비에게 젠체했다.

"나 아니었으면 공은 참으로 큰일 날 뻔했소."

유비는 고맙다며 절을 하고 관우·장비와 함께 돌아갔다.

다음 날 세 곳에 머물던 군사는 각각 다 흩어져갔다. 유비는 소패로 돌아가고, 여포는 서주로 돌아갔다.

한편 회남으로 돌아간 기령은 원술을 만나 여포가 영채 문밖의 화극을 쏘아 싸움을 못 하게 한 사정을 얘기하고 여포의 편지를 바쳤다.

원술은 화가 솟구쳤다.

"나한테서 그 많은 먹을거리를 받아 챙기고도 여포란 놈이 어린애 장난 같은 짓을 해서 유비를 싸고돌더란 말이지? 내가 직접 군사를 있는 대로 다 몰고 가서 유비도 치고 여포도 치겠다."

그러나 기령이 말렸다.

"주공께서는 너무 서두르지 마십시오. 여포는 보통 장수가 아니며, 게다가 서주 땅까지 차지하고 있습니다. 만일 여포와 유비가 머리와 꼬리를 맞댄 것처럼 힘을 모으면 쉽게 해볼 수가 없습니다. 들리는 바에 따르면, 여포의 아내 엄씨에게 시집갈 나이가 된 딸이 하나 있다고 합니다. 주공께서도 아드님을 한 분 두고 계시니 여포에게 사람을 보내 서로 결혼을 시키자고 해보십시오. 만약 여포가 그럴 생각이 있으면 틀림없이 유비를 없애겠지요. 가까운 사이가 되면 가깝지 않은 남이 끼어들지 못하게 되는 사정을 이용하자는 겁니다."

원술은 그 말을 좇아 한윤에게 예물을 가지고 서주로 가서 결혼 얘기를 꺼내보라고 하였다. 한윤은 곧장 서주로 가서 여포를 만났다.

"주공께서는 장군을 존경하시어 따님을 며느리로 삼고자 합니다. 옛날 춘추시대 때 사이좋은 두 나라가 했듯이 사돈을 맺어 두고두고 잘 지내고 싶어서입니다."

여포는 아내 엄씨와 의논하기 위해 안으로 들어갔다. 원래 여포는 아내가 둘이고 첩이 하나였다. 엄씨는 첫 번째 아내이고, 그다음에 얻은 초선은 첩이요, 소패에서 얻은 조표의 딸은 둘째 아내였다. 조표의 딸은 자식 없이 죽고, 초선 역시 자식이 없는지라 엄씨가 낳은 딸이 유일한 자식이었다. 여포는 그 딸을 무척 귀여워했다.

여포의 말을 들은 엄씨가 말했다.

"제가 듣기로 원공로는 오랫동안 회남을 차지하고 있어 군사도 많고 먹을거리도 풍부해서 머지않아 황제가 될지 모른다고 하더군요. 그렇게 되면 우리 딸이 나중에 황후가 될 수도 있는데, 단지 아들을 몇이나 두고 있는지 그게 궁금하군요."

"외아들이라고 하던데."

"그렇다면 더 망설일 까닭이 없습니다. 황후가 되지 못한다 하더라도 최소한 우리 서주는 별다른 걱정 안 해도 될 것 아닙니까."

드디어 여포는 마음의 결정을 내리고 한윤을 정성껏 대접하면서 청혼을 받아들였다. 한윤은 돌아가 원술에게 보고했다. 원술은 신랑이 신부 집에 보내야 하는 예물을 갖추어 다시 한윤을 서주로 보냈다. 예물을 받은 여포는 한윤에게 푸짐한 술자리를 베푼 다음 숙소에서 편히 쉬게 했다.

다음 날 진궁은 한윤이 묵고 있는 곳으로 찾아갔다. 인사가 끝나자마자 진궁은 곁에 있는 이들을 물러가게 한 뒤 한윤을 빤히 쳐다보았다.

"누가 이런 꾀를 짜냈소? 원공과 봉선을 사돈 관계로 묶어서 유비의 목을 얻으려고 꾸민 일 같은데?"

한윤은 깜짝 놀라며 벌떡 일어나 사정을 했다.

"제발 공대는 아무 소리 말아주십시오."

"나야 무슨 말을 내겠소. 그러나 일이 늦어지면 반드시 남들도 알게 되어 무슨 일이 벌어질지 모르오."

"그럼 어떻게 해야 하오? 공께서 좀 가르쳐주시지요."

"내가 봉선을 만나뵙고 따님을 곧장 시집보내도록 하면 어떻겠소?"

한윤은 크게 기뻐하며 고마워했다.

"그렇게만 해주신다면 원공께서도 공의 은혜를 결코 잊지 않을 겁니다."

진궁은 한윤과 헤어지자 곧바로 여포에게 갔다.

"듣자니 공께서는 따님을 원공로 집안으로 시집보내기로 하셨다던데, 잘된 일입니다. 그런데 언제쯤 식을 치르기로 했습니까?"

여포가 느긋하게 말했다.

"천천히 의논해서 하지요."

"예로부터 예물을 받은 뒤 식을 치르기까지는 나름대로

정해진 기간이 있습니다. 황제는 일 년이고, 제후는 반년에, 대부는 한 철이며, 보통 백성은 한 달입니다.”

여포가 물었다.

“원공로는 하늘이 내린 옥새를 가지고 있어 머지않아 황제가 될 사람이니 황제의 예를 따르는 게 좋지 않겠소?”

“그건 안 됩니다.”

“그럼 제후의 예를 따라야겠군.”

“그것도 안 됩니다.”

“그것도 안 되면, 대부의 예를 따르자는 얘기요?”

“그럴 수도 없습니다.”

여포가 피식 웃었다.

“공은 나보고 보통 백성의 예를 따르라는 얘기구먼.”

“그렇지 않습니다.”

“도대체 공의 생각은 무엇이오?”

“지금 제후들은 천하를 놓고 저마다 다투고 있습니다. 지금 공께서 원공로와 사돈을 맺으면 제후들 가운데 틀림없이 시기하는 자가 나올 겁니다. 만약 날을 너무 멀리 잡으면 일이 알려져 식을 치르러 가는 날 길 어디에 군사를 숨겨놓았다가 신부를 빼앗아가는 일이 생길 수도 있습니다. 시집을 안 보낼 거면 몰라도 이미 허락을 했으니 다른 제후들이 모를 때 따님을 수춘으로 보내셔서 별관에 머무르게 하십시오. 그런 다음 좋은 날을 잡아 식을 올리면 만에 하나의 실수도 없겠지요."

여포가 좋아라 했다.

"공대의 말이 옳은 말이오."

여포는 안으로 들어가 엄씨에게 알리고 그날 밤으로 당장 혼수를 마련하도록 했다. 이어 온갖 귀한 것들로 꾸민 말이 끄는 향기로운 수레에 딸을 태웠다. 송헌·위속·한윤 등이 수레를 보호하며 따랐다. 여포는 하늘을 울릴 만큼 풍악을 크게 울리게 하고 성 밖까지 나가 배웅을 했다.

그때 진등의 아버지 진규는 늘그막이라 집에서 지내고 있었다. 풍악 소리가 떠들썩하게 들리기에 옆에 있는 사람에게 무슨 일이 있는가를 묻자 사실대로 알려주었다. 진규가 고개를 가로저었다.

"이건 가까운 사이가 되면 가깝지 않은 남이 끼어들지 못하게 되는 사정을 이용하자고 하는 결혼이다. 현덕이 위태롭구나."

진규는 불편한 몸을 이끌고 여포를 만나러 갔다.

"대부께서 어인 일이십니까?"

"장군께서 돌아가시게 되었다기에 특별히 조문을 왔소."

여포가 깜짝 놀랐다.

"왜 그런 말씀을 하시는지요?"

"저번에 원공로는 유현덕을 죽이기 위해 공께 황금과 비단을 보냈는데, 공께서는 화극을 맞히어 군사를 거두게 했습니다. 지금 갑자기 사돈을 맺자고 하는 건 따님을 볼모로 해서 현덕을 치고 소패를 차지하겠다는 속셈입니다. 소패가 넘어가면 서주도 위험합니다. 나아가 먹을거리를 대달라, 군사를 빌려달라 하겠지요. 해달라는 대로 다 해주자니 계속 들어줄 수가 없을 테고, 다른 사람들한테서까지 원망을 듣게 됩니다. 또 들어주지 않으면 사돈 관계고 뭐고 아랑곳하지 않고 싸우자 덤벼들겠지요. 더구나 들리는 소문에 따르면 원술은 황제가 되겠다는데, 그건 바로 반역질입니다. 그 사람이 뒤집어엎는 짓을 하면 공은 바로 역적의 사돈이 됩니다. 그리되면 이 세상에서 살아갈 수 없습니다."

여포가 화들짝 놀랐다.

"진궁이 나를 망하게 만들었구나!"

여포는 장료더러 군사를 거느리고 가서 딸을 다시 데려오라 했다. 장료는 30리 밖까지 뒤쫓아가 딸을 데려왔다. 한윤도 잡아다 가두고 원술에게 연락을 했다. 혼수 준비가 제대로 되지 않아 갖춰지고 나면 보내겠노라고 둘러댔다.

진규는 한윤을 그대로 가둬두지 말고 허도로 보내라고 권했다. 그러나 여포는 결정을 내리지 못하고 망설였다.

그때 아랫사람이 들어와 보고를 했다.

"현덕이 소패에서 군사를 뽑고 말을 사들이는데, 그 속내를 알 수 없습니다."

여포가 뚱하게 대꾸했다.

"그야 장수가 늘 하는 일인데 뭐가 이상하다는 거냐?"

그러는 사이에 송헌과 위속이 들어왔다.

"저희 둘이 명공의 명을 받들어 산동에 가서 좋은 말을 삼백 마리 넘게 샀습니다. 돌아오는 길에 패현 땅을 지나는데 도적 떼를 만나 절반이나 빼앗기고 말았습니다. 알아보니 유비의 아우 장비라는 놈이 산적으로 꾸미고 나타나 말을 빼앗아갔답니다."

여포는 그 말을 듣자 화가 돋을 대로 돋아 당장 장비를 치겠다며 군사를 이끌고 소패로 달려갔다.

유비도 이 소식을 듣자 놀라 허겁지겁 군사를 끌고 나가 여포를 맞았다. 유비가 말을 타고 나가 말했다.

"형님은 무슨 까닭에 군사들을 이끌고 나왔습니까?"

여포가 삿대질을 했다.

"나는 영 문 밖의 화극을 쏘아 너를 도와주었는데, 너는 무엇 때문에 내 말을 빼앗아갔느냐?"

"말이 부족해서 여기저기 사람을 보내 말을 사들이고는 있습니다만, 어찌 형님의 말을 빼앗았겠습니까?"

"장비를 시켜 나의 좋은 말을 백오십 마리나 빼앗아가고도 시치미를 뗄 테냐?”

그때 장비가 창을 내뻗은 채 말을 달려나왔다.

“그래, 내가 네 좋은 말을 빼앗았다. 어쩔 테냐?”

여포가 욕설을 퍼부었다.

“고리눈 도적놈아! 때마다 나를 얕잡아보았겠다!”

장비가 맞대거리를 했다.

“네놈은 그깟 말 좀 빼앗겼다고 난리냐? 너는 우리 형님 한테서 서주를 빼앗아놓고도 그런 소리가 나오냐?”

여포가 창을 뻗쳐들고 장비를 향해 말을 달려나왔다. 장비 역시 창을 치켜들고 싸울 자세를 갖췄다. 두 사람은 1백 합을 넘게 싸웠으나 이기고 짐을 가르지 못했다. 유비는 뜻하지 않은 일이 일어날까봐 염려되어 급히 징을 울려 군사를 거둔 뒤 성 안으로 들어갔다. 그러자 여포는 성을 빙 둘러 에워쌌다.

유비가 장비를 불러 꾸짖었다.

“네가 남의 말을 빼앗았기 때문에 이런 일이 일어났다. 말은 어디다 두었느냐?”

“여러 절간에 나누어 맡겼습니다.”

유비는 여포에게 사람을 보내 말을 다 돌려줄 테니 서로 군사를 거두자고 했다. 여포는 그럴 생각인데 진궁이 나서서 말렸다.

“이번 기회에 유비를 죽이지 않으면 나중에 도리어 당할 지도 모릅니다.”

여포는 진궁의 말을 좇아 유비의 말을 거절하고 성을 더욱 거세게 공격했다. 유비는 미축·손건과 머리를 맞대고 의논했다.

손건이 말했다.

“조조는 여포를 몹시 싫어합니다. 성을 빠져나가 허도로 가서 조조한테 군사를 빌려 여포를 치시지요. 그게 좋겠습니다.”

유비가 물었다.

“그럼 누가 앞장을 서서 에워싼 데를 뚫겠느냐?”

장비가 나섰다.

“이 아우가 목숨을 걸고 싸워보겠습니다.”

유비는 장비를 앞장세운 다음 관우는 뒤쪽을 맡도록 했다. 자신은 가운데에서 노인과 아이들을 보호하며 한밤중의 밝은 달빛 아래 북문을 열고 성을 빠져나갔다. 송헌과 위속이 앞을 가로막았으나 장비가 그들을 마구 무찔러서 포위망을 뚫었다. 뒤쪽에서 장료가 쫓아왔으나 관우가 잘 막아냈다. 여포는 유비가 달아나는 걸 보고도 굳이 더 뒤쫓지 않고 바로 성 안으로 들어가 백성들을 다독거리고 고순에게 소패를 지키게 한 뒤 서주로 다시 돌아갔다.

한편 유비는 허도로 달아나서 성 밖에 영채를 세우고 손건을 조조에게 보냈다. 손건이 여포에게 쫓겨온 사정을 얘기하자 조조가 입을 열었다.

"현덕과 나는 형제나 마찬가지요."

조조는 유비가 성 안으로 들어와 만났으면 했다.

다음 날 유비는 관우와 장비는 성 밖에 남겨두고 손건과 미축을 데리고 가서 조조를 만났다. 조조는 유비를 아주 귀한 손님으로 대접했다. 유비가 여포에게 당한 일을 자세히 말하자 조조가 곧바로 대꾸했다.

"여포는 의리 없는 놈이오. 나와 아우님이 힘을 합쳐 없애버립시다."

유비는 거듭 고맙다고 했다. 조조는 저녁때까지 술자리를 베풀며 함께했다.

유비가 돌아가자 순욱이 들어와 말했다.

"유비는 영웅입니다. 빨리 없애지 못하면 나중에 큰 골칫거리가 됩니다."

조조는 아무 대꾸도 하지 않았다. 순욱이 나가고 곽가가 들어오자 조조가 물었다.

"순욱이 나더러 현덕을 없애버리라고 하는데 어쩌면 좋겠소?"

"그래서는 안 됩니다. 주공께서 의로운 군사를 일으켜 백성들을 위해 모진 놈들을 없애고 믿음과 의리로 인물들을 불러도 잘 모이지 않습니다. 현덕은 오래전부터 영웅 소리를 듣고 있는데 형편이 어려워 찾아왔습니다. 만약에 그 사람을 죽이면 어진 이를 해친 꼴이 됩니다. 세상의 지혜 있고 뜻있는 사람들이 이 소문을 들으면 의심을 품고 아무도 모이지 않습니다. 그렇게 되면 주공께서는 누구와 더불어 천하를 얻으시렵니까? 먼 뒷날 골칫거리가 될지 모르는 사람이라고 죽여버리면 세상 모든 사람들의 믿음을 잃게 될지도 모릅니다. 편안함과 위태로움을 같이 살펴 결정해야 할 문제입니다."

조조가 크게 기뻐하며 고개를 끄덕였다.

"그대 말이 바로 내 마음이오."

다음 날 조조는 유비를 예주목으로 삼도록 추천했다.

이번엔 정욱이 들어와 말했다.

"유비는 결코 남 밑에 있을 인물이 아닙니다. 빨리 없애버리시지요."

"지금은 영웅을 알맞게 써야 할 때요. 한 사람을 죽여 세상 모든 사람의 마음을 잃어서는 안 되오. 이건 곽봉효도 같은 생각이오."

조조는 정욱의 말을 듣지 않고 군사 3천 명과 식량 1만 섬을 유비에게 주었다. 이어 예주로 가서 자리를 잡은 뒤 소패로 가 머무르며 흩어졌던 군사들을 다시 모아 여포를 칠 준비를 하라고 일렀다.

유비는 예주로 가자 곧바로 조조에게 사람을 보내 공격 날짜를 잡았다.

조조가 군사를 일으켜 떠날 준비를 할 때 갑작스런 보고가 들어왔다. 장제가 관중에서 군사를 일으켜 남양을 공격하다 화살에 맞아 죽자, 장제의 조카인 장수가 군사를 이어받아 가후를 모사로 삼은 뒤 유표와 손잡고 완성에 와서 머무르고 있는데, 그들은 곧 허도 궁궐로 쳐들어가 황제를 납치하려는 계획을 가지고 있다고 했다.

조조는 크게 화가 나서 곧바로 군사를 일으키려 했다. 그러나 여포가 그 틈에 허도로 쳐들어올까봐 걱정이 되었다. 그래서 순욱을 불러 어찌해야 할지 물었다.

"별로 어려운 일은 아닙니다. 여포는 앞뒤 잴 줄 모르는 놈이라 바로 눈앞의 이익만 있으면 좋아라 합니다. 명공께서 서주로 사람을 보내 여포에게 벼슬자리를 높여주고 상을 주면서 현덕과 사이좋게 지내라고 하십시오. 여포가 마음에 들어 한다면, 다른 일은 생각도 하지 않고 있다고 봐도 좋습니다."

조조가 고개를 끄덕였다.

"좋은 생각이오."

조조는 곧 봉군도위 왕칙에게 벼슬을 주는 문서와 서로 싸우지 말라는 내용을 담은 편지 등을 주며 서주로 가도록 했다. 조조 자신은 직접 장수를 치기 위해 15만 군사를 일으켜 세 갈래로 나누어 떠났다. 하후돈이 앞장을 섰다. 육수에 이르자 조조의 군사는 영채를 세웠다. 이를 본 가후가 장수에게 권했다.

"조조의 군사를 보니 대단합니다. 해볼 수가 없겠습니다. 차라리 항복하는 게 낫겠습니다."

장수는 그 말을 따르기로 하고 가후더러 조조에게 가서 그 뜻을 알리라고 했다. 조조는 가후가 물 흐르듯 말하는 걸 보고 마음에 들어 모사로 삼고자 했으나 가후가 사양했다.

"저는 일찍이 이각을 섬긴 탓에 세상에 죄를 지었고, 지금 섬기는 장수는 제 말을 다 듣고 써주시기에 차마 떠날 수가 없습니다."

다음 날 장수가 가후를 따라와서 조조를 만났다. 조조는 대접을 잘해주었다. 이윽고 조조는 군사를 거느리고 완성으로 들어가 머물고 나머지 군사는 성 밖에 영채를 세웠다. 길이가 무려 10리도 넘었다. 장수는 날마다 술자리를 열어 조조를 대접했다.

어느 날, 술에 취해 잠자리에 들어간 조조가 아랫사람들에게 조용히 물었다.

"이 성 안엔 데리고 놀 여자가 없느냐?"

조조의 형의 아들인 조안민이 말뜻을 얼른 알아차리고 나직이 대답했다.

"엊저녁에 관사 옆에서 한 부인을 보았습니다. 무척 아름다워 알아보았더니 장수의 삼촌인 장제의 아내라더군요."

조조는 곧장 조안민에게 갑옷 입은 군사 50명을 이끌고 가서 부인을 데려오라 했다. 얼마 뒤 끌려온 부인을 보니 과연 빼어났다. 성을 물었더니 부인이 대답했다.

"저는 장제의 아내 추씨입니다."

"부인은 나를 아시오?"

"승상의 높은 이름은 이미 들어 알고 있습니다. 오늘 밤 이렇게 뵙게 되어 영광입니다."

"장수가 항복하는 걸 기꺼이 받아준 건 모두 부인을 생각해서였소. 그렇지 않았다면 장씨 집안은 벌써 씨도 남지 않았을지 모르오."

추씨가 일어나 절을 했다.

"다 죽은 목숨 살려주셔서 고맙습니다."

"오늘 부인을 만난 일은 정말 하늘의 은혜라 할 수 있소. 오늘 밤은 여기서 나랑 지내고, 앞으로 허도로 가서 편히 살면 좋지 않겠소?"

추씨는 거듭 절을 하며 고마워했다. 그날 밤 두 사람은 장막 안에서 같이 잤다.

추씨가 소곤거렸다.

"성 안에 너무 오래 머무르면 장수가 눈치를 챌지 모릅니다. 또 바깥사람들의 입질에 오르내릴지도 모르고요."

"그럼 내일 나랑 같이 영채로 갑시다."

다음 날 조조는 성 밖으로 옮겨갔다. 조조는 전위를 불러 본부 막사를 지키게 하면서 부르지 않은 사람은 아무도 못 들어오게 했다. 이 까닭에 장막 안과 밖이 서로 통하지 않게 되었다. 조조는 날마다 추씨와 즐기느라 돌아갈 생각도 하지 않았다.

장수의 집안사람 하나가 이 사실을 장수에게 몰래 알렸다. 장수는 화가 머리끝까지 치밀어올랐다.

"조조 도적놈이 나를 욕보여도 너무 심하게 보이는구나!"

장수는 가후를 불러 의논했다.

"이 일은 절대로 새나가서는 안 됩니다. 내일 조조가 밖으로 나가 일을 처리할 때 제가 이른 대로 하십시오."

다음 날 조조가 장중에서 일을 보는데 장수가 들어왔다.

"제가 데리고 항복한 군사들 가운데 자꾸만 달아나는 이들이 많아지고 있습니다. 본부 가까운 곳으로 옮겨와야 좋겠습니다."

조조가 그러라고 하자 장수는 곧장 자신의 군사를 본부

가까이 이끌고 와서 네 군데로 나누어 머물게 했다. 일을 일으킬 날을 보며 궁리하는데 날쌘 전위 때문에 조조 가까이 다가가는 것도 쉽지 않을 듯했다. 장수는 편장 호거아와 의논했다. 호거아는 힘이 장사여서 5백 근을 등에 지고도 하루에 7백 리를 가는 사람이었다.

"모두들 전위를 두려워하는 건 쌍철극 때문입니다. 주공께서는 내일 그 사람을 불러다가 술을 잔뜩 먹여 취하게 하십시오. 전위가 취해서 돌아갈 때 제가 군사들 속에 섞여 들어가 숨어 있다가 쌍철극을 훔쳐오겠습니다. 그러면 무서워할 것이 없습니다."

장수는 무척 기뻐하며 각 영채에 활과 화살, 그리고 갑옷 입은 군사를 준비하라고 일렀다.

정한 날이 되자 장수는 가후더러 전위를 자신의 영채로 예의를 갖춰 초대한 뒤 정성껏 술대접을 하게 했다. 전위는 밤이 깊어서야 취한 채 돌아갔다. 호거아도 군사들 틈에 끼어 있다가 본부 안으로 숨어들었다.

그날 밤 조조는 추씨와 함께 술을 마시고 있었다. 갑자기 밖에서 사람들 말소리와 함께 말이 코를 힝힝거리는 소리가 났다. 조조가 아랫사람에게 무슨 소리인지 알아보라 했더니, 장수의 군사들이 순찰 도는 소리라고 했다. 조조는 아무런 의심을 하지 않았다. 밤이 제법 이슥해질 무렵 갑자기 영채 안에서 외침 소리가 일더니 말먹이를 실은 수레에 불이 났다고 야단이었다.

조조가 짜증을 냈다.

"군사들이 실수로 불을 낸 일일 테니 시끄럽게 굴지 말라고 해라!"

그러나 불길은 금세 사방에서 치솟아올랐다. 조조는 그제야 놀라서 전위를 급히 찾았다. 전위는 몹시 취해 곯아떨어져 있었다. 잠결에 징 소리, 북소리, 외침 소리가 들려오자 자리에서 벌떡 일어나 쌍철극을 찾았으나 보이지 않았다. 장수의 군사들은 이미 영채 문 앞까지 들이닥쳐 있었다. 전위는 옆에 있는 군사의 허리에서 칼을 뽑아 들었다. 말 탄 군사들이 긴 창을 빼어 들고 문을 지나 영채 안으로 계속 밀려들어왔다. 전위는 있는 힘을 다하여 20명 넘게 해치웠다. 말 탄 군사들이 주춤하는 사이 일반 군사들이 창을 뻗쳐세우고 들이닥쳤다. 양쪽으로 늘어선 창들이 갈대숲 같았다.

전위는 갑옷도 입지 못한 몸으로 여기저기 창에 찔리면서도 이리 뛰고 저리 뛰며 적을 막아냈다. 마침내 칼날마저 무디어지자 칼을 버리고 양손에 군사 하나씩을 움켜쥔 채 휘둘러서 8, 9명을 넘어뜨렸다. 적들은 더는 가까이 오지 못하고 멀리서 화살만 쏘아댔다. 전위는 장대비처럼 쏟아지는 화살을 피하지도 않고 영채 문 앞에 죽기 살기로 버티고

서서 지켰다. 그러나 적들은 이미 영채 뒤로 들어섰다. 전위는 등 뒤쪽에서 찌르는 창을 피하지 못하고 큰소리를 지르며 피투성이가 된 채 고꾸라졌다. 전위가 죽은 뒤에도 한참 동안 앞문으로 들어오려는 이는 하나도 없었다.

한편 조조는 전위가 앞문을 지키는 틈을 타 말을 타고 영채 뒤로 빠져나갔다. 조안민은 뜀박질로 조조를 뒤따랐다. 조조는 오른팔에 화살 한 대를 맞고 말도 세 대를 맞았다. 그러나 말은 대원에서 온 좋은 말이라 화살을 맞아 아픈데도 참고 더 빨리 달렸다. 육수 가에 이르렀을 때, 뒤따라온 적군에게 조안민은 모습을 알아볼 수 없을 정도로 찍혀 죽었다.

조조는 급히 말을 몰아 물살을 헤치고 강을 건넜다. 겨우 건너편 언덕으로 올라가는데 화살 하나가 날아와 말의 눈을 똑바로 맞혔다. 말은 그대로 주저앉고 말았다. 조조의 맏아들 조앙이 자기가 타고 있던 말에 아버지를 대신 태웠다. 조조는 그 말을 타고 달아났다. 조앙은 빗발치는 화살을 맞고 죽었다.

마침내 적이 뒤쫓지 않는 곳으로 달아난 조조는 길에서 부하 장수들을 만나 남은 군사들을 거두었다.

이때 하후돈이 이끄는 청주 군사들은 백성들의 집을 마음대로 털고 다녔다. 이에 평로교위 우금이 본부 군사들을

　　　　　　　　　　박상률 완역 삼국지 2

전위가 죽음을 무릅쓰고 조조를 구하다.

끌고 나가 그들을 잡아 죽이고 백성들을 안심시켰다. 도망
치던 청주 군사가 길에서 조조를 만나자 엎드려 절하고 울
면서 우금이 반란을 일으켜 청주 군사를 마구 죽인다고 말
했다. 조조는 깜짝 놀랐다. 얼마 지나지 않아 하후돈·허저·
이전·악진 등이 찾아오자 조조는 우금이 반란을 일으켰으
니 군사를 가지런히 한 뒤 나아가 치라고 했다.

우금은 조조 등이 와 있는 것을 보자 곧바로 진영 모서리
마다 활 잘 쏘는 군사를 박아놓은 뒤 구덩이를 파고 영채를
세웠다. 그때 아랫사람 하나가 헐레벌떡 들어왔다.

"장군이 반란을 일으켰다고 청주 군사가 거짓말을 해서
승상이 저렇게 와 있는데, 사정 얘기부터 하셔야지 영채부
터 세우시면 어쩌려고 그럽니까?"

우금이 아무렇지 않게 말했다.

"뒤쫓아온 적군이 언제 들이닥칠지 모르는데 미리 준비
를 하지 않으면 적을 어떻게 물리칠 수 있겠느냐? 변명하는
일은 작은 일이고 적을 막는 일은 큰일이다."

영채 세우는 일이 막 끝났을 때였다. 장수의 군사가 두 갈
래로 나누어 쳐들어왔다. 우금이 영채를 나가 적을 맞아 싸
웠다. 장수는 급히 군사를 뒤로 돌렸다. 우금이 앞장서는 걸
보고 있던 여러 장수들이 저마다 군사를 이끌고 뛰쳐나갔
다. 장수의 군사가 크게 져서 달아나자 1백 리도 넘게 더 쫓

　　　　　　　　　　　　박상률 완역 삼국지 2

아갔다. 장수는 어려움에 빠지자 나머지 군사들을 이끌고 유표에게 몸을 맡기러 가버렸다.

조조는 군사를 거두고 부하 장수들을 하나씩 만났다. 우금이 들어와 청주 군사들이 백성들 집을 함부로 털고 다니는 바람에 민심을 잃게 되어 잡아 죽였다고 말했다.

조조가 물었다.

"그럼 나한테 보고도 하지 않고 영채부터 세웠는데 그건 어찌 된 일이냐?"

우금은 처음에 말했던 거와 똑같이 대답했다.

조조가 고개를 끄덕였다.

"장군은 정신이 없는 상황 속에서도 군사를 바로잡아 싸울 준비를 단단히 하고, 남들이 뭐라 하든 꾹 참고 질 뻔한 싸움을 뒤집어 이기게 했으니, 옛날 어느 이름난 장수보다도 뛰어나도다!"

조조는 우금에게 금그릇 한 벌을 상으로 내리고 익수정후로 삼았다. 이어 군사를 엄하게 다스리지 못한 하후돈을 크게 나무랐다.

조조는 제사상을 차리게 하여 전위의 제사를 지냈다. 술을 따라 올리며 구슬프게 울고 나서 장수들을 돌아보았다.

"이번에 내 아들놈과 조카를 잃은 건 그래도 참을 수 있는데, 전위를 생각하니 눈물이 앞을 가리는구나."

그 말에 여러 사람들이 다 감동하였다.

다음 날 조조는 군사를 거두어 허도로 돌아갔다.

한편 왕칙은 조서와 편지를 가지고 서주에 도착했다. 여포가 마중을 나와 왕칙을 맞이했다. 조서를 펼쳐 읽어보니, 평동장군으로 삼고 특별히 도장까지 새겨 내린다는 내용이었다. 왕칙은 조조의 편지도 꺼내주며 조공이 여포를 무척 존경한다는 말을 곁들였다. 여포는 아주 기분이 좋았다. 그때 원술이 보낸 사람이 왔다.

"원공께서 머지않아 황제 자리에 오르시면 동궁을 세워야 합니다. 그래서 동궁비를 빨리 회남으로 보내라 하셨습니다."

여포가 화를 벌컥 내며 소리 질렀다.

"역적놈이 어찌 겁도 없이 그런 말을 한단 말이냐!"

여포는 원술이 보낸 사람을 죽이고 한윤의 목엔 칼을 씌웠다. 이어 진등더러 고마움을 나타내는 글을 가지고 왕칙과 함께 허윤을 끌고 허도로 가라 했다. 조조에게는 답장을 쓰면서 정식으로 서주 목사를 하게 해달라고 했다.

조조는 여포가 원술과 사돈을 맺지 않은 걸 알자 무척 기뻐하며, 끌려온 한윤을 저잣거리로 끌어내어 목을 베었다.

진등이 남몰래 조조를 만났다.

“여포는 승냥이나 이리 같은 인간입니다. 씩씩하기는 하나 앞뒤가 없어 하는 짓이 가볍기 짝이 없습니다. 빨리 없애버려야 합니다.”

“여포가 욕심 많고 거칠기 짝이 없는 이리라는 건 나도 알고 있소. 오래 두고 보기는 힘든 인물이지요. 공의 부자가 아니면 그 사람의 사정을 내가 알 수가 없으니 공은 앞으로 나를 도와주시오.”

“만약에 승상께서 움직이시기만 하면 반드시 사정을 살펴 알리겠습니다.”

조조가 좋아라 했다. 조조는 글을 올려 진규에게는 해마다 2천 석을 주게 하고, 진등은 광릉 태수로 삼게 했다. 진등이 고마워하며 떠나는 인사를 하자 조조가 그의 손을 꼭 잡았다.

“동쪽 일은 알아서 잘해주시오.”

진등은 머리를 숙여 고마워했다.

진등은 서주로 돌아오자마자 여포를 만났다. 여포가 궁금해했다.

“제 아버님은 나라의 녹을 먹게 되었고, 저는 태수가 되었습니다.”

여포가 발끈했다.

“나를 서주 목사로 해달라고는 안 하고, 기껏 너희 부자 벼슬자리에 녹만 챙겼느냐? 네 아비가 나보고 조조와 손잡고 공로하고는 사돈을 못 맺게 하더니, 이제 왜 그랬는지 알겠구나. 내가 바라던 건 하나도 안 되고 너희 부자만 잘된 걸 보니 네가 그동안 나를 이용해먹었구나!"

여포가 칼을 쑥 빼어 들고 치려고 하였다. 진등이 허허 웃었다.

"장군은 어째서 이렇게 답답하십니까?"

"내가 뭐가 답답하다는 게냐?"

"제가 조공을 만났을 때 이렇게 말했습니다. '여포 장군을 기르는 건 호랑이를 키우는 거나 마찬가지여서 늘 고기를 배불리 먹여야 합니다. 배가 고프면 사람을 잡아먹기 때문입니다.' 그랬더니 조공이 웃으면서 말하더군요. '나는 그렇게 생각하지 않소. 나는 온후를 매 기르듯이 할 거요. 잡아먹을 수 있는 여우와 토끼가 여기저기 많은데 매에게 굳이 먹을 걸 많이 줄 필요가 있겠소? 매는 배고프면 사냥을 열심히 하지만, 배부르면 날아가버리지 않소?' 그러더군요. 그래서 제가 '누가 여우이고 토끼입니까?' 하고 묻자 조공은 '회남의 원술, 강동의 손책, 기주의 원소, 형양의 유표, 익주의 유장, 한중의 장로 등이오'라고 하더군요."

여포는 칼을 내던지며 크게 웃었다.

"조공이 나를 알아주는구나!"

바로 그 말을 하고 있을 때 급한 보고가 들어왔다. 원술이 군사를 일으켜 서주를 치기 위해 달려오고 있다고 했다. 그 말에 여포는 깜짝 놀라 낯빛이 변했다.

옛날 춘추시대 사이좋은 나라처럼 못 지내고

사이 나쁜 나라 꼴이 되는구나

사돈을 맺자더니 군사를 끌고 오네

과연 이 싸움은 어떻게 펼쳐질까…….

황제라 일컫는 원술

원술은 일곱 길로 나누어 군사를 크게 일으키고
조조는 세 장수를 한데 모으다

원술은 땅도 넓고 식량도 넉넉한 회남을 차지하고 있는데
다 손책이 맡긴 옥새까지 있어서 황제가 되고 싶은 마음이
굴뚝같았다. 그래서 부하들을 모두 모아놓고 의논했다.

"옛날 한 고조는 사상 땅의 보잘것없는 벼슬아치였으나
천하를 차지하였다. 한나라는 사백 년 내려오면서 이제 운
수가 다해 나라 안이 마치 솥 안의 물이 끓듯 뒤죽박죽이다.
우리 집안은 사 대에 걸쳐 삼공 벼슬을 했고 백성들의 우러
름도 받고 있다. 나는 하늘의 뜻과 백성들의 뜻에 따라 황제
자리에 오르려 하는데 여러분의 뜻은 어떠한지 듣고 싶다."

주부 염상이 나섰다.

"그러면 안 됩니다. 옛날에 주나라는 후직부터 시작해서 오랫동안 덕을 쌓고 공을 세워 문왕 때에 이르러서는 천하의 삼분의 이를 차지하게 되었으면서도 오히려 은나라를 잘 섬겼습니다. 명공의 집안이 비록 귀한 집안이기는 하지만 주나라만큼은 되지 않았고, 한나라 황실의 힘이 약해졌다지만 은나라 주왕처럼 백성들을 괴롭히지도 않았습니다. 그러니 그런 생각을 해서는 안 됩니다."

원술이 화가 난 목소리로 말했다.

"우리 원씨 집안은 원래 진나라에서 나왔다. 진나라는 바로 순 임금의 뒤를 이어받았다. 그러니 흙 기운으로 불 기운을 잇는 게 이치에 맞는 일이다. 또 예언서에서도 한나라를 대신할 이는 당도고라 하여 길의 뜻이 이름에 있는 자가 마땅히 고조가 된다고 하지 않았느냐? 나의 자 '공로'에서 로는 바로 길이니 딱 들어맞는다고 할 수 있다. 게다가 전국옥새까지 내 손안에 있다. 이런 사람이 황제 자리에 오르지 않으면 오히려 하늘의 뜻을 저버리는 일이 된다. 나는 이미 마음을 굳혔으니 다른 말 하는 자는 베어버리리라!"

원술은 연호를 중씨로 정한 뒤 무슨무슨 대니 성이니 하며 조정의 형식을 갖추고 용과 봉황 꾸밈이 된 수레를 타고 남과 북 밖으로 나가 하늘과 땅에 제사를 지냈다. 풍방의 딸을 황후로 삼고 아들을 동궁으로 세웠다. 여포의 딸을 데려다가 동궁비로 삼으려 했으나, 여포가 한윤을 잡아 허도로 보내 조조의 손에 죽게 했다는 소식을 들었다.

원술은 화가 머리끝까지 치솟았다. 그래서 장훈을 대장군으로 삼아 20만 명도 넘는 대군을 주며 일곱 길로 나누어 서주를 치게 했다.

첫째 길은 대장 장훈이 가운데에서, 둘째 길은 상장 교유가 왼쪽을, 셋째 길은 상장 진기가 오른쪽을, 넷째 길은 부장 뇌박이 왼쪽을, 다섯째 길은 부장 진란이 오른쪽을, 여섯째 길은 항복한 장수 한섬이 왼쪽을, 일곱째 길은 항복한 장수 양봉이 오른쪽을 맡아 저마다 씩씩한 부하 장수들을 거느리고 날을 잡아 떠나도록 했다.

연주 자사 김상을 태위로 삼아 일곱 길 군사의 식량과 물자를 맡도록 했으나 거절했다. 원술은 그를 죽이고 기령을 칠로도구응사로 삼아 뒷바라지를 하게 하였다. 원술 자신은 군사 3만 명을 직접 거느리고 이풍·양강·악취를 감독관으로 삼아 일곱 길 군사를 그때그때 돕기로 했다.

여포는 사람을 보내 적의 움직임을 알아보게 했다. 보고에 따르면 장훈의 군사는 큰길을 따라 곧장 서주로 오고 있고, 교유의 군사는 소패 쪽으로, 진기의 군사는 기도 쪽으로, 뇌박의 군사는 낭야 쪽으로, 진란의 군사는 갈석 쪽으로, 한섬의 군사는 하비 쪽으로, 양봉의 군사는 준산 쪽으로 오고 있었다. 그들은 하루 50리씩 움직이면서 들르는 곳마다 백성들 집을 턴다고 했다.

여포는 급히 모사들을 불러모아 의논했다. 진규와 진등 부자도 같이 자리했다.

진궁이 먼저 말했다.

"이번 서주의 화는 바로 진규 부자가 일으켰습니다. 두 부자는 조정에 알랑거려 벼슬자리와 녹봉이나 얻어내고, 장군께 모든 화를 떠넘기는 바람에 지금 이런 일이 일어났습니다. 두 사람의 머리를 베어다가 원술에게 바칩시다. 그러면 원술의 군사는 스스로 물러갑니다."

여포가 그 말을 좇아 곧바로 진규 부자를 끌어내라 했다. 진등이 껄껄 웃었다.

"왜 이렇게 겁이 많으십니까? 내가 볼 때 일곱 길 군사는 모두 일곱 더미의 썩은 풀 정도밖에 되지 않습니다. 그런데도 걱정이 됩니까?"

여포가 말했다.

"네가 적을 물리칠 꾀를 짜낸다면 너의 죽을죄를 용서해주마."

"장군께서 이 사람이 하라는 대로만 하시면 서주는 아무 탈이 없습니다."

"어떻게 하는 건데?"

"원술의 군사는 수는 많지만 까마귀 떼 몰려 있듯 아무 질서가 없어 자기네들끼리도 서로 믿지 못합니다. 우리가 원칙대로 군사를 써서 지키고 꾀를 써서 나아가면 성공 못 할 이유가 없습니다. 또 하나, 이대로만 하면 서주가 아무 탈이 없을 뿐만 아니라 원술을 사로잡을 수도 있습니다."

"그게 뭔데?"

"한섬과 양봉은 원래 한나라의 옛 신하입니다. 조조가 무서워 달아나기는 했지만, 기댈 곳이 마땅치 않아 원술에게 잠시 얹혀 있을 뿐입니다. 보나마나 원술은 그 사람들을 가벼이 대했을 겁니다. 그러니 그 사람들 또한 늘 불만을 품고 있으리라 여겨집니다. 편지 한 장이면 그 사람들을 우리 편으로 끌어올 수 있습니다. 그렇게 한 뒤 유비의 도움까지 받아 안팎으로 치면 원술을 사로잡을 수 있습니다."

"그럼 편지는 네가 직접 가지고 가서 양봉과 한섬을 만나도록 하라."

진등이 바로 그렇게 하겠다고 했다.

여포는 바로 글을 지어 허도로 보내고 예주로도 편지를 보냈다. 그런 다음 진등에게 말 탄 군사 몇을 붙여주며 하비 길목으로 나가 한섬을 기다리게 했다. 한섬이 군사를 끌고 와서 영채를 세우자 진등은 한섬을 만나러 갔다.

한섬이 물었다.

"여포 사람이 여기는 뭐하러 왔느냐?"

진등이 웃으며 대답했다.

"나는 대 한나라의 신하인데 어찌 여포 사람이라 하오? 장군도 전에는 한나라 신하였는데 어쩌다 지금 역적의 신하가 되어 있소? 관중에서 황제를 보호하던 공로를 어디다 버렸는지 생각해보면 안타까운 일이오. 장군을 위해서는 그러면 안 된다고 생각하오. 게다가 원술은 의심이 많은 성격이라 장군께서도 나중에 해를 입을 게 뻔하오. 빨리 서두르지 않으면 후회하게 되오!"

한섬이 한숨을 내쉬었다.

"나도 한나라로 돌아가고 싶지만 돌아갈 문이 없구려."

그때 진등이 여포의 편지를 꺼냈다. 한섬이 편지를 다 읽고 말했다.

"잘 알겠소. 공은 일단 돌아가 있으시오. 양장군에게 연락하여 같이 창을 돌려 원술을 치겠소. 불이 일면 신호로 알고 온후가 군사를 이끌고 와서 우리랑 같이 들이치면 되겠소."

진등은 급히 돌아와 여포에게 보고했다. 여포는 군사를 다섯 길로 나누었다. 고순이 이끄는 군사는 소패로 가서 교유의 군사와 맞서기로 하고, 진궁이 이끄는 군사는 기도로 가서 진기의 군사와 맞서며, 장료와 장패가 이끄는 군사는 낭야로 가서 뇌박의 군사와 맞서고, 송헌과 위속이 이끄는 군사는 갈석으로 가서 진란과 맞서기로 했다. 여포가 직접 거느린 군사는 큰길로 나아가 장훈을 무찌르기로 했다. 길마다 군사가 1만 명씩 떠나고 나머지는 성을 지켰다.

여포는 성을 나가 30리 밖에 영채를 세웠다. 장훈은 군사를 이끌고 왔다가 여포를 보자 자신이 없어 다시 뒤로 20리를 물러가 머무르며 다른 군사들이 오기를 기다렸다.

그날 밤이 제법 깊었을 때 한섬과 양봉이 군사를 나누어 여기저기에 불을 질렀다. 그걸 신호로 여포의 군사들은 장훈의 영채로 밀고 들어갔다. 장훈의 군사가 어쩔 줄 모르며 혼란에 빠지자 여포는 기운을 몰아 마구 치고 들어갔다. 장훈은 져서 달아났다. 여포는 날이 샐 때까지 적의 뒤를 쫓다가 마침 장훈의 군사와 만나기 위해 온 기령의 군사와 마주쳤다. 그때 한섬과 양봉이 양쪽에서 무찌르며 나타났다. 기령 역시 지고 달아나자 여포는 그 뒤를 계속 쫓았다.

그때 산 뒤에서 한 무리의 군사가 나타났다. 가만 보니 황제를 나타내는 용과 봉황을 비롯하여 해와 달 등이 그려진 커다란 깃발이 펄럭이고 금막대기, 은도끼, 황금도끼, 소꼬리 깃대 장식 등이 보였다. 원술은 금빛 화려한 해 가리개 아래에 금빛 갑옷 차림으로 팔에 두 자루 칼을 매단 채 말을 타고 진 앞으로 나와 여포에게 욕설을 퍼부어댔다.

“여포 이놈, 주인을 배신하는 종 같은 놈아!”

여포가 씩씩거리며 화극을 뻗쳐든 채 내달리자 원술의 장수 이풍이 창을 들고 뛰쳐나왔다. 그러나 싸운 지 3합도 되지 않아 여포의 창이 그의 손을 찔렀다. 이풍은 창을 내던지고 달아나버렸다. 여포가 군사를 휘몰아나가자 원술의 군사들은 갈팡질팡 어쩔 줄을 몰라 했다. 여포는 계속 군사를 몰아 뒤를 쫓아 닥치는 대로 무찔러 죽이고, 말과 갑옷도 셀 수 없을 만큼 빼앗았다.

원술은 싸움에 진 군사들을 이끌고 달아났다. 그러나 몇 리 못 갔을 때 산 뒤에서 한 무리의 군사가 쏟아져나와 앞을 가로막았다. 앞선 장수는 관우였다. 관우가 쩌렁쩌렁한 목소리로 소리쳤다.

“역적놈아! 아직도 죽지 않았느냐!”

원술은 정신없이 달아났다. 나머지 군사들도 여기저기 흩어져 달아났다. 관우는 그들을 뒤쫓아 마구 무찔렀다. 원술은 싸움에 진 군사들을 거두어 허겁지겁 회남으로 돌아갔다.

싸움에 이기고 나자 여포는 관우와 양봉·한섬 등과 함께 서주로 돌아가 잔치를 크게 베풀어 정성껏 대접했다. 군사들도 잘 먹였다.

다음 날 관우는 돌아갔다. 여포는 한섬을 기도목으로, 양

봉은 낭야목으로 추천하면서 두 사람을 서주에 머물러 있
게 하고 싶어 했다. 그러나 진규가 말렸다.

"그러기보다는 두 사람을 산동으로 보내십시오. 그렇게
하면 산동의 성들을 일 년 안에 모두 장군께서 차지할 수 있
습니다."

여포가 고개를 끄덕였다. 여포는 두 장수더러 기도와 낭
야에 잠시 머무르라면서 황제의 명령을 기다리라 했다.

진등이 아버지에게 살짝 물었다.

"두 사람을 서주에 머무르게 하면서 여포를 죽일 때 쓰도
록 하면 더 좋지 않을까요?"

"아니다. 만약에 두 사람이 여포를 진심으로 도우면 호랑
이한테 발톱하고 어금니를 붙여주는 꼴이 되는 것 아니겠
느냐?"

진등은 아버지의 깊은 생각에 고개가 절로 끄덕여졌다.

싸움에 지고 회남으로 돌아온 원술은 강동의 손책에게
사람을 보내 원수를 갚게 군사를 빌려달라고 했다.

손책은 화를 벌컥 냈다.

"원술은 내가 맡겨놓은 옥새만 믿고 스스로 황제라 하며
한나라를 배반한 큰 역적이다! 그러잖아도 내가 군사를 몰
고 가 그 죄를 물으려 했는데 나보고 저를 도와달라고?"

　　　　　　　　　　　박상률 완역 삼국지 2

손책은 바로 거절하는 편지를 썼다. 편지를 받은 원술은 읽자마자 크게 성을 냈다.

"젖비린내도 아직 가시지 않은 놈이 겁도 없이 이럴 수 있단 말이냐! 내 이놈부터 쳐야겠다!"

그러나 장사 양대장이 겨우 말렸다.

한편 거절하는 편지를 보낸 손책은 원술이 쳐들어올까봐 군사를 살펴보고 강어귀를 지키고 있었다. 그때 뜻밖에 조조가 보낸 사람이 와서 손책을 회계 태수로 삼는다는 소식을 알리며, 군사를 일으켜 원술을 치라고 일렀다.

손책은 군사를 일으킬 마음으로 여러 사람과 의논했다. 장사 장소가 먼저 입을 열었다.

"원술이 비록 싸움에 진 지 얼마 안 되지만 워낙 군사도 많고 먹을거리도 넉넉하니 가볍게 생각하면 안 됩니다. 먼저 조조에게 편지를 보내 남쪽을 치도록 하십시오. 그런 뒤 우리는 북쪽으로 쳐들어갑시다. 그렇게 양쪽에서 치면 원술의 군사를 반드시 무너뜨릴 수 있습니다. 만약에 실수가 있더라도 조조의 도움을 받을 수 있습니다."

손책은 그 말에 따라 조조에게 이러한 뜻을 전했다.

조조는 허도로 돌아오자 전위가 몹시도 그리워 사당을 세워 제사를 지내고, 그의 아들 전만을 중랑으로 삼아 곁에 두었다.

그때 손책이 편지를 보내왔다는 보고가 들어왔다. 조조가 막 편지를 읽고 나자 식량이 바닥난 원술의 군사들이 진류로 나와 재물을 털고 다닌다는 보고가 뒤를 이었다. 조조는 원술이 약해진 틈을 타 공격해야겠다고 생각하여 군사를 일으켜 남쪽으로 출발할 준비를 시켰다. 조인만 남아서 허도를 지키게 하고 다른 사람은 모두 공격에 나서게 했다. 말 탄 군사와 일반 군사가 17만 명이고 식량 따위를 실은 수레가 1천 대나 되었다.

조조는 손책·유비·여포에게 사람을 보내 함께 만나자고 했다. 조조가 군사를 거느리고 예주 근처에 이르렀을 때 유비가 가장 먼저 군사를 거느리고 나와 맞았다. 조조가 유비를 영채로 초대해서 인사를 마치자마자 유비가 사람 머리 둘을 내놓았다.

조조가 놀라 물었다.

"누구 머리요?"

유비가 대답했다.

"한섬과 양봉의 머리입니다."

"어떻게 된 일이오?"

"여포가 이 두 사람에게 기도와 낭야 두 고을에 각각 머무르게 했습니다. 그런데 이 사람들의 군사가 백성들 집을 마구 터는 바람에 백성들의 불만이 이만저만이 아니었습니

다. 그래서 술자리를 베풀어 두 사람을 눈치채지 않게 불러
들여 술을 마시다가 술잔을 던지는 걸 신호 삼아 관우·장비
두 아우더러 두 사람을 죽이게 하고 군사들의 항복도 받았
습니다. 저한테 죄가 있으면 물어주십시오."

"죄를 묻다니요! 나라를 위해 해로운 놈들을 없애버렸으
니 오히려 아주 큰 공을 세웠소."

조조는 유비를 정성스레 대접했다. 군사를 한데 모아 서
주 가까이 가자 여포가 나와 맞았다. 조조는 여포를 다정스
레 대하며 좌장군으로 삼고, 허도로 돌아가면 정식으로 관
인 등을 보내겠다고 했다.

여포는 아주 좋아라 했다.

조조는 여포의 군사를 왼쪽에, 유비의 군사는 오른쪽에
거느리며 자신은 가운데에서 하후돈과 우금을 앞장세운 채
전체 군사를 지휘했다.

원술은 조조의 군사가 들이친다는 보고를 받자 대장 교
유에게 군사 5만 명을 끌고 나가도록 했다. 양쪽 군사는 수
춘으로 들어가는 길목에서 맞부딪쳤다. 교유가 말을 달려
나가 하후돈과 마주쳤다. 그러나 채 3합도 싸우지 못하고
하후돈의 창에 찔려 죽고 말았다. 원술의 군사는 크게 져서
성 안으로 도망쳤다.

그때 급한 보고가 들어왔다. 손책은 배를 타고 와 서쪽으

로 들어오고, 여포는 동쪽을 치고, 유비는 관우·장비와 함께 남쪽을 들이치며, 조조는 17만 대군을 이끌고 북쪽으로 밀려온다는 보고였다. 원술은 크게 놀라 벼슬아치와 장수들을 모아놓고 의논을 했다.

양대장이 말했다.

"수춘은 물난리와 가뭄이 연거푸 들어서 사람들이 모두 굶고 있습니다. 이런 때에 군사를 일으키면 백성들의 원망이 대단하고, 군사들도 적을 맞아 싸우기가 힘듭니다. 차라리 군사들을 수춘에 그대로 머물게 하면서 싸우지 말고 적들의 먹을거리가 떨어지기를 기다리는 편이 낫겠습니다. 먹을거리가 떨어지면 틀림없이 무슨 일이 벌어집니다. 폐하께서는 어림군을 거느리고 회수를 건너가십시오. 그렇게 하면 먹을거리도 얻을 수 있고, 적의 날카로운 공격도 잠시 피할 수 있습니다."

원술은 그 말을 좇아 이풍·악취·양강·진기에게 군사 10만 명을 맡기면서 수춘성을 지키게 하였다. 나머지 장수와 군사들은 모두 자신이 이끌고 갔다. 그때 창고에 있는 금을 비롯한 온갖 보배들을 짊어지고 회수를 건너 몸을 피했다.

조조의 군사 17만 명이 하루에 먹어치우는 식량은 엄청났다. 그러나 모든 고을에 가뭄이 들어 식량을 제때에 대기가 힘들었다. 조조는 빨리 싸워 싸움을 끝내고 싶었다. 그러나 이풍 등은 성 문을 굳게 닫은 채 싸울 생각을 하지 않았다. 조조의 군사는 한 달을 넘도록 그러고 있었다. 식량이 다 떨어져 손책에게 연락해서 식량 10만 섬을 급히 빌려왔다. 그러나 그것만으로는 어림도 없었다.

식량을 맡고 있는 임준의 부하인 왕후가 들어와 조조를 만났다.

"군사는 많고 먹을거리는 없으니 어찌해야 합니까?"

조조가 대답했다.

"우선 작은 되로 나눠주어 급한 고비나 넘기게 하여라."

"군사들이 원망하면 어찌해야 합니까?"

"그건 내가 알아서 하겠다."

왕후는 조조가 시킨 대로 작은 되로 식량을 나누어주었다. 조조는 몰래 사람을 시켜 각 영채의 반응을 살폈다. 모두들 승상이 자기들을 속였다고 마구 투덜거린다고 했다.

조조는 왕후를 남몰래 불렀다.

"너한테서 딱 한 물건만 빌려 그것으로 군사들 마음을 달래야겠다. 내놓기 아까워하지 마라."

왕후가 눈을 깜박거렸다.

"승상께서 쓰실 물건이 무엇입니까?"

"네 머리가 필요하다. 군사들한테 보여주어야 하거든."

왕후가 깜짝 놀랐다.

"제가 무슨 죄를 지었다고 그러십니까?"

"나 역시 네가 아무런 죄가 없다는 걸 알고 있다. 그러나 네가 죽지 않으면 군사들이 들고일어난다. 너 죽은 뒤 네 아내와 자식은 내가 잘 보살필 테니 그건 아무 걱정 마라."

왕후가 무슨 말인가를 하기 위해 입술을 달싹거리는데, 조조는 벌써 무사들을 불러 그를 문밖으로 끌고 가 목을 베게 하였다. 왕후의 머리는 장대 끝에 높이 매달렸다. 조조는 그 아래에 방을 붙이게 했다.

왕후가 식량을 작은 되로 나누어주고 나머지를 뒤로 빼돌렸으므로 군법에 따라 처벌하였노라.

이걸 본 군사들은 조조에 대한 원망을 풀었다.

다음 날 조조는 각 영채의 장수들에게 명령을 내렸다.

"모든 장수와 군사들은 힘을 합쳐 사흘 안으로 성을 쳐부수라. 그렇지 않으면 목을 베겠다!"

조조는 성 아래로 가 군사들이 흙과 돌을 옮겨다 성벽 아래 도랑을 메우는 일을 직접 감독했다. 성 위에서는 화살과 돌멩이가 빗발치듯 했다. 비장 둘이 그걸 피하느라 몸을 돌리자 조조는 바로 칼을 뽑아 성 아래에서 그들의 목을 베어버렸다. 그런 뒤 말에서 내려 직접 흙을 옮겨다 도랑을 메웠

조조가 왕후의 목을 베어 군사들의 원망을 잠재우다.

다. 그걸 본 장수와 군사들은 모두들 앞으로 나서지 않을 수 없었다. 그렇게 기운이 무르익자 성 위에서도 도저히 해보지 못했다. 조조의 군사들은 다투어 성 위로 올라갔다. 마침내 성 문을 부수어 열자 조조의 군사가 물밀듯이 안으로 들이닥쳤다.

이풍·진기·악취·양강 등은 모두 사로잡혔다. 조조는 그들을 저잣거리로 끌어내 목 베어 죽였다. 이어 궁궐을 흉내 내어 지은 건물들과 황제만이 쓰는 물건으로 정해놓은 것들도 모두 불태워버렸다. 수춘성은 다 털려서 아무것도 남지 않았다.

조조가 아예 회수를 건너 원술의 뒤를 쫓자고 하자 순욱이 말렸다.

"계속된 가뭄 때문에 먹을거리 구하기가 무척 어렵습니다. 계속 군사를 내몰아치면 군사들도 지치고 백성들도 피해를 입어 좋지 않습니다. 잠깐 허도로 돌아가 내년 봄에 보리가 익을 때까지 기다리는 게 좋겠습니다. 먹을거리가 넉넉해질 때 다시 군사를 일으키시지요."

조조가 망설이며 결론을 내리지 못하고 있는데 급한 보고가 들어왔다.

"장수가 유표에 기대어 다시 힘을 얻어 남양·강릉의 여러 고을을 다시 차지했습니다. 조홍이 막으려 했으나 계속 졌습니다. 그나마 이제야 급한 소식을 전하게 되었습니다."

조조는 급히 편지를 써서 손책에게 보냈다. 강을 끼고 진을 쳐서 유표가 보기에 엄청난 군사로 여겨지도록 하여 유표가 함부로 움직이지 못하게 해달라는 내용이었다. 이어 조조는 군사를 되돌려 장수를 칠 일을 따로 의논했다.

조조는 떠나기 전에 유비를 따로 만나 부탁했다. 유비는 소패에 그대로 머물면서 여포와 형제처럼 사이좋게 지내고 서로 도우며 싸우지 말라는 내용이었다. 여포가 군사를 이끌고 서주로 돌아가자 조조는 다시 유비를 조용히 만났다.

"내가 그대에게 소패에 있으라고 하는 건 구덩이를 파고 호랑이를 기다리라는 뜻이오. 공은 진규 부자와 의논해서 실수가 없도록 하시오. 나도 마땅히 뒤에서 돕겠소."

그러고 나서 두 사람은 돌아갔다.

조조가 군사를 거느리고 허도로 돌아오자, 단외가 이각을 죽이고 오습은 곽사를 죽여서 두 사람의 머리를 가지고 왔다는 보고가 올라왔다. 게다가 단외는 이각의 친척도 2백 명 넘게 사로잡아왔다고 했다. 조조는 그들을 나누어 각 문 앞에서 목 베어 죽이게 하고, 머리를 백성들에게 구경시키라고 했다. 그걸 본 백성들은 모두 다 시원해했다.

황제가 모든 벼슬아치들을 모아놓고 태평연을 열었다.

단외는 탕구장군으로 삼고 오습은 진로 장군으로 삼아, 각각 군사를 거느리고 가서 장안을 잘 지키도록 했다. 두 사람은 고마워하며 떠났다.

조조는 장수가 반란을 일으켰으니 바로 군사를 일으켜 무찌르겠다고 아뢰었다. 황제는 직접 수레를 타고 나가 싸우러 가는 조조를 배웅했다. 건안 3년 여름 4월이었다.

조조는 순욱을 허도에 남겨 군사를 다스리게 하고 자신은 직접 대군을 이끌고 떠났다. 길을 가면서 보니 사방에서 보리가 익어가고 있었다. 백성들은 군사들이 밀려오자 보리를 벨 엄두를 못 내고 모두 달아났다. 조조는 여러 마을의 노인들과 지방 벼슬아치들에게 사람을 보내 자신의 뜻을 밝혔다.

"이 몸이 황제의 뜻을 받들어 군사를 거느리고 역적들을 치러 가는 건 백성들의 괴로움을 덜어주기 위해서요. 지금 막 보리가 익어가고 있소. 어쩔 수 없어 군사를 일으켰으나 보리밭을 밟아 망치는 군사가 있으면 누구든 목을 베겠소. 군법이 매우 엄하니 백성들은 놀라지 말고 마음을 편히 놓으시오!"

백성들은 그 말을 듣자 기뻐하며 칭찬을 아끼지 않았다. 길가에 나앉아 있으면서 군사들이 지나가면 길을 막고 절을 했다. 보리밭을 지나갈 때 군사들은 모두 다 말에서 내려

보리 포기를 손으로 잡아 헤친 뒤 앞으로 나아가고 뒷사람에게 그대로 넘겨줌으로써 아무도 보리를 밟지 않았다.

조조가 말을 타고 가는데 보리밭에서 비둘기 한 마리가 날아올랐다. 그 바람에 말이 놀라 보리밭으로 뛰어들어가서 보리를 짓밟고 말았다. 조조는 행군주부를 불러 자신의 죄를 따져보라고 했다.

주부가 말했다.

"승상의 죄를 어찌 따질 수 있겠습니까?"

조조가 말했다.

"내가 정한 법을 내가 어겼으니 어떻게 다른 사람보고 따르라 하겠느냐?"

조조가 곧바로 칼을 뽑아 든 뒤 자신의 목을 찌르려 하자 여러 사람이 달려들어 말렸다.

곽가가 말했다.

"옛날의 《춘추》를 보면 가장 높은 사람에게는 법대로 할 수가 없다고 했습니다. 승상께서는 지금 대군을 거느리고 계신데 어찌 스스로 찌르려고 하십니까?"

조조가 한참 동안 생각하더니 말했다.

"《춘추》에 그런 말이 벌써 들어 있다면 나는 죽을 수도 없구나."

조조는 칼을 빼어 자기 머리털을 싹둑 자르더니 바닥에

던졌다.

"머리털로 머리를 대신하노라."

조조는 자른 자기 머리털을 모든 군사들에게 돌려 보이며 까닭을 말하도록 했다.

"승상께서 보리밭을 밟으셨다. 마땅히 목을 베어야 하지만 머리털을 대신 잘랐노라."

군사들은 오싹 소름이 돋으며 두려운 마음이 들었다. 그 뒤로는 섣불리 명령을 어기는 이가 아무도 없었다.

나중에 이 일을 읊은 시가 있다.

군사가 10만이면 그 마음도 10만 가지라서

한 사람 명령만으로 그 많은 사람 다스리기 어렵다네

머리털을 칼로 베어 목 대신 내어놓으니

조조의 약은 꾀가 어느 정도인지 알 만하다

한편 장수는 조조가 군사를 거느리고 온다는 보고를 받자 유표에게 급히 편지를 보내 도와달라고 했다. 이어 뇌서와 장선 두 장수를 성 밖으로 내보내 적을 맞도록 했다.

양쪽 군사는 서로 둥그렇게 진을 벌였다. 장수가 말을 타고 나와 조조에게 손가락질을 하며 욕을 퍼부었다.

"너는 거짓으로 어질고 의리 있는 척하며 부끄러움도 모르는 짓만 골라서 하니 짐승하고 뭐가 다르냐?”

조조가 화를 벌컥 내며 허저보고 나가 싸우라 했다. 장수는 장선을 내보냈다. 두 장수가 어우러져 싸운 지 채 3합도 못 되어 허저는 장선을 베어 말 아래로 고꾸라뜨렸다. 장수의 군사는 크게 패했다. 조조는 군사를 이끌고 남양성 밑까지 뒤쫓았다. 장수는 성으로 들어간 뒤 성 문을 닫고 나오지 않았다.

조조는 성을 둘러싸고 거세게 공격을 했다. 그러나 성벽 아래 도랑이 너무 넓고 깊어 성으로 쉽게 다가갈 수가 없었다. 조조는 군사들더러 흙을 옮겨다가 도랑을 메우게 하고, 성벽 아래에 흙을 넣은 포대와 나뭇가지·풀 들을 섞어 쌓아서 올라갈 수 있도록 했다. 또 성벽에 높은 사다리를 걸쳐놓고 성 안을 들여다볼 수 있게 했다. 조조는 말을 타고 사흘 동안 성 밖을 돌며 살펴본 뒤 성의 서쪽 문 있는 데다 나뭇단과 풀짚단을 높이 쌓으라고 했다. 그런 다음 장수들에게 그리로 해서 성을 들어가라 했다.

성 안에 있던 가후는 조조 쪽에서 하는 것을 다 보고 나서 장수에게 말했다.

“조조가 어떻게 할지 알았소. 조조의 꾀를 뒤집어서 쓰면 되겠습니다.”

강한 놈 위에는 더 강한 놈이 있는 법

속이려 들다 도리어 속는다네

과연 가후의 꾀는 무엇인지…….

눈알을 씹어먹은 하후돈

가후는 적의 꾀를 알아 싸움에 이기고
하후돈은 화살을 뽑고 눈알을 먹다

가후는 조조의 속셈을 읽고 그걸 뒤집어서 쓰기로 마음먹고 장수에게 말했다.

"성 위에서 보니 조조가 사흘 동안이나 성 바깥을 돌아다니며 살펴보았습니다. 아마도 성 동남쪽의 벽돌 색이 새것과 옛것이 섞여 있어 부서져서 다시 쌓은 곳이라 약해 보인다고 판단했겠지요. 또 그쪽의 사슴뿔 모양 울타리가 많이 삭거나 부서진 걸 보고 그리 쳐들어오기로 마음먹었겠지요. 그래서 일부러 성 서북쪽에다가 나뭇단과 풀더미를 쌓으며 호들갑을 떨면서 속임수를 쓰고 있습니다. 우리 군사들을 그리로 모아두려고 말입니다. 틀림없이 적들은 동남쪽으로 쳐들어올 겁니다."

장수가 물었다.

"그럼 어찌해야 되겠소?"

"걱정 마십시오. 내일 날래고 씩씩한 군사를 뽑아 배불리 먹이고 가벼운 차림으로 해서 동남쪽 집 안에다 숨겨두십시오. 서북쪽에는 일반 백성들을 군사들처럼 꾸며 지키도록 하십시오. 밤에 적들이 동남쪽으로 기어올라오면 그대로 기다렸다가 성으로 다 들어오면 신호로 포를 쏘아 숨어 있던 군사들이 한꺼번에 달려들면 조조를 사로잡을 수 있습니다."

장수는 기꺼이 가후가 이른 대로 따르기로 했다.

조조는 장수가 모든 군사를 서북쪽으로 모아 소리를 지르며 지키고 있고, 동남쪽은 텅텅 비어 있다는 보고를 받고 머리를 끄덕였다.

"내 생각이 들어맞는군."

조조는 군사들에게 성을 기어올라갈 때 쓸 가래 따위를 적의 눈에 띄지 않게 준비하도록 하였다. 조조는 낮 동안은 군사를 이끌고 서북쪽만 공격했다. 그러다가 밤이 이슥해질 때쯤에 날랜 군사들만 따로 모아 동남쪽으로 가서 도랑을 건너고 사슴뿔 모양 울타리를 부수었다. 성 안은 쥐 죽은 듯이 조용했다. 군사들은 성 안으로 몰려들어갔다. 그때 쾅 소리가 한 번 나더니 숨어 있던 군사들이 뛰쳐나왔다. 조조는 급히 군사들을 되돌렸다. 장수가 군사들을 직접 거느리고 몰아쳤다. 조조의 군사는 크게 져서 성 밖으로 몰려나가 수십 리를 달아났다. 장수는 계속 뒤쫓다가 날이 밝아서야 군사를 거두어 돌아갔다.

조조가 군사들을 살펴보니 죽어 없어진 수가 5만 명이 넘고, 잃어버린 무기도 엄청났다. 여건과 우금도 많이 다쳤다.

한편 가후는 조조가 싸움에 지고 달아나자 장수더러 급히 유표에게 편지를 보내도록 했다. 군사를 일으켜 조조가 돌아갈 길을 끊어달라는 내용이었다.

유표는 편지를 받자 바로 군사를 일으키려 했다. 그때 손책이 군사를 이끌고 호구에 와 있다는 보고가 들어왔다.

괴량이 말했다.

"손책은 조조가 시켜서 호구에 와 있습니다. 지금 조조는 싸움에 져서 달아나고 있습니다. 이 틈을 타 쳐부수지 않으면 뒷날 탈이 생길지도 모릅니다."

유표는 황조에게 길목을 잘 지키라 하고, 자신은 직접 군사를 거느리고 안중으로 가서 조조가 돌아갈 길을 막았다. 이어 장수와 만나자는 연락도 했다. 장수는 유표가 군사를 일으킨 걸 알게 되자 곧장 가후와 함께 군사를 이끌고 조조를 뒤쫓았다.

천천히 물러가던 조조는 양성의 육수 가에 이르렀다. 뜬금없이 조조가 말 위에서 목놓아 울기 시작했다. 모두들 어리둥절해 하자 조조가 말했다.

"작년에 여기서 대장 전위를 잃은 생각이 떠올라 나도 모르게 울음이 솟는구나!"

조조는 모든 군사를 멈추게 한 뒤 제사상을 걸게 차려 죽은 전위의 넋을 달랬다. 조조는 직접 향을 사르고 울며 절을 했다. 그 모습을 본 군사들이 모두 감격했다. 이어 조조는 죽은 조카 조안민과 맏아들 조앙의 제사를 지내고, 싸우다 죽은 군사들의 제사를 지냈으며, 죽은 말의 제사까지 지냈다.

다음 날 순욱이 사람을 보내왔다.

"유표가 장수를 돕기 위해 안중에 군사를 모아놓고 돌아오는 길을 막으려 합니다."

조조는 곧바로 답장을 썼다.

우리가 하루에 몇 리밖에 가지 않는 건 적이 우리 뒤를 쫓는 걸 몰라서가 아니오. 내 이미 어찌해야 할지 생각하고 있소. 안중에 도착하면 장수를 쳐부수고 말 터이니 그대들은 너무 걱정 마시오.

   박상률 완역 삼국지 2

조조는 군사를 이끌고 마침내 안중 가까이 접어들었다. 유표의 군사는 벌써 중요한 길목을 막고 있었고, 뒤에서는 장수의 군사가 쫓아왔다. 조조는 어두운 밤을 이용하여 산길을 낸 다음 군사들을 숨어 있게 하였다. 날이 밝아오고 있었다. 유표와 장수가 군사를 합친 뒤 살펴보니 조조의 군사가 별로 많아 보이지 않았다. 그들은 조조가 몰래 달아났나 보다 하고 군사를 이끌고 험한 산길로 뛰어들었다. 그때 숨어 있던 조조의 군사들이 산속에서 뛰쳐나와 유표와 장수의 군사를 크게 무찌르고, 안중의 위험한 곳을 빠져나와 영채를 세웠다.

유표와 장수가 남은 군사를 살펴본 뒤 만났다.

유표가 말했다.

"조조의 간사스런 속임수에 빠지다니!"

장수가 어금니를 꽉 깨물었다.

"다시 한 번 싸워보지요."

유표와 장수는 군사를 거두어 안중으로 갔다.

한편 순욱은 원소가 허도를 치기 위해 군사를 일으켰다는 보고를 받자 곧 조조에게 편지를 보냈다. 조조는 편지를 받자마자 바로 군사를 거느리고 떠났다.

장수는 조조가 떠난 사실을 보고받자 바로 조조의 뒤를 쫓으려 했다. 그러나 가후가 말렸다.

"뒤쫓지 마십시오. 그러면 반드시 집니다."

그러나 유표의 생각은 달랐다.

"지금 쫓아가지 않으면 앉아서 기회를 놓치는 셈이오."

유표는 장수를 부추겼다. 장수는 결국 1만 명이 넘는 군사를 이끌고 유표와 함께 조조의 뒤를 쫓았다. 10리 좀 넘어갔을 때 조조 군사의 꽁무니를 따라잡았다. 조조의 군사들은 힘을 다해 적극적으로 싸웠다. 그 바람에 유표와 장수는 크게 지고 돌아갔다.

장수가 가후에게 말했다.

"공의 말을 듣지 않고 섣불리 싸우러 갔다가 결국 지고 돌아왔소."

가후가 말했다.

"군사를 다시 가지런히 해서 뒤쫓으면 됩니다."

장수와 유표가 똑같이 물었다.

"지금 막 지고 돌아왔는데 어떻게 뒤쫓으라는 말이오?"

"이번에 뒤쫓으면 반드시 크게 이길 수 있습니다. 만일 지거든 그때는 내 목을 베어도 좋습니다."

장수는 가후의 말에 고개를 끄덕였으나 유표는 믿지 못해 같이 가려 하지 않았다. 할 수 없이 장수는 혼자서 군사를 끌고 나섰다. 가후의 말대로 조조의 군사를 크게 이길 수 있었다. 조조의 군사는 말이며 무기 등을 내버려둔 채 달아났다. 장수는 내친김에 앞으로 더 나아가려 하는데 뜬금없이 산 뒤에서 한 무리의 군사가 쏟아져 나타나더니 조조의 군사를 둘러싸며 보호했다. 장수는 더 뒤쫓지 못하고 군사를 거두어 안중으로 돌아왔다.

유표가 가후에게 물었다.

"저번에는 씩씩한 군사를 앞세우고 뒤쫓으려 해도 공은 반드시 진다고 했소. 이번엔 지고 돌아온 약한 군사들로 승리에 자신만만한 군사를 뒤쫓은 일인데도 공은 이긴다고 했소. 결국 공의 말대로 되었소. 두 번 다 어떻게 그리 잘 맞추었는지 좀 가르쳐주시오."

"별로 어려운 일도 아닙니다. 장군께서 군사를 잘 쓰시기는 하지만 조조를 해볼 수는 없습니다. 조조가 비록 지고 돌아가는 길이지만, 씩씩함이 넘치는 장수와 군사들을 뒤따르게 함으로써 뒤쪽을 안전하게 막아내고자 했을 터이므로 우리 군사들이 아무리 세다고 해도 해볼 수 없다는 걸 알았습니다. 그리고 조조의 군사가 급히 물러가는 건 분명히 허도에 무슨 일이 생겼기 때문입니다. 우리가 뒤쫓는 걸 막아냈기 때문에 일단 안심하고 돌아갈 생각에 바빠 뒤를 단단히 챙기지 않으리라 생각했지요. 그래서 그 틈을 이용해 치면 이길 수 있다고 했습니다."

유표와 장수는 가후의 깊은 생각에 고개를 끄덕이지 않

을 수 없었다. 가후는 유표에게 형주로 돌아가길 권하고, 장수는 양성을 지키면서 서로 행동을 같이 하라 하였다. 그리하여 양쪽 군사는 각각 돌아갔다.

한편 조조는 군사를 되돌려 가는 길에 장수가 공격을 한다는 보고를 받았다. 급히 모든 장수들을 거느리고 뒤쪽으로 달려갔다. 그러나 장수의 군사는 이미 물러간 뒤였다. 남은 군사들이 달려와 말했다.

"만약 산 뒤에서 군사 한 무리가 나타나 가운데 길을 막아주지 않았으면 우리는 모두 사로잡히고 말았을지도 모릅니다."

조조가 그들이 누구냐고 물었다. 장수 하나가 말에서 내려 창을 놓고 조조에게 절을 했다. 진위중랑장 이통이었다. 그는 강하 평춘 사람으로 자는 문달이었다.

조조가 어떻게 해서 오게 되었느냐고 묻자 이통이 대답했다.

"요새 여남을 지키고 있었는데, 승상께서 장수와 유표랑 싸우신다는 말을 듣고 도우러 왔습니다."

조조는 기뻐하며 그를 건공후로 삼은 뒤, 여남의 서쪽을 잘 지켜 유표와 장수가 못 쳐들어오게 하라고 일렀다. 이통은 고맙다는 절을 하고 돌아갔다.

허도에 돌아오자 조조는 황제에게 글을 올려, 손책의 공을 인정하여 토역장군으로 삼고 오후라는 작위를 내려달라고 했다. 이어 사람을 강동으로 보내 손책더러 유표를 치라고 했다. 조조가 물러나오자 여러 벼슬아치들이 인사를 올렸다.

순욱이 물었다.

"승상께서는 안중으로 천천히 오시면서 적에게 이길 줄을 어떻게 아셨습니까?"

조조가 대답했다.

"적들은 되돌아가려 해도 돌아갈 길이 막혔으니 목숨을 걸고 싸울 걸 알았네. 그래서 나는 천천히 적들을 끌어들였다가 꾀를 써서 칠 생각이었네. 그래서 이길 줄 알았다네."

조조의 말에 순욱이 허리를 숙이며 놀라워했다. 그때 곽가가 들어왔다.

조조가 물었다.

"공은 왜 늦었소?"

곽가가 소매 속에서 편지를 꺼내 건넸다.

"원소가 사람을 시켜 승상께 편지를 보내왔기에 그걸 받아오느라 늦었습니다. 군사를 일으켜 공손찬을 치려 하므로 먹을거리와 군사를 좀 빌려달라는 편지랍니다."

조조가 이마를 찌푸렸다.

"내 듣기로는 원소가 허도로 쳐들어오려 한다던데, 내가 돌아오니까 딴소리를 하는구먼."

조조가 편지를 뜯어보았다. 무척 거드름을 피우는 말투였다.

조조가 곽가에게 말했다.

"원소가 이토록 버르장머리가 없으니 내가 쳐야겠는데, 힘이 달리니 어찌해야 좋겠는가?"

"유방이 항우의 상대가 되지 않았다는 건 공께서도 아시는 바입니다. 그러나 유방은 오로지 지혜를 써서 힘이 더 강한 항우를 사로잡았습니다. 지금 원소는 모자라는 열 가지 이유가 있고 공께서는 뛰어난 열 가지 이유가 있으므로, 원소의 군사가 세다고 할지라도 두려워할 까닭이 하나도 없습니다. 첫째, 원소는 겉으로만 꾸미는 예의를 갖추나 공께서는 자연스러움이 몸에 배어 있으니 이는 도리가 뛰어난 것이요, 둘째, 원소는 세상의 이치에 거슬러서 움직이지만 공께서는 순리에 맡기시니 이는 의로움이 뛰어난 것이요, 셋째, 환제·영제 때부터 나라의 다스림이 엉망이었는데 원소는 어물쩍 넘어가기를 일삼았으나 공께서는 엄격히 바로잡았으니 이는 다스림이 뛰어난 것이요, 넷째, 원소는 겉으로는 너그러운 척하나 속으로는 그렇지 않아 친척들한테 일을 맡기지만 공께서는 밖으로는 번거롭지 않고 속으로는 밝으셔서 오로지 재주 있는 이를 골라 쓰니 이는 판단력이 뛰어난 것이요, 다섯째, 원소는 꾀는 많으나 결단력이 부족하지만 공께서는 생각이 떠오르면 바로 실천을 하시니 이는 꾀가 뛰어난 것이요, 여섯째, 원소는 오로지 겉치레 이름을 좋아하여 사람을 대하지만 공께서는 정성으로 사람을 대하니 이는 덕이 뛰어난 것이요, 일곱째, 원소는 가까운 이는 돕고 먼 이는 모른 체하지만 공께서는 모두를 걱정하시니 이는 어짊이 뛰어난 것이요, 여덟째, 원소는 누가 쑤셔대는 말을 하면 흔들리지만 공께서는 그런 말을 듣지 않고 알아서 판단하시니 이는 밝음이 뛰어난 것이요, 아홉째, 원소는 잘잘못을 가리지 못하지만 공께서는 옳고 그름을 따지는 기준이 뚜렷하니 이는 학문이 뛰어난 것이요, 열째, 원소는 허풍치기만 좋아해서 군사를 쓰는 일도 엉망이지만 공께서는 적은 수로 많은 수를 이기고 군사를 쓰는 일이 귀신같으니 이는 무예가 뛰어난 것입니다. 공께서는 이처럼 뛰어난 열 가지를 가지고 있으므로 원소를 두려워할 필요가 없습니다.”

조조가 웃으며 말했다.

“허허, 너무 지나친 칭찬이라 어디다 몸을 두어야 할지 모르겠소!”

순욱이 말했다.

"저도 곽봉효의 뛰어난 열 가지와 모자란 열 가지에 대해 같은 생각입니다. 원소의 군사가 많다지만 두려워할 까닭이 없습니다!"

곽가가 다시 말했다.

"우리의 가장 큰 걱정거리는 사실 서주의 여포입니다. 이번에 원소가 북쪽으로 공손찬을 치러 가면 우리는 그 틈을 타서 여포를 먼저 쳐 동남쪽을 깨끗하게 한 다음 원소를 치는 게 좋겠습니다. 만약 우리가 원소를 치느라 허도를 비우면 자칫 여포가 기회를 엿보고 있다가 허도로 쳐들어올지 모릅니다. 그러면 적지 않은 피해를 입게 됩니다."

조조는 그 말을 좇아 동쪽의 여포를 치러 갈 일에 대해 의논했다.

순욱이 말했다.

"일단 유비에게 사람을 보내 약속을 정하고, 그쪽 사정을 들을 때까지 기다렸다가 군사를 움직이지요."

조조는 순욱의 말을 따라 유비에게 편지를 보내는 한편, 원소가 보낸 사람을 정성껏 대접한 뒤 돌려보냈다. 아울러 황제에게 말해 원소를 대장군 태위로 삼아 기주·청주·유주·병주 네 고을의 도독을 같이 맡도록 했다. 아울러 공손찬을 치면 반드시 돕겠다는 편지도 같이 보냈다. 원소는 편지를 받자 무척 기뻐하며 공손찬을 치기 위해 곧바로 군사를 움직였다.

한편 서주의 여포는 늘 손님을 위해 잔치를 열었는데, 그때마다 진규 부자는 여포를 부풀려 칭찬하느라 바빴다. 진궁은 그러는 진규 부자를 늘 아니꼽게 여기다가 기회를 보아 여포에게 말했다.

"진규 부자가 장군 앞에서 알랑거리며 비위를 맞추는데 왜 그러는지 잘 모르겠습니다. 조심하십시오."

여포가 화를 내며 꾸짖었다.

"그대는 아무 까닭도 없이 좋은 사람들을 함부로 헐뜯지 마시오!"

진궁은 밖으로 나와 한숨을 길게 내쉬었다.

"진심으로 하는 말을 듣지 않으니 어쩌랴. 우리 모두 큰일 났다!"

진궁은 여포를 버리고 다른 데로 가버리고 싶기도 했다. 그러나 차마 그럴 수가 없었다. 남의 비웃음을 받을까봐 그것도 마음에 걸렸다. 이래저래 답답한 마음뿐이었다.

어느 날 진궁은 기분을 바꿔보려고 몇 사람만 데리고 소패 쪽으로 사냥을 나갔다. 흘긋 보니 역마 한 마리가 재빠르게 길을 달려가고 있었다. 진궁은 뭔가 짚이는 데가 있었다. 사냥을 하다 말고 아랫사람들과 함께 역마를 탄 사람을 쫓아가 붙잡았다.

"누구 명령을 받들어 어디로 가느냐?"

그 사람은 자신을 붙잡은 사람들이 여포의 부하임을 알고 당황하여 우물쭈물했다. 진궁이 그 사람의 몸을 뒤지라 했다. 유비가 조조에게 답장으로 보내는 편지였다. 진궁은 편지를 빼앗고 그 사람을 끌고 여포에게 갔다. 여포가 무슨 일인지를 물었다. 붙들려온 사람이 대답했다.

"조승상께서 유비한테 편지를 보내서 왔다가 답장을 받아 돌아가는 길입니다. 편지 내용은 전혀 모릅니다."

여포는 곧장 편지를 뜯어보라 했다.

명령을 받들어 여포를 칠 일을 밤낮으로 생각 중입니다. 그러나 저는 군사도 보잘것없고 장수도 몇 되지 않으니 쉬이 가볍게 움직일 수가 없습니다. 승상께서 대군을 일으키시면 저는 마땅히 앞장을 서겠습니다. 그동안 무기며 갑옷 등을 손보며 오로지 명령만을 기다리고 있겠습니다.

여포는 편지를 읽고 나자 크게 성을 냈다.

"조조 도적놈이 어찌 이러는고!"

여포는 붙들려온 사람을 목 베어 죽였다. 그런 다음 진궁과 장패를 태산으로 보내 그곳에 있는 도적 떼들인 손관·오

돈·윤예·창희와 손을 잡고 동쪽의 산동 연주 가까이 있는
여러 고을을 치게 했다. 또 고순과 장료는 소패로 가서 유비
를 치게 하고, 송헌과 위속은 서쪽의 여남과 영천을 치도록
한 다음, 여포 자신은 가운데에서 세 갈래의 군사들을 그때
그때 도와주기로 했다.

　고순과 장료가 군사를 거느리고 서주를 떠나 소패로 갔
다. 그들이 소패 가까이 왔을 때 유비에게 보고가 들어갔다.
유비는 급히 사람들을 모아 의논을 시작했다.
　손건이 말했다.
　"빨리 조조에게 알려야 합니다."
　유비가 말했다.
　"누가 허도로 가서 급한 사정을 알리겠는가?"
　뜰아래에서 한 사람이 나섰다. 유비와 같은 고향 사람으
로 자가 헌화인 간옹이었다. 유비 밑에서 일을 보는 사람이
었다. 유비는 곧바로 편지를 써서 간옹에게 주며 밤낮없이
허도로 가서 도움을 달라 하였다. 이어 성을 지키는 데 필요
한 도구들을 정리하고 지킬 자리를 정했다. 유비는 남문을
지키고, 손건은 북문을 맡았으며, 관우는 서문, 장비는 동문
을 맡았다. 미축과 그의 아우 미방은 중군을 지키도록 하였
다. 미축의 누이는 유비의 둘째 부인인 미부인이다. 그래서

그들 형제더러 가족을 보호하라고 맡겼다.

고순의 군사가 가까이 다가오자 유비는 성 위로 올라가 물었다.

"나와 봉선은 사이가 틀어진 일이 없는데 어쩐 일로 군사를 끌고 왔느냐?"

고순이 대꾸했다.

"네가 조조랑 짜고 우리 주공을 해치려 하지 않았느냐? 이미 일이 다 들통났다. 얼른 나와서 오랏줄을 받아라!"

말을 마치자마자 그는 군사를 휘몰아 성을 공격했다. 유비는 성 문을 단단히 닫고 꼼짝도 하지 않았다.

다음 날 장료가 군사를 끌고 와 서쪽 성 문을 공격했다. 관우가 성 위에서 물었다.

"공을 보니 보통 사람 생김이 아닌데 왜 도적놈한테 붙어 있소?"

장료는 고개를 숙인 채 아무 말도 하지 않았다. 관우는 장료가 충성스럽고 의로운 기운이 있는 사람이라고 여겨 욕설을 퍼붓지 않고, 나가 싸우지도 않았다. 장료는 군사를 이끌고 동문 쪽으로 갔다. 장비는 장료를 보자마자 곧바로 싸우러 나갔다. 관우는 장비가 싸우러 나갔다는 말을 듣고 곧장 동문으로 달려갔다. 장비가 막 성에서 나간 뒤였는데, 장료의 군사는 이미 물러간 뒤였다. 장비가 그들 뒤를 쫓으려 하는 것을 관우가 말렸다. 장비가 투덜댔다.

"저놈들이 겁을 먹고 달아나는데 왜 쫓지 말라 하오?"

관우가 대답했다.

"그 사람의 무예는 분명 너나 나보다 못할 거다. 내가 옳은 말을 건넸더니 뭔가 깨달은 바가 있는지 망설이더라. 그래서 우리랑 싸우려 하지 않을 뿐이지 도망치는 게 아닌 듯하다."

장비가 고개를 끄덕이며 군사들에게 성 문을 굳게 닫으라 하고 다시 싸우러 나가지 않았다.

한편 간옹은 허도에 이르러 조조를 만나 그동안 일어난 일을 자세히 털어놓았다. 조조는 곧장 여러 모사들을 모아 놓고 의논했다.

"내가 여포를 칠 경우 원소가 덤빌 건 걱정되지 않는데, 유표와 장수가 뒤를 치지 않을까 그게 걱정이구려."

순유가 대답했다.

"그 사람들은 싸움에 진 지 얼마 안 되기 때문에 쉽게 쳐들어오지는 못합니다. 그러나 사납기 짝이 없는 여포가 원술과 손잡고 회수, 사수 지방을 누비고 다니면 빠른 시일 안에 무찌르기는 어렵습니다."

곽가가 말했다.

"지금 저들이 막 거스르며 들고일어났는데, 많은 사람들의 마음이 그쪽으로 가서 붙기 전에 빨리 쳐야 합니다."

조조는 그 말을 좇아 곧바로 하후돈·하후연·여건·이전에게 군사 5만 명을 주며 먼저 떠나도록 한 뒤 자신도 대군을 이끌고 뒤를 이어 출발했다. 간옹도 따라갔다.

고순은 이 사실을 보고받는 대로 여포에게 급히 알렸다. 여포는 후성·학맹·조성에게 말 탄 군사를 2백 명 넘게 주며 고순과 함께 소패에서 30리 떨어진 곳으로 가서 조조의 군사를 기다리게 했다. 그런 뒤 여포 자신도 대군을 이끌고 가 돕기로 했다.

한편 소패성 안에 있는 유비는 고순과 장료의 군사가 물러가는 걸 보고 조조의 군사가 오고 있다는 걸 알았다. 손건은 남아 성을 지키게 하고, 미축과 미방은 가족을 지키게 했다. 그런 뒤 유비 자신은 관우·장비와 함께 군사를 이끌고 성 밖으로 나가 영채를 세우고 조조의 군사를 기다렸다.

하후돈은 군사를 거느리고 앞으로 나가다가 고순의 군사와 맞부딪쳤다. 하후돈은 곧바로 창을 뻗쳐들고 말을 달려 나갔다. 고순도 뛰쳐나왔다. 두 마리 말이 서로 어우러져 4, 50합을 싸우다가 힘이 부친 고순이 달아났다. 하후돈은 말을 달려 뒤쫓았다. 고순은 진영을 끼고 마구 달아났다. 하후돈은 그를 놓치지 않기 위해 적진을 빙빙 돌며 끝까지 뒤쫓

하후돈이 자신의 눈알을 씹어먹다.

았다. 그때였다. 군사들 틈에 있던 조성이 활을 들고 하후돈을 겨누고 있다가 쏘았다. 화살은 하후돈의 왼쪽 눈에 정확히 맞았다. 하후돈은 외마디 소리를 지른 뒤 바로 화살을 뽑았다. 그런데 눈알도 같이 뽑혀 나왔다. 하후돈이 큰소리를 내질렀다.

"아버님의 기운과 어머님의 피로 만들어진 내 눈알! 내 어찌 버릴 수 있으랴!"

하후돈은 눈알을 입에 넣고 씹어먹은 뒤 다시 창을 들고 내달려 조성을 겨누었다. 조성은 미처 피할 새도 없이 얼굴에서 뒷머리까지 하후돈의 창에 찔려 말에서 고꾸라졌다. 양쪽 군사들 모두 이걸 보고 놀라지 않는 이가 없었다.

조성을 죽인 하후돈은 말 머리를 돌려 돌아왔다. 그 뒤를 고순이 군사를 몰고 쫓아왔다. 조조군은 크게 지고 말았다. 하후연은 형 하후돈을 구해 달아났다. 여건과 이전은 남은 군사를 이끌고 제북으로 가서 영채를 세웠다.

싸움에 이긴 고순은 군사를 돌려 이번엔 유비를 쳤다. 때마침 여포의 군사도 다다른 터였다. 여포는 장료·고순과 함께 군사를 세 길로 나누어 유비와 관우·장비의 세 영채를 공격했다.

눈알을 삼키고도 싸울 만큼 씩씩한 장수지만

앞장섰다 화살 맞고 보니 오래 버틸 수가 없네

과연 유비는 어떻게 이기고 짐을 가를는지…….

여포의 죽음

조조는 하비성에서 적을 무찌르고
여포는 백문루에서 목숨을 다하다

고순은 장료와 함께 관우의 영채를 들이치고, 여포는 직접 장비의 영채를 들이쳤다. 관우와 장비가 그들을 맞아 싸우러 나왔다. 유비는 군사를 거느리고 뒤에서 양쪽을 도왔다. 여포가 군사를 나누어 뒤에서 쳐들어왔다. 관우와 장비의 군사 모두 맥없이 무너지고 말았다.

유비는 말 탄 군사 여남은 명만 거느리고 소패성으로 달아났다. 여포가 바로 뒤를 쫓았다. 유비는 성 위 군사들에게 재빨리 달아맨 다리를 내리도록 한 뒤 다리를 건너 성 안으로 들어갔다. 여포는 거의 등 뒤까지 다가와 있었다. 성 위 군사들은 활을 쏘려 하다 그만두었다. 유비가 맞을 수도 있기 때문이었다. 그 틈을 탄 여포는 마침내 성 안으로 뛰쳐들어왔다. 성 문을 지키던 장수와 군사들은 여포를 해보지 못하고 사방으로 도망쳤다. 여포는 곧장 자기 군사들을 성 안으로 불러들였다.

유비는 일이 급하게 돌아가자 집에 들를 새도 없어 가족도 팽개친 채 성 안을 달려 서쪽 문으로 빠져나갔다. 여포가 유비의 집 가까이 이르렀을 때 미축이 나와 맞았다.

"제가 들은 바로는, 대장부는 남의 아내와 자식을 죽이지 않는다고 했습니다. 지금 장군과 천하를 다투는 이는 조공뿐입니다. 현덕은 늘 영채 문밖의 화극을 쏘던 장군의 은혜를 잊지 않고 있었기에 장군을 배신할 뜻이 전혀 없었습니다. 어쩔 수 없이 조공 편이 되었을 뿐이니 장군께서는 가엾게 여겨주십시오."

"나와 현덕은 오랜 친구 사이인데 어찌 그 사람의 아내와 자식을 해칠 수 있겠는가?"

여포는 미축에게 유비의 가족을 서주로 데리고 가서 머물도록 했다. 이어 여포 자신은 군사를 거느리고 산동 연주 쪽으로 가고, 고순과 장료는 소패를 지키도록 했다.

손건도 이미 성을 빠져나왔고, 관우와 장비는 남은 군사를 이끌고 산속으로 들어가 숨어 있었다. 유비가 혼자서 말을 타고 한참 가다 보니 뒤에서 누가 쫓아왔다. 돌아보니 손건이었다. 유비가 한숨을 길게 내쉬었다.

"지금 나는 두 아우가 죽었는지 살았는지도 모르고, 가족도 모두 잃었으니 어떡해야 하오?"

손건이 대답했다.

"일단은 조조를 찾아가서 다음 일을 생각하시지요."

유비는 그 말을 좇아 작은 길을 따라 허도로 갔다. 먹을 게 없어 배가 고플 때는 마을에 들러 얻어먹었다. 어디를 가든 유예주라는 말만 해도 사람들은 다투어 음식을 대접했다.

그러던 어느 날, 한 집에 들러 하룻밤 재워달라 했더니 젊은이 하나가 나와 절을 했다. 이름이 무어냐고 물었더니 사냥꾼 유안이라고 했다. 유안은 예주 목사가 자기 집에 들렀으니 들짐승 고기라도 대접하려고 했으나 갑자기 구할 수가 없었다. 그래서 유안은 자기 아내를 죽여 고기를 떠서 유비를 대접했다.

유비가 물었다.

"무슨 고기인가?"

유안이 대답했다.

"이리 고기입니다."

유비는 별 생각 없이 저녁을 잘 먹고 잠자리에 들었다. 이튿날 새벽, 길을 떠나려고 말을 끌어내기 위해 뒤뜰로 갔다가 우연히 부엌을 들여다보았다. 뜻밖에도 부엌에 한 여자가 죽어 있었는데, 팔에 살은 없고 뼈가 드러나 있었다. 유비가 깜짝 놀라 물으니 유안이 그제야 엊저녁에 대접한 고기가 자기 아내의 살이었다고 대답했다. 유비는 슬프고 아린 마음을 이기지 못해 눈물을 흘리며 말에 올랐다.

유안이 그런 유비를 보고 말했다.

"저도 사군을 따라가고 싶지만 집에 늙으신 어머님이 계셔서 바로 따라가지는 못하겠습니다."

유비는 몇 번이나 고맙다는 인사를 하고 양성 쪽으로 떠났다. 갑자기 흙먼지가 하늘을 덮으며 대군이 몰려왔다. 유비는 바로 조조의 군사임을 알고 손건과 함께 중군기가 펄럭이는 곳으로 가서 조조를 만났다. 유비는 소패성을 잃은 일과, 두 아우와 헤어진 일과, 아내를 비롯한 가족까지 적의 손안에 팽개치고 온 일 등을 이야기했다. 조조는 눈물을 흘리며 이야기를 들었다. 유비는 유안이 자기 아내를 죽여 대접한 일도 빠뜨리지 않고 얘기했다. 조조는 손건에게 금 1백 냥을 주며 유안에게 갖다 주라 했다.

조조의 군사가 제북 땅에 이르렀을 때 하후연 무리가 나와 맞이하고 영채로 안내했다. 하후연은 자기 형 하후돈이 싸우다가 눈 하나를 잃어 아직도 몸이 성하지 않다는 일 등을 얘기했다. 조조는 하후돈을 직접 찾아가 본 뒤 허도로 돌려보내 몸조리를 하게 했다.

이어 조조는 사람을 보내 여포가 지금 어디 있는지를 알아보게 했다. 얼마 뒤 보고가 들어왔다.

"여포는 진궁·장패와 함께 태산의 산적들과 손을 잡고 연주의 고을들을 치고 있습니다."

조조는 조인에게 군사 3천 명을 이끌고 가 소패성을 치라고 했다. 조조 자신은 직접 대군을 이끌고 유비와 함께 여포를 치러 갔다. 산동 땅에 이르러 소관 가까이 가자 태산의 산적들인 손관·오돈·윤예·창희가 3만 명이 넘는 군사를 이끌고 나와 길을 막았다. 조조가 허저를 내보내자 넷이 한꺼번에 달려들었다. 허저가 죽기 살기로 싸우자 넷은 해보지 못하고 뿔뿔이 흩어져갔다. 조조는 기회를 놓치지 않고 몰아붙여 소관까지 뒤쫓았다.

이 사실은 바로 여포에게 전해졌다. 여포는 이미 서주에 돌아와 있었는데, 서주는 진규에게 맡기고 진등과 함께 소패를 구하러 가려던 참이었다.

진규가 아들 진등에게 가만히 말했다.

"전에 조공이 동쪽 일은 너한테 맡긴다고 했었다. 이제 여포는 곧 망할 터이니 기회를 놓치지 않도록 해라."

진등이 대답했다.

"바깥일은 제가 알아서 하겠습니다. 만약에 여포가 지고

　　　　　　　　　　　　　　　박상률 완역 삼국지 2

쫓겨오더라도 아버님께서는 미축을 불러다가 함께 성을 지키면서 절대로 성 안으로 들어오지 못하게 하십시오. 저는 빠져나올 계획을 저 나름대로 다 세워놓았습니다.”

“여포의 아내와 자식이 여기 있고 가까운 부하들도 많이 있는데 어떻게 해야 할지 모르겠구나.”

“그것도 제가 다 대책을 세워놓았습니다.”

진등은 곧 여포를 찾아가 말했다.

“서주는 사방에서 적군이 노리고 있습니다. 조조도 모든 힘을 다해 치겠지요. 그러니 뒤로 물러날 일도 미리 생각해 놓아야 합니다. 물자와 먹을거리를 미리 하비로 옮겨다 놓는 게 좋겠습니다. 만약에 서주가 포위를 당하더라도 하비에 먹을거리가 있으니 견딜 수 있습니다. 주공께서는 빨리 그렇게 하시지요.”

여포가 말했다.

“맞는 말이오. 내 가족도 그리 보내야겠소.”

여포는 곧바로 송헌과 위속에게 자기 가족을 비롯해 물자와 식량을 하비로 옮겨놓으라 했다. 이어 자기는 군사를 이끌고 진등과 함께 소관을 지키러 떠났다. 절반쯤 갔을 때 진등이 말했다.

“제가 먼저 소관으로 가서 조조군에 대해 이것저것 알아보고 오겠습니다. 그런 다음 주공께서 가십시오.”

여포가 그렇게 하자고 했다. 진등은 소관으로 갔다. 진궁 무리가 그를 맞이하자 진등이 말했다.

"온후께서는 공들이 치지 않는 걸 못마땅하게 생각하고 계십니다. 여기 오시면 책임을 묻겠다고 하셨습니다."

진궁이 말했다.

"조조의 군사는 엄청나오. 가볍게 달려들어서는 안 되오. 우리는 관을 굳게 지킬 테니 주공께서는 소패성을 잘 지키시라고 전해주시오. 그게 지금으로선 최선의 방법이오."

진등은 그러겠노라 하며 거듭 고개를 끄덕였다. 저녁때 관으로 올라가 바라보니 조조의 군사는 이미 관 아래까지 다가와 있었다. 진등은 어둠을 틈타 편지 세 통을 써서 화살에 매달아 관 아래로 날려보냈다.

다음 날 진등은 진궁과 헤어져 여포한테 말을 달려갔다.

"관에 있는 손관의 무리들이 조조에게 관을 바치려고 해서 진궁에게 단단히 지키라고 했습니다. 장군께서는 해질 녘에 쳐들어가서 도우십시오."

여포가 말했다.

"공이 아니었으면 이 관을 잃을 뻔했구만."

여포는 진등더러 말을 달려 빨리 소관으로 가서 진궁을 만나 불을 피워 신호로 삼으라는 말을 전하라 했다.

진등은 다시 진궁에게 달려갔다.

"조조의 군사는 사잇길로 해서 벌써 관으로 들어와 있소. 서주를 잃을지도 모르니 공들은 빨리 돌아가시오."

진궁은 서둘러 군사를 이끌고 소관에서 빠져나왔다. 진등은 관 위로 올라가서 불을 피웠다. 여포는 불이 피어오르는 것을 보자 군사를 끌고 내달았다. 진궁의 군사와 여포의 군사는 어둠 속에서 만나 서로 적인 줄 알고 엉켜 싸웠다. 조조의 군사는 신호 불이 피어오르자 일제히 들이치기 시작했다. 손관 등은 저마다 사방으로 흩어져 달아났다.

여포는 날이 샐 때까지 싸우다가 뒤늦게야 함정에 빠진 걸 알고 진궁과 함께 서주로 돌아왔다. 성에 다다른 여포는 빨리 성 문을 열라고 소리쳤다. 그러자 성 위에서 화살이 빗발치듯 쏟아졌다. 미축이 위에서 내려다보며 소리쳤다.

"이 성은 네가 우리 주공에게서 빼앗은 거니까 이제 우리 주공께 다시 돌려드려야 맞지 않느냐? 너는 다시는 이 성에 들어오지 못한다."

여포가 화가 날 대로 나서 외쳤다.

"진규는 어디 있느냐?"

미축이 대답했다.

"내가 이미 죽여버렸다."

여포가 진궁을 돌아보았다.

"진등은 어디 있느냐?"

진궁이 한숨을 내쉬었다.

"장군은 아직도 뭐가 뭔지 모르시고 그 간사스런 도적놈을 찾으십니까?"

여포는 온 군사들 사이를 다 찾아보라고 했다. 그러나 진등은 아무 데도 없었다. 진궁은 여포에게 소패로 가길 권했다. 여포는 그 말을 따랐다. 절반쯤 갔을 때였다. 한 무리의 군사가 급히 달려왔다. 고순과 장료였다. 여포가 어찌 된 일인지를 묻자 둘이 대답했다.

"진등이 와서 주공께서 포위되셨으니 빨리 가서 구하라고 했습니다."

진궁이 말했다.

"이것도 그 간사스런 도적놈 짓입니다."

여포가 부르르 떨었다.

"내 반드시 이 도적놈을 잡고 말겠다!"

그들은 급히 말을 달려 소패로 갔다. 그러나 소패성 위에는 온통 조조 군사의 깃발이 나부끼고 있었다. 조조의 명령을 받은 조인이 이미 소패성을 차지해버렸기 때문이다.

여포가 성 아래에서 큰소리로 진등을 욕하자, 진등이 성 위에 나타나 여포에게 손가락질을 하며 꾸짖었다.

"나는 한나라의 신하다. 그런 내가 어찌 너 같은 역적놈을 섬기겠느냐?"

여포가 화를 벌컥 내며 성을 달려들려 하는데 갑자기 뒤에서 외침 소리가 떠들썩하며 군사 한 떼가 밀어닥쳤다. 장비였다. 고순이 달려나가 장비를 맞이하여 싸웠으나 해볼 수가 없어 여포가 직접 나섰다. 그렇게 한참 동안 싸우는데 진영 밖에서 또다시 크게 외치는 소리가 일더니 조조가 직접 대군을 몰고 들이닥쳤다. 여포는 싸움을 포기한 채 군사를 이끌고 동쪽으로 달아났다. 그러나 조조의 군사는 끝까지 뒤쫓아왔다. 여포의 군사는 사람도 말도 다 지쳐 있었다. 그때 앞에서 갑자기 군사 한 무리가 쏟아져나오며 길을 막았다. 군사들 속에서 한 장수가 앞으로 나서며 말을 세우더니 칼을 비껴들고 소리쳤다.

"여포는 달아나지 말라! 관운장이 왔노라!"

여포는 정신없이 싸웠다. 뒤에서는 장비가 달려들었다. 여포는 싸울 수가 없어 진궁과 함께 겨우 길을 뚫고 하비 쪽으로 달아났다. 후성이 군사를 이끌고 나와 여포를 맞았다.

다시 만난 관우와 장비는 눈물을 흘리며 지난 일을 얘기했다.

관우가 말했다.

"나는 해주 길가에 있다가 소식을 듣고 달려왔다."

장비가 말했다.

"저는 망탕산에 들어가 있었소. 오늘 형님을 만나게 되어 정말 다행이오.”

두 사람은 군사를 거느리고 유비한테 가서 땅에 엎드려
절을 하며 울었다. 유비도 기쁨 반 슬픔 반으로 웃다 울다
한 뒤 두 사람을 데리고 조조에게 가서 인사를 시켰다. 이어
조조를 따라 서주로 갔다. 미축이 나와 그들을 맞이하며 집
안에는 별일이 없다고 해 유비는 매우 기뻤다.

진규 부자 역시 서주로 와서 조조를 만났다. 조조는 잔치
를 크게 열어 장수들을 위로했다. 조조 자신은 한가운데에
앉고 진규는 오른쪽에, 유비는 왼쪽에 앉도록 했다. 나머지
장수들은 차례를 따져 앉았다. 잔치가 끝나자 조조는 진규
부자의 공로를 칭찬하며 고을 열 곳의 녹을 더 받게 해주고,
진등은 복파장군으로 삼았다.

서주를 차지하게 되자 조조는 마음속으로 무척 기뻤다.
곧바로 하비를 칠 계획을 의논했다.

정욱이 말했다.

“이제 여포에게는 하비성 하나만 남았습니다. 만약 너무
서둘러 몰아치면 여포는 죽을힘을 다해 싸우면서 원술에게
달려갈 겁니다. 여포랑 원술이 손을 잡으면 일이 어려워집
니다. 여포를 치려면 일단 뛰어난 분을 시켜 회남으로 가는
길을 막아야 합니다. 그래야 안으로는 여포를 막을 수 있고
밖으로는 원술을 묶어둘 수 있습니다. 더욱이 지금 산동에

　　　　　　　　　　　　　　박상률 완역 삼국지 2

는 장패와 손관의 무리가 아직도 항복하지 않은 채 버티고 있습니다. 그들도 신경을 써야 합니다.”

조조가 말했다.

“나는 산동의 여러 길목을 막을 테니, 회남으로 가는 길은 현덕이 맡아주시오.”

유비가 말했다.

“승상의 말씀대로 어긋나지 않게 하겠습니다.”

다음 날 유비는 미축과 간옹은 서주에 남겨두고, 손건·관우·장비와 함께 군사를 거느리고 회남으로 이어지는 길을 막으러 갔다. 조조는 직접 군사를 이끌고 하비를 치러 갔다.

한편 여포는 하비성에 꼼짝 않고 있었다. 식량도 넉넉한 데다 사수가 워낙 험한 데라 싸울 필요 없이 가만히 앉아만 있어도 끄떡없다고 생각했다.

진궁이 여포에게 말했다.

“조조의 군사가 지금 막 도착했습니다. 미처 싸울 준비를 하기 전에 쳐야 합니다. 쉬고 난 군사로 지친 군사를 치면 틀림없이 이깁니다.”

여포가 고개를 저었다.

“내 벌써 싸움에 여러 번 졌소. 가벼이 싸우러 나가서는 안 되오. 적군이 쳐들어오기를 기다렸다가 한 번에 몰아치면 모두 사수에 빠져 죽고 말 거요.”

여포는 끝내 진궁의 말을 듣지 않았다. 며칠이 지나자 조조의 군사는 영채를 다 세우고 싸울 준비를 끝냈다.

조조가 장수들을 거느리고 성 밑에 와서 소리쳤다.

“여포는 나와서 내 말을 들어보라!”

여포가 성에 올라와 아래를 내려다보았다.

조조가 말했다.

“봉선이 원술과 다시 사돈을 맺으려 한다기에 내가 직접 군사를 거느리고 여기까지 왔다. 원술은 반란을 일으킨 역적이지만 공은 동탁을 친 공이 큰데 어째서 스스로 세운 공로를 버리고 역적과 한패가 되려 하는가? 성이 무너지는 날에는 후회해도 늦다. 지금 바로 항복해서 나와 같이 한나라를 지킨다면 제후 자리는 끄떡없다.”

여포가 대답했다.

“승상은 잠깐 물러가 계시오. 의논해보겠소.”

여포 곁에 있던 진궁이 조조를 보고 큰소리로 욕을 했다.

“간사스러운 도적놈아!”

진궁이 쏜 화살이 대장기에 날아와 꽂혔다.

조조가 진궁을 가리키며 씹어뱉듯이 말했다.

“내 너를 반드시 죽이고 말 테다!”

마침내 조조는 군사를 이끌고 성을 공격하기 시작했다.

진궁이 여포에게 말했다.

"조조는 먼 길을 왔기 때문에 오래 버티지 못합니다. 장군은 군사를 거느리고 성 밖으로 나가 머무르십시오. 나는 남은 군사들을 데리고 성을 굳게 지키겠습니다. 조조가 만약에 장군을 공격하면 군사를 이끌고 나가 조조 뒤를 치고, 조조가 성을 공격하면 장군이 조조 뒤를 치십시오. 아마도 적들은 열흘 안에 먹을 것이 떨어질 테니 북소리 한 번에 쳐부술 수 있습니다. 이를테면 앞뒤에서 적을 치자는 말입니다."

"공의 말이 옳소!"

여포는 안으로 들어가서 싸움에 나갈 준비를 했다. 한겨울이라 솜옷을 많이 준비하라고 아랫사람들에게 일렀다. 여포의 아내 엄씨가 그 말을 듣고 나왔다.

"어디 가시려고 그럽니까?"

여포는 아내에게 진궁의 계획을 말했다. 엄씨가 고개를 가로저었다.

"성을 남에게 맡기고 아내와 자식까지 버려둔 채 홀로 싸우러 나가신다는 말씀인가요? 그랬다가 무슨 일이라도 일어나면 제가 어찌 장군을 다시 볼 수 있겠습니까?"

여포는 결정을 내리지 못하고 사흘을 꼼짝 않고 그대로 있었다. 그러자 참다못한 진궁이 들어왔다.

"조조의 군사가 성을 사방으로 에워싸고 있습니다. 서둘러 나가서 치지 않으면 큰일 납니다."

그러나 여포는 계속 미적거렸다.

"다시 생각해보니 멀리 나가는 것보다는 그냥 여기서 굳게 지키는 게 낫겠소."

"조조 군사들이 먹을거리가 다 떨어져가는 모양입니다. 그래서 허도로 사람을 보냈는데 곧 다다른다는 소문입니다. 장군께서는 어서 날랜 군사를 이끌고 나가서 먹을거리가 오는 길을 끊으십시오. 지금으로선 이게 가장 좋은 방법입니다."

여포도 맞는 생각이라고 여겼다. 안으로 다시 들어가 엄씨에게 돌아가는 사정을 이야기했다.

엄씨가 눈물을 흘리며 말했다.

"장군께서 나가시면 진궁과 고순이 무슨 힘이 있어 성을 지키겠습니까? 까딱 잘못하면 후회해도 늦습니다. 옛날 장안에 있을 때도 장군은 저를 버리셨지만, 다행히 방서가 숨겨주어 다시 장군을 만날 수 있었습니다. 그런데 이제 또 저를 버리고 가시려 할 줄 어떻게 알았겠습니까? 장군의 앞길은 만 리 같으니 저 같은 여자 생각은 이제 하지 마십시오."

말을 마친 엄씨는 아예 목을 놓아 울기 시작했다. 여포는 아내의 말을 듣고 나자 마음이 편치 않아 초선에게 가서 사정 이야기를 했다. 초선 역시 볼멘소리를 했다.

“장군께서 저를 생각하신다면 가벼이 나가시지 않으면 좋겠습니다.”

여포가 초선을 다독거렸다.

“너는 너무 걱정하지 마라. 내게 화극이 있고 적토마가 있는데 누가 섣불리 나를 해보겠느냐?”

여포가 밖으로 나와 진궁에게 말했다.

“조조가 먹을거리를 다시 가져온다는 말은 헛소문일 것 같소. 조조는 워낙 속임수가 뛰어난 인간이라 소문만 믿고 내가 함부로 움직여서는 안 되오.”

진궁은 물러나오면서 한숨을 길게 내쉬었다.

“우리는 이제 죽어도 몸뚱이 묻힐 땅조차 없겠구나!”

여포는 안에 틀어박혀 엄씨와 초선이랑 술을 마시며 답답한 마음을 풀며 지냈다. 모사인 허사와 왕해가 들어와 방법을 이야기했다.

“지금 원술은 회남에서 세력이 크게 일고 있습니다. 장군과는 전에 사돈까지 맺자고 한 관계인데 왜 그대로 묻어두십니까? 그쪽 군사들이 와서 안팎으로 몰아붙이면 조조의 군사를 어렵지 않게 무찌를 수 있습니다.”

여포는 그 말을 좇아 그날로 곧장 편지를 써서 두 사람에게 주며 다녀오게 하였다.

허사가 말했다.

"군사들이 적이 에워싼 데를 뚫어서 길을 열어주어야 합
니다."

여포는 장료와 학맹더러 군사 1천 명을 이끌고 나가 두
사람의 앞길을 터주라고 했다.

그날 저녁 밤이 제법 이슥해졌을 때쯤, 장료가 앞장서고
학맹은 뒤에서 두 사람을 보호하며 재빠르게 성을 빠져나
갔다. 유비의 영채 앞을 지날 때 여러 장수가 뒤쫓아왔지만
용케 뿌리치고 달아났다.

학맹은 군사 5백 명과 함께 허사와 왕해를 따라가고, 장
료는 나머지 군사를 거느리고 되돌아왔다. 성 가까이 왔을
때쯤 관우가 길을 막았다. 그러나 서로 싸우기도 전에 고순
이 군사를 이끌고 나와 장료를 성 안으로 무사히 들어갈 수
있게 했다.

한편 허사와 왕해는 수춘으로 가서 원술을 만나 편지를
올렸다. 편지를 읽은 원술이 물었다.

"전에는 내가 보낸 사람까지 죽이면서 사돈을 맺지 않겠
다더니 지금 다시 찾아온 까닭은 무엇인고?"

허사가 대답했다.

"그때는 조조의 속임수에 빠져 그리되었으니 명상께서는
헤아려주십시오."

                    박상률 완역 삼국지 2

"조조가 쳐들어와서 급한 까닭에 이러는구나. 그렇지 않다면 딸을 주겠다고 하겠느냐!"

왕해가 말했다.

"지금 구해주셔야 명상께도 입술이 없어져서 이가 시린 일이 일어나지 않습니다. 그러니 이번 일은 바로 명상을 위한 일이기도 합니다."

"봉선은 이랬다저랬다 하는 사람이라 도무지 믿을 수가 없다. 먼저 딸을 보내면 군사를 보내주마."

허사와 왕해는 다른 대답은 더 듣지 못하고 물러나 학맹과 함께 다시 길을 떠났다. 유비의 영채 가까이 이르렀을 때 허사가 말했다.

"낮에 여기를 지나가기는 어렵습니다. 밤중에 우리 둘이 먼저 지나가면 학장군은 뒤를 막아주시오."

밤이 되어 두 사람이 먼저 지나가고 학맹이 뒤를 따랐다. 학맹이 군사들과 함께 지나가는데 갑자기 장비가 영채에서 뛰쳐나오더니 길을 막았다. 장비와 학맹의 말이 서로 어우러지는 듯싶었으나 싸운 지 단 1합에 장비는 학맹을 사로잡았다. 그 사이 5백 명 군사들도 모두 죽거나 흩어져버렸다. 장비는 학맹을 묶어 유비에게 끌고 갔다. 유비는 그를 본채의 조조에게 끌고 갔다. 학맹은 여포가 원술에게 딸의 결혼을 통해 도움을 받고자 한 이야기를 자세히 털어놓지 않을 수 없었다.

조조는 화를 몹시 내며 군문에서 학맹의 목을 벤 뒤 각 영채에 사람을 보내 더욱 단단히 지키라고 했다. 만약 여포나 그의 군사를 놓치는 이는 군법에 따라 엄하게 다스린다고까지 했다. 각 영채에서는 잔뜩 두려워하는 모습이었다.

자기 영채로 돌아온 유비가 관우와 장비에게 일렀다.

"우리는 바로 회남으로 가는 길목을 지키고 있다. 두 아우는 더욱 조심하여 조공이 내린 명령을 어기는 일이 없도록 하라."

장비가 투덜댔다.

"적의 장수를 잡아다 바쳤으면 상 줄 생각을 해야지, 조조는 그러기는커녕 도리어 겁을 주면서 땅땅거리니 그런 법이 어디 있습니까?"

"그런 말 마라. 조조는 많은 군사를 거느리고 있어 무겁게 다스리지 않으면 군사들을 다룰 수 없어 그런다. 너는 제발 어긋나지 않도록 해라."

관우와 장비는 그 말에 따르기로 하고 물러갔다.

여포를 만난 허사와 왕해는 여포가 딸을 먼저 보내야 군사를 일으키겠다고 한 원술의 말을 그대로 전했다.

여포가 말했다.

“문제는 어떻게 보내야 하냐는 것인데…….”

허사가 말했다.

“지금 학맹이 조조한테 붙들려 있으니 조조는 틀림없이 우리 사정을 알고 대책을 세워놓고 있을 겁니다. 그러니 장군께서 직접 나서야 합니다. 장군 말고는 아무도 적이 겹겹이 에워싼 데를 뚫고 나갈 수 없습니다.”

“그럼 오늘이라도 곧장 보내는 게 어떨까?”

“오늘은 별로 운이 좋은 날이 아닙니다. 내일은 운이 아주 좋으니까 내일 보내시지요. 그것도 초저녁에서 한밤중 사이가 좋겠습니다.”

여포가 장료와 고순에게 명령했다.

“군사 삼천 명과 작은 수레 하나를 준비하라. 내가 직접 이백 리 밖까지 데려다주겠다. 거기서부터는 두 사람이 데려가도록 하라.”

다음 날 밤이 이슥할 무렵이었다. 여포는 딸에게 솜옷을 두툼하게 입힌 뒤 다시 갑옷을 둘러싸서 둘러업은 다음 창을 들고 말을 탔다.

성 문이 열리자 여포가 앞장서 뛰쳐나가고 장료와 고순이 그 뒤를 따랐다. 유비의 영채 앞을 지나려 하자 북소리가 한 번 크게 울리더니 관우와 장비가 길을 막아서며 큰소리로 외쳤다.

"달아나지 말라!"

여포는 싸울 뜻이 없어 달아날 길을 찾아 내달렸다. 그러나 유비가 군사를 끌고 와서 달려들었다. 씩씩하다고 하는 여포지만 딸을 업고 있어 몸놀림이 쉽지 않았다. 게다가 혹시라도 딸이 다칠까봐 에워싼 데를 막바로 뚫지 못하고 망설였다. 그때 뒤에서 서황과 허저가 무찔러오고, 군사들이 소리를 크게 내질렀다.

"여포를 놓치지 말라!"

여포는 일 돌아가는 게 다급해지자 그대로 돌아서서 성 안으로 들어갈 수밖에 없었다. 유비는 군사를 거두었다. 서황 등도 영채로 돌아갔다. 여포 쪽에서 포위망을 뚫고 빠져나간 이는 하나도 없었다. 성으로 되돌아간 여포는 마음이 답답해서 술만 마셔댔다.

조조가 성을 치기 시작한 지도 두 달 가까이 되었다. 그런 어느 날 뜻밖의 보고가 들어왔다.

"하내 태수 장양이 군사를 동시 쪽으로 보내 여포를 도우려다가 부하 양추에게 죽었다 합니다. 양추는 장양의 머리를 베어 승상께 바치려고 했는데, 그만 장양이 아끼던 휴고한테 죽고 말았다 합니다. 그런 뒤 휴고는 견성으로 달아났다 하는군요."

조조는 보고를 받자 바로 사환에게 휴고를 뒤쫓아가 목을 베라 했다. 그런 뒤 여러 장수들을 모아놓고 의논했다.

"장양이 저절로 망한 건 다행이나, 북쪽에는 원소가 있고 동쪽에는 유표와 장수가 있어 걱정이오. 우리가 오랫동안 하비성을 에워싸고 있으나 끝을 보지 못해 마냥 이러고 있을 수만도 없겠소. 나는 일단 여포를 내버려두고 허도로 돌아가서 잠시 쉬는 게 낫겠다 싶은데 어찌하면 좋겠소?"

순유가 서둘러 말렸다.

"안 될 말씀입니다. 여포는 이미 여러 번 싸워서 날카로운 기운이 꺾였습니다. 군사는 장수한테 매여 있습니다. 장수의 기운이 떨어지면 군사들은 이미 싸울 뜻을 잃고 맙니다. 진궁이 아무리 뛰어나다 해도 기회를 잡기 어려울 겁니다. 여포가 허덕이고 있고 진궁이 뾰족한 생각을 하지 못하고 있을 때 재빠르게 무찌르면 여포를 사로잡을 수 있습니다."

곽가가 나섰다.

"저한테 좋은 생각이 하나 있습니다. 이십만 군사로 하비성을 직접 치는 것보다 더 나은 일입니다."

순욱이 대꾸했다.

"기수와 사수의 물을 이용하자는 것 아니오?"

곽가가 빙그레 웃었다.

"예, 바로 그겁니다."

조조는 좋아라 하며 군사들에게 두 강의 물길을 돌려놓
도록 했다. 조조의 군사는 모두 높은 언덕으로 올라가 두 강
물이 하비성으로 쏟아져 들어가는 걸 구경했다. 하비성은
동문만 빼고 나머지 문은 모두 물에 잠겼다. 여포의 군사들
이 이런 사실을 연거푸 보고했지만 여포는 꿈쩍도 하지 않
았다.

"내 적토마는 물에서도 펀펀한 땅 달리듯이 하는데 무엇
이 걱정이냐!"

여포는 날마다 엄씨와 초선이를 데리고 술만 마셔댔다.
그러다 보니 술과 여자에 찌들 대로 찌들어 얼굴 꼴이 말이
아니었다. 어느 날 뜬금없이 거울을 보더니 자신의 모습에
깜짝 놀라며 중얼거렸다.

"내가 술과 여자에 너무 빠져 있었구나! 오늘부터는 다
끝이다!"

여포는 성 안에서 술을 마시는 이는 누구든 목을 베겠다
는 명령을 내렸다.

한편 후성은 말 15마리를 가지고 있었는데, 마부 하나가
그 말들을 훔쳐 유비에게 달아나다 들켰다. 뒤늦게 이 사실
을 안 후성은 그 사람을 뒤쫓아가 죽이고 말을 다시 찾아왔
다. 여러 장수들이 후성을 보고 축하해주었다. 후성은 그 기
분에 대여섯 통의 술을 빚어 장수들과 모여 마시려고 했다.

그러나 여포한테 트집을 잡힐까봐 술 5병을 들고 여포를 먼저 찾아갔다.

"장군의 덕분으로 잃어버렸던 말을 다시 찾아왔더니 여러 장수가 축하해주었습니다. 그래서 술을 약간 담갔으나 저희들끼리 쉬이 마실 수가 없어 장군께 먼저 바쳐 저의 작은 정성으로 삼고자 왔습니다."

여포가 크게 화를 냈다.

"내가 분명히 술을 마시지 말라고 하였거늘 너희들은 술을 일부러 빚어 함께 마시겠다고? 서로 짜고 나를 배신하자는 거냐?"

여포는 후성을 끌어내 목을 베라며 펄펄 뛰었다. 송헌과 위속 등이 들어와 사정하며 말렸다.

여포가 말했다.

"일부러 내 명령을 어겼으니 마땅히 목을 베야 하나, 여러 장수들의 낯을 보아서 매 백 대만 쳐서 보내라!"

여러 장수가 다시 사정을 해서 후성은 결국 매 50대를 맞고 겨우 풀려났다. 장수들 모두 기가 막혔다.

송헌과 위속 등이 후성의 집을 찾아가자 후성이 울면서 말했다.

"공들이 아니었으면 나는 죽었습니다!"

송헌이 말했다.

"여포는 자기 마누라와 자식새끼만 중요하게 생각하지, 우리는 지푸라기만도 못하게 여기고 있소."

위속이 말했다.

"적군은 성 밖을 빙 둘러싸고, 강물은 성을 곧 삼킬 것 같소. 이러니 우리 죽을 날도 멀지 않았구려!"

송헌이 마침내 쌓였던 불만을 뱉고 말았다.

"여포는 어질지도 못하고 의리조차도 없으니, 우리가 버리고 도망가면 어떻겠소?"

위속이 말했다.

"그건 사내대장부가 할 일이 아니오. 차라리 여포를 잡아다가 조공에게 바칩시다."

후성이 말했다.

"나는 잃어버렸던 말을 되찾아왔다가 매를 맞았소. 여포는 오로지 적토마만 믿고 있소. 두 분께서 정말로 여포를 사로잡을 생각이라면, 나는 먼저 적토마를 훔쳐다 조공에게 바치겠소."

세 사람은 서로 의논한 대로 하기로 했다.

그날 밤 후성은 몰래 마구간으로 가서 적토마를 훔쳐 타고 나는 듯이 동문으로 달려갔다. 위속은 곧장 성 문을 열어 나가게 한 뒤 뒤를 쫓는 척했다.

후성은 조조의 영채로 찾아가 적토마를 바쳤다. 이어 송헌과 위속이 흰 깃발을 꽂아 신호로 삼은 뒤 성 문을 열기로 했다고 알렸다. 이 말을 들은 조조는 자기 이름으로 방문을 수십 장 쓴 뒤 성 안으로 쏘아 보냈다.

대장군 조조는 특별히 황제의 명령을 받들어 여포를 치러 왔다. 만약 우리 대군에게 대드는 이가 있으면 성이 무너지는 날 전 가족을 다 죽이겠다. 위로는 장수로부터 아래로는 일반 백성에 이르기까지 여포를 사로잡아 바치거나 머리를 베어 바치면 높은 벼슬과 푸짐한 상을 내리겠노라. 그래서 이 방문을 써 알리노니 저마다 알아서 잘하도록 하라.

다음 날 날이 샐 무렵 성 밖에서 아우성치는 소리가 일었다. 깜짝 놀란 여포는 창을 들고 성으로 올라가 각 문을 살펴보았다. 위속이 후성을 잡지 못한 사실과 적토마를 잃어버린 걸 알고는 거칠게 욕을 해댔다. 그러고도 분이 풀리지 않자 벌을 내리겠다며 윽박질렀다.

성 아래에 있던 조조의 군사들은 성 위에 흰 깃발이 꽂히자 온 힘을 다해 성을 치기 시작했다. 여포는 직접 나가 싸울 수밖에 없었다. 새벽부터 시작된 싸움은 한낮이 되어서야 잠시 멈췄다. 조조의 군사가 잠깐 물러나자 여포는 성 문 위 다락으로 돌아가 의자에 잠깐 앉아 쉰다는 게 깜빡 잠이

송헌과 위속이 여포를 사로잡다.

들고 말았다.

송헌은 주변 군사들을 물리친 뒤 화극을 먼저 치운 다음 위속과 함께 여포한테 달려들어 꼼짝 못 하도록 밧줄로 단단히 묶어버렸다. 여포는 소스라치게 놀라며 부하들을 불렀다. 달려오던 이들은 송헌과 위속에게 죽거나 쫓겨갔다. 마침내 흰 깃발을 꺼내 흔들자 조조의 군사들이 성 아래로 물밀듯이 밀려왔다.

위속이 크게 외쳤다.

"여포는 이미 사로잡아놓았다!"

하후연이 믿지 않자 송헌이 여포의 화극을 내던지며 성문을 활짝 열었다. 조조의 군사들이 성 안으로 밀고 들어왔다. 고순과 장료는 서문을 지키고 있었는데, 문밖까지 차오른 물 때문에 달아나지 못하고 조조의 군사에게 사로잡혔다. 진궁은 남문 쪽으로 달아나다 서황의 손에 사로잡혔다.

조조는 성으로 들어가자 곧바로 강물의 물줄기를 바로잡으라고 한 뒤 방을 붙여 백성들을 안정시켰다. 그런 뒤 유비와 함께 백문루 위에 자리를 잡고 앉았다. 관우와 장비는 그 곁에 서 있었다.

사로잡힌 이들이 불려왔다. 여포는 몸집이 크고 힘이 셌으나 온몸이 꽁꽁 묶여 꼼짝도 못 했다.

여포가 외쳤다.

"너무 꽉 묶었다. 좀 풀어다오!"

조조가 대꾸했다.

"호랑이는 단단히 묶지 않을 수 없다."

여포는 후성·위속·송헌 들이 모두 조조 곁에 늘어서 있는 걸 보고 깜짝 놀랐다.

"내가 그대들을 서운하게 대한 적이 없거늘, 어찌 나를 배반했느냐?"

송헌이 말했다.

"계집들의 말만 듣고 장수들의 말은 듣지도 않았으면서 무엇이 서운하게 대한 적이 없다고 하느냐?"

여포는 입을 다물고 말았다.

이어 고순이 끌려 들어오자 조조가 물었다.

"할 말이 있느냐?"

고순이 아무런 대꾸를 하지 않았다. 조조는 화가 나서 끌고 가 목을 베라고 했다. 이번에는 서황이 진궁을 끌고 왔다.

조조가 말했다.

"공대는 그간 잘 지냈소?"

진궁이 대꾸했다.

"네 마음씨가 올바르지 않기에 너를 버렸노라!"

"내 마음씨가 바르지 않다면, 공은 저런 여포는 또 어떻게 섬겼소?"

"여포는 미련하고 막무가내이긴 하지만, 너처럼 간사스럽고 음흉하지는 않다."

"공은 스스로 지혜롭고 꾀가 많다고 하더니만 지금 어떻게 되었소?"

진궁이 여포를 돌아보았다.

"이 사람이 내 말을 듣지 않은 게 한스러울 뿐이다. 내 말만 들었으면 이렇게 붙잡히지 않았다."

"이제 어찌할 생각이오?"

진궁이 큰소리로 외쳤다.

"오늘 죽을 뿐이다!"

"공은 그렇다 치고 늙으신 어머니와 아내와 자식은 어떡해야 하오?"

"음, 효를 받들어 천하를 다스리는 이는 남의 부모를 해치지 않으며, 어진 다스림을 천하에 펼치는 이는 남의 제사 지낼 후손을 끊지 않는다고 들었다. 늙으신 어머니와 아내와 자식이 죽고 사는 일 모두 네 손에 달려 있을 뿐이다. 나는 이미 사로잡힌 몸이다. 어서 죽여다오. 나는 아무런 미련도 없다."

조조는 진궁을 차마 죽일 수 없어 망설이나 진궁은 곧장 성 문 위 다락에서 아래로 걸어 내려갔다. 곁에서 그를 잡아끌었으나 뿌리치면서 걸음을 멈추지 않았다. 조조는 자리에서 일어나 눈물을 흘리며 진궁의 뒷모습을 바라보았다. 진궁은 한 번도 뒤를 돌아보지 않았다. 조조가 아랫사람에게 말했다.

"공대의 늙으신 어머니와 아내와 자식을 곧장 허도로 옮겨 편히 살 수 있도록 하라. 만약 이를 허술히 하는 이는 목을 베리라."

진궁 역시 그 말을 들었으나 한마디도 하지 않고 목을 길게 빼서 칼을 받았다. 보는 사람 모두 눈물을 흘렸다. 조조는 좋은 관에 진궁의 시체를 담아 허도에다 장사를 잘 지내도록 했다.

훗날 어떤 사람이 진궁을 기리는 시를 읊었다.

살든 죽든 두 가지 뜻이 아니니
참으로 장한 장부로다
귀한 말을 따르지 않아
기둥만 헛되이 스러졌구나
주인을 섬길 때는 정성으로 하더니
어머니 이별은 참으로 애달프구나
백문루에서 세상 버릴 때
어느 누가 공대처럼 할 수 있을까

조조가 진궁을 배웅하러 아래로 내려간 사이에 여포가 유비에게 한마디 했다.

"공은 높은 자리에 앉아 있고 나는 섬돌 아래 죄수가 되어 있소. 어째서 나를 위해 한마디도 해주지 않소?"

유비는 말없이 머리만 끄덕였다. 조조가 다시 올라오자 여포가 외쳤다.

"명공의 골칫거리는 여포뿐이었소. 내 이제 이렇게 꿇어 엎드려 있소. 앞으로 공은 대장이 되고 내가 부장이 되면 천하에 무엇을 얻지 못하겠소?"

조조가 유비를 돌아보았다.

"어찌하면 좋겠소?"

유비가 대답했다.

"공께서는 정건양과 동탁의 일을 잊으셨습니까?"

여포가 유비를 노려보았다.

"이놈이 가장 못 믿을 놈이구나!"

조조는 여포를 아래로 끌고 가 목을 매어 죽이라고 했다.

여포가 또다시 유비를 노려보며 소리 질렀다.

"귀 큰 놈아! 영채 문밖 화극을 쏘아 너를 도와준 일을 벌써 잊었느냐?"

그때 갑자기 한 사람이 크게 외쳤다.

"여포, 이 못난 인간아! 죽게 되면 그냥 죽는 거지 뭘 그렇게 두려워하느냐!"

여포를 꾸짖은 사람은 지금 막 끌려 들어오고 있는 장료였다. 조조는 여포의 목을 매어 죽인 다음 여러 사람이 볼 수 있게 목을 베어 장대 끝에 높이 달아매놓으라 했다.

훗날 어떤 사람이 여포를 두고 한숨을 내쉬며 읊은 시가 있다.

큰물이 흘러넘쳐 하비로 달려든 때
여포가 사로잡히던 바로 그때였지
하루에 천 리 가는 적토마는 어디 가고
방천화극마저 쓸데없이 뒹구는구나
묶인 호랑이 애원하는 거 볼품없고
굶은 매가 사냥한다던 말 그르지 않네
아내한테 붙들려 진궁의 말 듣지 않더니
엉뚱하게 귀 큰 놈보고만 은혜 모른다 하네

유비를 두고 읊은 시도 있다.

사람 해치는 굶주린 호랑이를 느슨하게 묶으랴
동탁과 정원의 피 아직 마르지 않았다 하네
아비 잡아먹는 여포 버릇, 유비는 다 알면서

어찌하여 살려두었다 조조를 해치게 하지 않았을까

무사들이 장료를 끌고 오자 조조가 그를 손가락으로 가리켰다.

"이 사람은 어디서 본 듯하구나."

장료가 대꾸했다.

"복양성에서 만난 적이 있는데 그새 잊었단 말이냐?"

조조가 웃었다.

"맞아. 너도 기억하는구나!"

"아깝고도 아까운 일이었다!"

"무엇이 아깝단 말이냐?"

"그날 불길이 조금만 더 타올랐으면 너 같은 역적을 태워 죽일 수 있었는데 그렇게 못 한 것이 아깝다는 말이다!"

조조가 화를 벌컥 냈다.

"싸움에 진 장수가 주제넘게 나를 욕하다니!"

조조가 칼을 빼어 들고 장료를 직접 죽이려 했다. 장료는 눈 하나 깜짝이지 않고 목을 길게 내밀었다. 이때 조조의 등 뒤에서 두 사람이 나와 한 사람은 조조의 팔을 붙잡고 한 사람은 조조 앞에 무릎을 꿇고 앉으며 말했다.

"승상께서는 잠깐 손을 거두십시오!"

살려달라며 매달리는 여포는 구해주는 이 없더니

역적이라 욕을 해댄 장료는 목숨을 다시 얻는구나

과연 장료를 살리려는 이는 누구인지…….

황제의 비밀 조서

조조는 황제와 함께 사냥을 하고
동승은 황제한테서 몰래 조서를 받다

조조가 칼을 들어 장료의 목을 치려 할 때 조조의 팔을 잡은 이는 유비였고, 앞에 무릎을 꿇고 앉은 이는 관우였다.

유비가 말했다.

"이처럼 마음이 더할 나위 없이 한결같은 사람은 살려서 써야 합니다."

관우가 말했다.

"저는 평소에 문원이 충성스럽고 의로운 인물임을 잘 알고 있습니다. 바라건대 목숨만은 살려주십시오."

조조가 칼을 던지며 웃었다.

"나 역시 문원이 충성스럽고 의로운 인물인 줄 알고 있소. 장난 좀 쳐봤을 뿐이오."

조조는 직접 묶인 밧줄을 풀어주고 자신의 옷을 벗어 입힌 다음 윗자리에 앉혔다. 장료는 이에 감동하여 마침내 항복했다. 조조는 장료를 중랑장으로 삼고 관내후 작위를 준 다음 장패를 달래 항복시키도록 했다.

장패는 여포가 이미 죽고 장료도 항복했다는 말을 듣자 본부 군사들을 이끌고 와서 항복했다. 조조는 상을 푸짐하게 내렸다. 장패는 손관·오돈·윤례를 데려와 조조에게 항복시켰다. 창희만 끝내 항복하지 않았다. 조조는 장패를 낭야상으로 삼고 손관·오돈·윤례 들에게도 벼슬자리를 주어 청주·서주 지방의 바닷가를 지키게 하였다.

이어 조조는 여포의 아내와 딸을 허도로 보냈다. 조조가 전군을 걸게 먹이고 영채를 거둔 뒤 군사를 거두어 서주를 지나가는데, 백성들이 길에 나와 향을 피우고 절을 하며 유비를 목사로 삼아달라고 했다.

조조가 말했다.

"유사군께서는 공이 매우 크다. 먼저 황제를 뵙고 벼슬을 받아 다시 돌아와도 늦지 않으니 잠시 기다리도록 하라."

백성들은 머리가 땅에 닿게 절을 하며 고마워했다. 조조는 거기장군 차주에게 서주를 맡고 있도록 했다.

조조는 허도로 돌아가자 싸움에 나갔던 사람들에게 벼슬과 상을 내리고, 유비는 상부 왼쪽 가까운 집에 들어 살게 했다.

다음 날 헌제황제가 조회에 나왔다. 조조는 유비의 공을 말하고 유비가 황제를 만나게 했다. 유비는 옷을 갖춰 입고 나아가 뜰아래에 엎드렸다. 황제가 유비를 위로 올라오라고 했다.

황제가 물었다.

"경의 조상은 어떻게 되오?"

유비가 대답했다.

"저는 중산정왕의 후손이고, 효경황제 각하의 손자의 손자이며, 유웅의 손자이고, 유홍의 아들입니다."

황제는 족보를 가져오라 하여 읽도록 했다. 종정경이 족보를 큰소리로 읽어내려갔다.

"효경황제께서는 아드님을 열네 분 두셨습니다. 그 가운데 일곱째 아드님이 중산정왕 유승이옵니다. 유승은 육성정후 유정을 낳고, 유정은 패후 유앙을 낳고, 유앙은 장후 유록을 낳고, 유록은 기수후 유련을 낳고, 유련은 흠양후 유영을 낳고, 유영은 안국후 유건을 낳고, 유건은 광릉후 유애를 낳고, 유애는 교수후 유헌을 낳고, 유헌은 조읍후 유서를 낳고, 유서는 기양후 유의를 낳고, 유의는 원택후 유필을 낳고, 유필은 영천후 유달을 낳고, 유달은 풍령후 유불의를 낳고, 유불의는 제천후 유혜를 낳고, 유혜는 동군범령 유웅을 낳고, 유웅은 유홍을 낳았으나 벼슬하지 않았습니다. 유비는 바로 유홍의 아들입니다.”

황제가 족보를 따져보니 유비는 바로 아저씨뻘이 되는 사람이었다. 황제는 무척 기뻐하며 유비를 안으로 들라 하여 아저씨와 조카 사이의 예의를 따져 인사를 했다.

황제는 속으로 생각했다.

‘조조가 나라의 힘을 멋대로 주무르는 바람에 나랏일이 나도 모르게 이루어지고 있다. 이제 이처럼 영웅 같은 아저씨를 만났으니 앞으로 큰 도움이 되겠다.’

황제는 유비를 좌장군 의성정후로 삼고 잔치를 베풀어 정성스레 대접했다. 유비는 고마운 마음을 나타내는 절을 하고 물러나왔다. 이때부터 사람들은 유비를 황제의 아저씨뻘이라 하여 유황숙이라 불렀다.

조조가 상부로 돌아오자 순욱을 비롯한 모사들이 들어와 말했다.

“황제께서 유비가 아저씨뻘이라는 걸 인정하셨다던데, 명공께 별로 도움이 되지 않는 일인 듯합니다.”

조조가 말했다.

“유비가 황제의 아저씨뻘로 인정받았으나, 내가 황제의

이름으로 명령을 하면 따르지 않을 수 없소. 더더욱 나는 유비를 허도에 머물게 한 사람이오. 겉으로는 황제와 가깝지만 실제로는 내 손안에 들어 있는 거나 마찬가지니 걱정 안해도 되오. 사실 걱정거리는 태위 양표와 원술이 친척 사이라는 거요. 만일 양표가 원소와 원술을 도와 일을 꾸민다면 골칫거리요. 그러니 그 사람을 곧 없애버려야 하오.”

조조는 몰래 사람을 시켜 양표가 원술과 몰래 통하고 있다며 억지를 부려 양표를 옥에 가두고 만총더러 그의 죄를 따지라고 했다. 이때 허도에 와 있던 북해 태수 공융이 그 소문을 듣고 조조를 찾아왔다.

“양공은 사 대를 내려오며 아무런 욕심도 없이 깨끗하게 나랏일을 보아왔는데 원씨 집안과 묶어 죄를 물어서야 되겠소?”

조조가 시큰둥한 표정을 지었다.

“조정에서 알아서 하는 일이오.”

“옛날 일을 떠올려봅시다. 주공이 성왕을 시켜 소공을 죽이고 나서 주공 자신은 모르는 일이라고 잡아떼면 말이 되겠습니까?”

조조는 할 수 없이 양표를 죽이지는 못하고 벼슬만 빼앗은 뒤 시골로 쫓아버렸다. 의랑 조언은 조조가 황제의 뜻을 받들지도 않고 맘대로 대신을 잡아다 벌을 주는 것에 화가 나서 조조의 잘못을 밝히는 상소를 황제에게 올렸다. 조조는 크게 화를 내며 조언을 잡아다 죽여버렸다. 이에 모든 벼슬아치들은 벌벌 떨 뿐이었다.

모사 정욱이 조조에게 말했다.

"이제 명공의 이름은 하늘을 찌릅니다. 이런 기회에 왜 큰일을 일으키지 않으십니까?"

"조정에는 아직도 황제의 팔다리 같은 이들이 많으니 함부로 움직여서는 안 되오. 황제랑 같이 사냥을 나가 다른 사람들의 낌새와 속내를 한번 살펴보아야겠소."

조조는 좋은 말과 이름난 매, 뛰어난 사냥개를 고르고 활과 화살을 갖춘 뒤 군사들을 성 밖에 기다리게 해놓고 황제에게 들어가 사냥을 가자고 했다.

황제가 대답했다.

"사냥은 바람직한 일이 아니오."

조조가 다시 말했다.

"예로부터 임금은 봄·여름·가을·겨울 사계절에 맞는 알맞은 이름을 내세우고 밖에 나가 사냥을 함으로써 세상에 씩씩한 힘을 내비쳤습니다. 지금 나라 안이 시끄러우니 사냥을 한다는 핑계로 강한 힘을 보여주어야 합니다."

황제는 조조가 하자는 대로 하지 않을 수 없었다. 황제는 보석이 박힌 활과 황금촉 화살을 메고 소요마에 올라 성을 나섰다.

유비는 관우·장비와 함께 활과 화살을 갖춘 뒤 가슴을 가리는 갑옷 차림에 무기를 들고 말 탄 군사 수십 명과 함께 황제의 뒤를 따랐다.

조조는 빨리 달린다는 조황비전마를 타고 무리 10만 명을 거느린 채 황제와 함께 허전에서 사냥을 했다. 군사들이 짐승몰이를 하기 위해 둘러싼 사냥터 둘레만도 2백 리가 넘었다.

조조는 겨우 말 머리 하나 정도나 뒤떨어져 보일 정도로 황제와 거의 나란히 서서 말을 타고 돌아다녔다. 바로 그 뒤엔 조조를 가까이 모시는 부하들뿐이었다. 조정의 벼슬아치들조차도 멀리 떨어져 있을 수밖에 없었다. 누구도 황제 가까이엔 주제넘게 얼씬거릴 수가 없었다.

황제가 말을 달려 허전에 다다르니 유비가 길가에 서 있었다.

황제가 말했다.

"오늘 아저씨의 사냥 솜씨를 보고 싶소이다."

이에 유비가 말에 오르자 갑자기 풀더미 속에서 토끼 한 마리가 튀어나왔다. 유비는 활을 들어 화살 한 대로 그 토끼를 맞혔다. 황제가 손뼉을 치며 좋아라 했다. 다시 말을 몰아 언덕 하나를 넘자 가시덤불 속에서 커다란 사슴 한 마리

가 뛰쳐나왔다. 황제가 연거푸 화살 세 대를 쏘았으나 맞지
않자 조조를 돌아보며 말했다.

"한번 쏘아보시오."

조조는 황제가 쓰는 활과 화살을 달라고 하더니 활을 힘
껏 잡아당겼다 놓았다. 화살은 사슴의 등 한가운데에 정확
히 꽂히고 사슴은 풀숲에 쓰러졌다. 여러 신하와 장수들이
달려가 쓰러진 사슴을 보니 황제의 화살이 꽂혀 있었다. 그
들은 황제가 쏘아 맞힌 줄 알고 황제 쪽을 쳐다보며 "만세!"
소리를 내질렀다. 그때였다. 조조가 말을 달려 앞으로 나가
더니 황제를 가리고 앞에 서서 그 만세 소리를 받았다. 사람
들의 낯빛이 깜짝할 새에 확 바뀌었다.

관우는 유비 바로 뒤에서 차오르는 분을 못 이겨 누에 눈
썹을 씰룩거리고 봉황눈을 치켜뜬 채 조조를 노려보았다.
당장 칼을 들고 말을 달려 조조를 한칼에 베어버릴 자세였
다. 유비가 그걸 보고 급히 손을 내저으며 눈짓을 했다. 관
우는 유비가 말리는 바람에 꾹꾹 참았다. 유비는 조조를 보
고 허리를 굽히며 애써 칭찬하는 말을 했다.

"승상의 활솜씨는 정말 귀신 같습니다. 누구도 따르지 못
하겠습니다!"

조조가 기분 좋게 웃었다.

"이 모든 게 황제의 크고 넓은 복이오."

조조가 말 머리를 돌리더니 황제를 보고 떠받드는 소리를 했다. 그러나 황제가 쓰는 활은 끝내 돌려주지 않고 자신이 멨다.

사냥이 끝나자 허전에서 잔치를 벌인 뒤 허도로 돌아가 저마다 흩어졌다.

관우가 유비에게 투덜댔다.

"역적 조조가 황제를 함부로 대하기에 제가 그놈을 죽여 나라의 골칫거리를 없애려 했는데 형님은 왜 말리셨소?"

"쥐 잡으려다 독을 깰까봐 그랬다. 조조가 황제하고 겨우 말 머리 하나 정도 떨어져 있는데다 모두 조조를 가까이 모시는 부하들만이 둘러싸고 있어, 아우가 한때의 화를 못 참고 가벼이 움직였다가 뜻은 이루지 못하고 행여 황제라도 다치게 되면 모든 죄는 우리가 뒤집어쓰게 된다."

"어쨌든 오늘 그 역적놈을 죽이지 못해 뒷날 반드시 화를 불러올지 모릅니다."

"그런 소리 밖으로 내지 말고 입조심하거라."

한편 궁으로 돌아온 황제는 복황후를 보며 울면서 말했다.

"황제 자리에 오른 뒤 어쩌면 그렇게 간사스런 무리들만 만나야 했는지 모르겠소. 처음엔 동탁이 못살게 굴더니, 다음엔 이각하고 곽사가 들고일어나 우리는 남모를 괴로움을 겪어야 했소. 나중에 조조가 나타나기에 나라를 일으켜세울 충신으로 알았소. 그랬더니 나라 힘을 제 맘대로 쥐고 앉아 제멋대로 구니, 나는 그 사람을 볼 때마다 등을 가시로 콕콕 쑤시는 듯 아프오. 오늘 사냥터에서 신하들이 만세를 부르자 나를 무시하고 조조가 나서서 받았소. 이미 예의는 갖추지 않기로 한 모양이오. 머지않아 조조가 틀림없이 반란을 일으킬 텐데, 그리되면 우리는 어디에서 죽을지 모르겠소."

복황후가 걱정스레 말했다.

"조정에 가득한 벼슬아치들이 모두 한나라의 녹을 먹으면서, 나라가 어려울 때 나서는 이는 하나도 없단 말이오?"

복황후의 말이 미처 끝나기도 전에 갑자기 밖에서 한 사람이 들어오며 말했다.

"황제와 황후께서는 너무 걱정하지 마십시오. 제가 한 사람을 추천해서 나라의 골칫거리를 없애도록 하겠습니다."

복황후의 친정아버지인 복완이었다.

황제가 눈물을 닦으며 말했다.

"장인께서도 조조놈이 하는 짓을 알고 있습니까?"

복완이 대답했다.

"허전에서 사슴을 쏜 일을 누군들 보지 않았겠습니까? 그러나 조정을 채우고 있는 이들이 모두 조조의 친척이거나 아랫놈들뿐입니다. 그러니 황실과 친척 되는 이 아니고서 누가 충성을 하고 역적들을 치겠습니까? 이 늙은이는 힘이 없어 이런 일을 하기 어려우나, 거기장군으로 있는 국구 동승은 해낼 듯합니다.”

“동국구가 나라가 어려울 때마다 나서서 힘을 썼지요. 나도 알고 있소. 궁으로 불러들여 의논해봐야겠소.”

“그러나 조심해야 합니다. 지금 폐하를 곁에서 모시는 이들은 모두 조조의 아랫것들입니다. 만일 일이 새나가면 큰일입니다.”

“그럼 어떡하면 좋겠소?”

“저에게 좋은 생각이 하나 있습니다. 새 옷 한 벌을 지어 옥 장식이 된 띠까지 동승에게 몰래 내리십시오. 옥띠 안에는 비밀 조서를 넣고 표 나지 않게 잘 꿰매었다가 집에 돌아가 뜯어보도록 하십시오. 그러면 밤낮으로 궁리를 해서 아무도 모르게 대책을 세우지 않겠습니까?”

황제는 그러기로 하고, 복완은 물러갔다.

황제는 손가락을 깨물어서 피를 내어 비밀 조서를 쓴 뒤 복황후에게 주어 옥띠 안쪽의 자줏빛 나는 비단 안에 넣고 표 나지 않게 잘 꿰매라고 했다. 황제는 새 옷을 입고 옥띠를 두른 다음 내사를 시켜 동승을 불러오게 했다.

동승이 들어와 인사를 마치자 황제가 말했다.

"어젯밤에 황후와 함께 폐하에서 고생하던 얘기를 하다가 자연스레 국구가 그때 애쓰던 일이 떠올랐소. 그래서 고마움에 오늘 이렇게 들라고 했소."

동승이 머리를 조아리며 고마워했다.

황제는 동승을 데리고 태묘로 가서 공신각 안으로 갔다. 이어 황제는 향을 피우고 예의를 갖춘 다음 동승과 함께 얼굴 그림들을 돌아보았다. 중간쯤 가자 한고조의 얼굴이 있었다.

황제가 말했다.

"우리 고조황제께서는 어디서 몸을 일으켜 어떻게 나라를 세우셨소?"

동승이 깜짝 놀랐다.

"폐하께서 지금 저를 놀리십니까? 고조황제께서 하신 일을 제가 어찌 모르겠습니까? 고조황제께서는 사상 땅의 낮은 벼슬아치로 석 자 칼을 들고 흰 뱀을 죽인 다음 뜻을 일으켜 천하를 누비신 지 삼 년 만에 진나라를 무찔렀습니다. 이어 오 년 만에 초나라를 쓰러뜨린 다음 마침내 천하를 새로 정하시고 영원히 이어지는 나라의 밑바탕을 마련하셨습니다."

"선조께서는 그렇듯 영웅이셨는데 자손은 이렇게 약해빠졌으니 한숨만 나올 뿐이오!"

황제가 이번에는 양 곁에 있는 두 대신의 얼굴을 가리켰다.

"유후 장량과 찬후 소하지요?"

동승이 대답했다.

"그렇습니다. 고조께서 나라를 세우실 때 바로 이 두 분의 도움이 컸습니다."

순간 황제가 주위를 둘러보았다. 곁에 따라다니는 이들이 멀리 떨어져 있었다. 그 틈을 타 동승에게 나지막하게 얘기했다.

"저 두 사람처럼 내 곁에 그려지기를 바라오."

"저같이 손톱만큼의 공도 없는 사람이 어찌 그런 영광을 바라겠습니까?"

"서도에서 나를 구해준 일을 하루도 잊은 적이 없으나 그동안 아무런 인사도 못 했소."

황제는 자신이 입고 있는 겉옷과 옥띠를 손으로 가리켰다.

"이 옷을 입고 옥띠를 두르고 항상 곁에 있듯이 해주시오."

동승이 머리를 조아리며 고마움을 나타내자 황제는 옷을 벗고 옥띠를 풀어주며 가만히 이야기했다.

"집에 돌아가서 자세히 살펴보고 부디 내 뜻을 저버리지 마시오."

동승은 황제의 뜻을 얼른 알아차려 곧바로 황제가 벗어준 옷을 입고 옥띠를 두른 다음 인사를 하고 나왔다.

이 일은 벌써 조조에게 알려졌다.

"황제와 동승이 공신각에서 이야기를 나누고 있습니다."

조조는 곧바로 조정으로 들어왔다. 동승이 공신각을 나와 막 궁 문을 나서는데 조조가 들어왔다. 동승은 어디로 피할 수도 없어 길 옆으로 비켜서며 인사를 했다.

조조가 눈알을 번득이며 물었다.

"국구께서 어인 일이십니까?"

"황제께서 부르셔서 왔더니 옷과 옥띠를 주셨습니다."

"무슨 까닭에 주셨소?"

"지난번에 서도에서 제게 도움을 받았다며 주셨습니다."

"옥띠 좀 풀어보시오."

동승은 옷과 옥띠 속에 비밀 조서가 들어 있는 걸 알기 때문에 망설이지 않을 수 없었다. 조조가 곁에 달고 다니는 이들에게 호통을 쳤다.

"빨리 가져오너라!"

동승은 옥띠를 풀어서 건네줄 수밖에 없었다. 조조가 한참 들여다보더니 웃었다.

"과연 좋은 옥띠요! 기왕이면 옷도 벗어서 구경 한번 합시다."

동승은 겁이 났으나 조조의 말을 따르지 않을 수 없어 옷을 벗어 건네주었다. 조조는 옷을 들어 햇빛에 비추어보며 한참 동안 살폈다. 그러더니 그 옷을 입고 옥띠를 두르며 곁 사람들에게 물었다.

"어때, 잘 맞느냐?"

곁사람들이 잘 어울린다고 하자 조조가 동승을 보며 말했다.

"국구는 이 옷이랑 옥띠를 나한테 주면 안 되겠소?"

"황제께서 내리셔서 쉬이 드리기가 어렵습니다. 그 대신 제가 새로 한 벌을 지어 드리겠습니다."

"국구가 뭔가 엉뚱한 일을 꾸며줬기에 옷과 옥띠를 받았 겠지요?"

동승은 깜짝 놀랐다.

"어찌 주제넘게 그런 일이 있겠소? 승상께서 정말 원하신 다면 드릴 테니 그대로 입으시지요."

"공이 황제한테서 받은 걸 내가 어찌 빼앗아 입겠소? 내 가 장난 한번 쳐봤소."

조조는 옷을 벗어 옥띠와 함께 동승에게 돌려주었다.

동승은 조조와 헤어져 집에 돌아와 서재에 홀로 앉아 옷 을 몇 번이나 뒤집어가며 살펴보았다. 그러나 아무것도 보 이지 않았다.

'황제께서 옷과 옥띠를 주시면서 자세히 살펴보라고 하 실 때는 반드시 뭔가 이유가 있을 텐데……. 아무것도 찾아

낼 수가 없으니 어이 된 일일까?'

이번에는 옥띠를 손에 들고 자세히 살펴보았다. 흰 옥에 조그마한 용이 새겨져 있었는데, 용은 꽃 속에 파묻혀 있는 듯했다. 그 안은 자줏빛 비단을 대어 꿰매어놓았는데 아무런 것도 눈에 띄지 않았다.

동승은 조바심이 나서 옥띠를 책상 위에 올려놓고 여기저기를 만져가며 살펴보았다. 얼마쯤 그러다가 그만 책상에 엎드려 잠깐 졸았다. 뒤척이다 보니 그만 등에서 불티가 옥띠에 떨어지고 말았다. 동승은 깜짝 놀라 급히 손으로 불티를 털어냈다. 그러나 안에 댄 비단에는 이미 구멍이 나버렸다. 그 안으로 하얀 비단 자락이 드러나고 핏자국이 내비쳤다. 동승은 급히 칼로 바느질 자리의 실밥을 뜯고 안에 있는 걸 끄집어냈다. 황제가 피로 쓴 비밀 조서였다.

사람 사이에 있어 가장 중요한 것으로는 아비와 자식의 관계를 꼽고, 높고 낮은 것으로는 임금과 신하의 관계를 꼽는 걸로 알고 있소. 하지만 요즘 조조놈은 나라의 힘을 제멋대로 휘둘러서 임금조차도 깔아뭉개고 있소. 더욱이 무리를 지어 조정의 질서를 무너뜨리고, 내 허락도 받지 않고 마음대로 상을 주거나 벼슬을 내리거나 벌을 주고 있소. 나는 자나깨나 앞으로 나라가 뒤집어질까봐 걱정이오. 그대는 나라의 대신이요 나랑 아

주 가까운 사이이니, 고황제께서 어렵게 세우신 뜻을 받들어 충성스럽고 의로운 사람들을 모아 간사스런 무리들을 모두 쓸어버리고 다시 나라를 편안하게 한다면 조상들도 안심하겠지요. 손가락을 깨물어 피로써 조서를 써서 부탁하니, 몇 번이고 조심하되 나의 뜻을 저버리지 말아주시오.

건안 4년 봄 3월에 씀

동승은 조서를 읽자 걷잡을 수 없이 눈물이 흘러내려 밤새 잠을 이루지 못했다. 새벽에 일어나 다시 서재로 가서 조서를 몇 번이나 다시 읽었으나 좋은 생각이 떠오르지 않았다. 조서를 책상 위에 올려놓은 채 조조를 없앨 방법을 궁리하다가 아무런 결론도 내리지 못한 채 책상에 엎드려 그만 잠이 들고 말았다.

이때 시랑 왕자복이 찾아왔다. 문지기는 왕자복이 동승과 친한 사이임을 알기 때문에 굳이 막지 않고 그대로 들여보냈다. 왕자복이 서재로 가자 동승은 엎드려 잠이 들었는데 소매 아래에 깔린 흰 비단 천에 황제를 나타내는 글자가 쓰인 부분이 조금 드러났다. 왕자복은 궁금하여 비단 천을 가만히 빼내서 읽은 다음 소매 속에 감추고 동승을 깨웠다.

"국구는 마음도 편하시구려! 잠을 어찌 그리 잘 잔단 말이오!"

동승이 황제의 비밀 조서를 읽다.

동승은 놀라 깼다. 조서가 보이지 않았다. 넋이 나가고 손발이 떨렸다.

왕자복이 말했다.

"조공을 죽일 생각이구면! 가서 일러바쳐야겠소."

동승은 울면서 말렸다.

"만약에 그렇게 한다면 우리 한나라는 끝났소!"

"허허, 내가 농담을 했소. 나도 조상 대대로 한나라 녹을 먹은 집안인데 어찌 충성스런 마음이 없겠소. 나도 하잘것없는 힘이나마 도와 나라의 역적을 치도록 하겠소."

"그런 마음을 갖고 계시다면 나라를 위해 정말 다행이오!"

"자, 이러고 있지 말고 잠깐 안으로 들어가 우리의 뜻을 다지기 위해 이름을 적고, 우리 모두 친가·외가·처가를 다 버리고서라도 나라의 은혜를 갚도록 합시다."

동승이 크게 기뻐하며 비단 한 자락을 가져다가 자기 이름을 먼저 쓰고 수결까지 두었다. 왕자복 역시 동승처럼 한 뒤 말했다.

"장군 오자란이 나랑 아주 가까운 사이인데 뜻을 같이할 만하오."

동승이 말했다.

"조정에 대신들은 많지만 그중에서 장수교위 충집과 의랑 오석만이 내가 가까이하는 사람이오. 두 사람도 뜻을 같이할 겁니다.”

그 사이 심부름하는 아이가 뛰어와 충집과 오석이 찾아왔다고 일렀다.

동승이 무릎을 탁 쳤다.

“하늘이 우리를 돕고 있소!”

동승은 왕자복더러 병풍 뒤에 잠깐 숨어 있으라 하고 나가서 두 사람을 맞았다. 서원에서 자리를 잡고 차를 마시고 나자 충집이 말했다.

“허전에서 사냥할 때의 일을 보고 분통 터지셨나요?”

동승이 짐짓 태연히 대꾸했다.

“화는 나지만 어쩔 수 없는 일이라서…….”

오석이 이를 부드득 갈았다.

“내 기어코 그 역적놈을 죽여버리고 싶은데 나를 도와주는 이가 없는 게 한이오!”

충집도 거들었다.

“나라의 골칫거리를 없애기만 한다면 나 또한 죽어도 미련이 없겠소!”

그때 왕자복이 병풍 뒤에서 나오며 말했다.

“두 사람이 조승상을 죽이려 하는구먼! 내 가서 일러바칠 테니 동국구는 증인을 서주시오.”

충집이 화가 나서 말했다.

　　　　　　　　　　　　박상률 완역 삼국지 2

"충신은 죽는 일이 무섭지 않다. 우리는 죽어서 한나라 귀신이 되면 됐지 너처럼 역적한테 빌붙어서 살진 않겠다!"

동승이 빙그레 웃었다.

"우리도 이 일로 공들을 만나려던 참이었소. 왕시랑의 말은 농담이오."

동승은 소매 속에서 조서를 꺼내 두 사람에게 내밀었다. 조서를 읽고 난 두 사람은 눈물을 그치지 못했다. 동승이 기다렸다가 두 사람에게도 이름 쓰기를 권하자 왕자복이 말했다.

"두 분은 여기서 잠깐만 기다리시오. 내 가서 오자란을 불러오리다."

얼마 안 되어 왕자복은 오자란과 함께 돌아왔다. 서로들 인사를 나누고 이름 쓰기를 마치자 동승이 뒤채에서 술자리를 베풀었다. 이때 서량 태수 마등이 찾아왔다고 했다.

동승이 말했다.

"내가 병이 나서 일어나지 못해 만날 수 없다고 해라."

문지기가 그대로 전하자 마등이 화를 내며 소리쳤다.

"내가 바로 어제 동화문 밖에서 비단옷에 옥띠를 두르고 가는 걸 보았는데 금세 무슨 병이 났다고 둘러댄다느냐? 내가 일 없이 온 게 아닌데 왜 만나지 않으려 하는지 알아보아라!"

문지기가 안으로 들어가 사정을 그대로 일렀다. 동승이

자리에서 일어나며 말했다.

"공들은 잠깐 기다려주시오. 나가서 만나고 오겠소."

동승은 바깥사랑으로 마등을 맞아들인 뒤 인사를 나누며 자리를 잡고 앉았다.

마등이 볼멘소리를 했다.

"황제를 뵙고 머지않아 돌아갈 거라 인사나 여쭈려고 들렀는데 왜 따돌리셨소?"

동승이 대답했다.

"갑자기 몸에 병이 나는 바람에 얼른 나가 맞지 못했소. 죄송하오."

"낯빛만 좋으시구려. 아픈 빛은 전혀 눈에 띄지 않소."

동승은 할 말이 없었다. 마등이 곧바로 자리를 털고 일어나더니 뜰아래로 내려가며 한숨 섞인 말을 내뱉었다.

"누구도 나라를 구할 사람이 아니구나!"

동승은 그 말에 가슴이 찡하여 마등을 붙잡고 물었다.

"누구도 나라를 구할 사람이 아니라니, 무슨 뜻이오?"

"허전에서 사냥할 때 일을 생각하면 나는 지금도 가슴이 먹먹하오. 그런데 공은 황제와 가까운 사이이면서도 술이나 즐기고 역적은 칠 생각을 하지 않으니 나라의 어려움을 누가 나서서 막는단 말이오?"

동승은 마등의 말을 아직도 믿을 수가 없어 짐짓 놀라는

                    박상률 완역 삼국지 2

체했다.

"조승상은 나라의 높은 대신이고 조정이 모두 믿고 따르는데 공은 어째서 그런 말을 하시오?"

마등이 화를 참지 못하고 사납게 쏘아붙였다.

"너는 아직도 조조놈을 좋은 놈이라고 믿고 있느냐?"

"허허, 남의 눈과 귀가 두렵소. 공은 제발 목소리 좀 낮추시오."

"살 일에만 눈이 멀어 죽는 걸 무서워하는 것들하고는 더는 큰일을 의논할 필요가 없다!"

마등은 말을 마치자 바로 나가려 했다. 동승은 마침내 마등의 충성스런 마음을 확인할 수가 있었다.

"공은 이제 화를 푸시오. 공에게 보여드릴 게 있소이다."

동승은 마등을 서재로 데리고 가 조서를 꺼내 보여주었다. 마등이 조서를 읽었다. 이윽고 머리털이 모두 일어서고, 이를 갈며 입술을 꽉 깨무는 바람에 입술 사이로 피가 흘러나왔다.

마등이 동승을 똑바로 쳐다보았다.

"공이 움직이기만 하면 나는 곧장 서량병을 끌고 와서 밖에서 돕겠소."

동승은 마등을 뒤채로 데리고 가서 다른 사람들과 인사를 시키고 이름을 쓰게 했다. 마등은 술잔에다 피를 내어 마시며 외쳤다.

"우리 모두 죽더라도 다짐을 잊지 맙시다!"

이어 다섯 사람을 가리키며 말했다.

"열 사람만 되면 큰일을 할 수 있소."

동승이 말했다.

"충성스럽고 의로운 사람을 많이 얻기는 힘든 일이오. 사람 잘못 끌어들였다가는 도리어 큰 화를 입게 되오."

마등은 조정의 벼슬아치들 명단을 내오라 하여 살펴보더니 유씨 편에 이르러 손뼉을 탁 쳤다.

"어째서 이런 사람과 의논하지 않으셨소?"

모두들 그가 누구냐고 궁금해했다. 마등은 천천히 입을 떼어 그 사람 이름을 댔다.

국구 동승이 조서를 받고 나자

황제의 친척이 나서는 걸 보게 되는구나

과연 마등은 누구의 이름을 댔을까…….

호랑이 굴을
가까스로 벗어난 유비

조조는 술을 권하며 영웅을 들먹이고
관우는 꾀를 써서 차주를 죽이고 성을 빼앗다

동승을 비롯하여 모두들 마등에게 물었다.

"그 사람이 누구입니까?"

마등이 말했다.

"예주목 유현덕이 허도에 와 있는데 왜 그 사람을 부르지 않았소?"

동승이 대답했다.

"그 사람이 비록 황제의 아저씨뻘이라지만 지금은 조조한테 붙어 있는데 우리랑 같이하려고 하겠소?"

마등이 말했다.

"저번에 사냥터에서 알아봤소. 조조가 황제를 제치고 만세 소리를 대신 받을 때 현덕의 뒤에 있던 운장이 칼을 뽑아 조조를 죽이려 하는데 현덕이 눈짓을 해서 말리더군요. 현덕이 조조를 살려두고 싶어서가 아니라, 조조의 아랫것들이 너무 많아 해볼 수 없다고 판단해서 그랬을 겁니다. 공이 도움을 부탁해보시오. 반드시 우리 편이 됩니다."

오석이 말했다.

"이런 일은 너무 서둘러서는 안 되오. 다시 만나 의논하기로 합시다."

그쯤 해서 모두들 돌아갔다.

다음 날 저녁, 어둠을 틈타 동승은 조서를 가슴에 품고 유비가 머무르고 있는 데로 갔다. 문지기의 연락을 받고 나온 유비는 동승을 작은 방으로 안내했다. 자리를 잡고 앉자 관우와 장비가 유비의 양옆을 지켰다.

유비가 먼저 물었다.

"국구께서 한밤중에 오시다니, 틀림없이 무슨 일이 있는 성싶은데요."

동승이 대답했다.

"낮에 말을 타고 왔다가는 조조가 의심을 할까봐 밤늦게 찾아왔소."

유비는 술상을 내오라 하여 동승을 대접했다.

동승이 물었다.

"저번에 사냥터에서 운장이 조조를 죽이려 할 때 장군께서는 왜 눈짓을 하고 고개를 저어 말렸소?"

유비는 속으로 깜짝 놀랐다.

"공이 그걸 어찌 아시오?"

"다른 사람들은 못 봤는지 몰라도 나는 똑똑히 보았소."

유비는 더 감출 수가 없어 둘러댔다.

"아우가 조조의 주제넘는 짓을 보자 순간적으로 발끈했을 뿐이오."

동승이 갑자기 얼굴을 가리고 소리 내어 울었다.

"조정의 신하들이 모두 운장만 같으면 나라에 무슨 걱정이 있겠소!"

유비는 조조가 동승을 보내 자기를 떠보는 것이 아닌가 싶어 시치미를 떼고 물었다.

"조승상이 나라를 다스리고 있는데 무얼 걱정하오?"

동승은 낯빛이 바뀌더니 벌떡 일어났다.

"공은 한나라의 황숙이라 가슴속에 있는 말을 털어놓았는데 어째서 나를 진심으로 대하지 않으시오?"

"허허, 국구께서 딴 뜻이 있어서 그러는가 싶어 일부러 그랬소."

마침내 동승은 품속에서 조서를 꺼내 보여주었다. 유비는 끓어오르는 분노를 견딜 수 없었다. 동승은 또 사람들 이름이 적힌 천을 꺼냈다. 여섯 사람의 이름이 적혀 있었다. 첫째는 거기장군 동승, 둘째는 공부시랑 왕자복, 셋째는 장수교위 충집, 넷째는 의랑 오석, 다섯째는 소신장군 오자란, 여섯째는 서량 태수 마등이었다.

유비가 말했다.

"공께서 조서를 받들어 역적을 치기로 했다 하니 이 유비도 모든 힘을 보태겠소."

동승이 절을 하며 고마움을 나타낸 뒤 이름을 적어달라고 했다. 유비는 '좌장군 유비'라고 썼다.

동승이 말했다.

"세 사람이 더 모여 열 사람만 되면 나라의 역적을 치겠소."

유비가 말했다.

"절대 서두르지 말고 천천히 하시오. 가벼이 여기다 밖으로 새나가면 안 되오."

동승은 새벽까지 머무르며 의논을 하다 돌아갔다.

이때부터 유비는 뒷마당 채소밭에다 직접 물이나 주며 지냈다. 조조한테 트집 잡힐 일을 막고 헐뜯는 말에 다치지 않기 위해서였다.

관우와 장비가 말했다.

"형님은 어째서 세상의 큰일은 제쳐두고 농부 흉내나 내고 계십니까?"

"두 아우가 알 일이 아니다."

그 말에 두 사람은 입을 다물고 말았다.

관우와 장비가 밖에 나가고 없는 날이었다. 유비 혼자서 채소밭에 물을 주고 있는데 허저와 장료가 수십 명의 부하들과 함께 몰려왔다.

"승상께서 부르십니다. 같이 가시지요."

유비는 감짝 놀랐다.

"무슨 급한 일이라도 있소?"

허저가 대답했다.

"무슨 일인지는 모릅니다. 모셔오라 하셔서 왔을 뿐입니다."

유비는 어쩔 수 없이 두 사람을 따라가서 조조를 만났다. 조조가 웃으며 말했다.

"집에서 큰일을 즐기고 있다면서요!"

유비는 놀라 얼굴이 흙빛이 되었다. 조조가 유비의 손을 잡아 뒷마당으로 끌었다.

"현덕이 채소 가꾸기를 배우다니, 쉬운 일은 아닐 텐데⋯⋯."

유비는 그제야 가슴이 좀 가라앉았다.

"심심풀이로 할 뿐입니다."

“마침 매화나무 열매가 푸른 걸 보니 지난해에 장수를 칠 때 일이 떠오르는구려. 길에서 물이 떨어져 모두들 목이 말라 힘들어했지요. 그때 문득 한 생각이 스치더군요. 그래서 말채찍으로 앞을 가리키며 ‘저 앞에 매화나무 숲이 있다’라고 외쳤지요. 그 말에 군사들 입안에 침이 돌아 입이 타는 걸 넘겼다오. 오늘 이 매화나무를 보고 그냥 있을 수가 없었소. 마침 담가둔 술도 잘 익었다기에 사군과 함께 정자에서 한잔하려고 불렀소.”

유비는 드디어 마음이 놓였다. 조조를 따라 정자로 갔더니 푸른 매실과 데운 술이 곁들여진 술상이 차려져 있었다. 두 사람은 마주 앉아 가슴을 헤치고 술을 마시기 시작했다. 술기운이 제법 돌 때쯤 갑자기 먹구름이 하늘을 뒤덮더니 금세라도 소나기가 퍼부을 듯했다. 시중드는 사람이 이미 저 멀리 물기둥을 이루듯이 쏟아지는 비를 가리키며 ‘용이 하늘로 올라가는’ 거라고 말했다.

조조는 유비와 함께 그쪽을 바라보다 문득 물었다.

“사군은 용이 어떻게 바뀌는지 압니까?”

“잘 모릅니다.”

“용은 커지기도 하고 작아지기도 하며, 하늘로 올라가기도 하고 물속에 잠기기도 하지요. 커지면 구름을 일으키고 안개를 내뿜으며, 작아지면 먼지 속에 몸을 감추지요. 하늘

　　　　　　　　　　　　　박상률 완역 삼국지 2

로 오를 때는 우주 사이를 날고, 숨을 때는 파도 속에 가만히 엎드려 있는다 하오. 마침 지금은 봄이 깊어 용이 변하고 있는 때지요. 마치 사람이 뜻을 얻어 세상을 마구 휘젓는 것과 같아 세상의 영웅을 용에 빗댈 수 있소. 현덕은 그동안 여러 곳을 돌아다녔으니 우리 시대의 영웅이 누구인지 잘 알 것이오. 누가 영웅이오?”

“저 같은 사람 눈으로 어찌 영웅을 알아보겠습니까?”

“지나치게 겸손할 필요는 없소.”

“제가 승상의 은혜를 입어 어쩌다 조정의 벼슬을 얻었지만, 천하의 영웅이 누구인지는 정말로 잘 모릅니다.”

“얼굴은 모른다 해도 이름이라도 들어봤겠죠.”

유비는 하는 수 없이 이름을 들어보았다.

“회남의 원술이 군사도 많고 먹을거리도 넉넉해 영웅이라고 할 수 있을 듯합니다.”

조조가 웃어버렸다.

“그 사람은 무덤 속의 해골이오. 머지않아 내가 꼭 사로잡고 말 테요!”

“하북의 원소는 사 대에 걸쳐 삼공 벼슬을 한 집안 사람이고 거느리는 벼슬아치들도 많을 뿐더러, 지금은 기주 땅에 호랑이처럼 들어앉아 뛰어난 부하들까지 많이 거느리고 있으니 과연 영웅이라고 할 만하지 않습니까?”

조조가 또 웃었다.

"원소는 겉모습만 번지르르하지 용기가 없소. 꾀는 그럴싸하지만 딱 부러지게 덤벼드는 힘이 약하지요. 더구나 큰일에는 몸을 아끼고 작은 일에는 목숨을 걸고 덤비는 인간이라 결코 영웅이라 할 수 없소."

"그렇다면, 뛰어난 여덟 사람 가운데 한 사람으로 불리며 온 나라 안에 이름이 널리 알려진 유경승은 어떻습니까?"

"유표는 이름만 드높지 속이 비어 있어 영웅이라 할 수 없소."

"피가 펄펄 끓는 강동의 손백부는 어떻습니까?"

"손책은 아버지의 덕을 입어서 그렇게 되었지 영웅은 아니오."

"익주의 유계옥 정도면 영웅 아닐까요?"

"유장은 황실과 친척이기는 하지만 집이나 잘 지키는 개 정도이니 영웅이라 할 수 없소."

"그럼 장수·장로·한수 같은 사람들이 영웅입니까?"

조조가 손뼉을 치며 껄껄 웃었다.

"그런 하잘것없는 인간들은 들먹일 필요도 없소!"

"저는 그나마 지금까지 들먹인 사람들 말고는 더 아는 사람이 없습니다."

"영웅이란 가슴에는 큰 뜻을 품고 뱃속에는 좋은 꾀를 담고 있으면서 우주의 때를 알고 하늘과 땅의 뜻을 삼켰다 뱉었다 할 수 있는 사람을 말하오.”

“과연 누구를 그런 사람이라고 할 수 있습니까?”

조조는 손가락으로 유비를 가리킨 다음 자신을 또 가리켰다.

“지금 이 세상의 영웅은 사군과 조조뿐이오!”

유비는 그 말에 놀라 자신도 모르게 손에 쥐고 있던 수저를 떨어뜨리고 말았다. 이때 마침 소낙비가 막 쏟아지려 하면서 천둥소리가 크게 울렸다.

유비는 바닥에 떨어진 수저를 애써 덤덤히 주우며 말했다.

“천둥소리가 하도 커서 너무 놀랐습니다.”

조조가 웃었다.

“장부가 웬 천둥소리에 놀라고 그럽니까?”

“성인께서도 천둥소리에 거센 바람이 몰아치면 낯빛을 바꾸고 조심했다고 하셨는데 어찌 놀라지 않을 수 있겠습니까?”

유비는 조조의 말에 놀라 수저를 떨어뜨린 일을 이처럼 가볍게 둘러댔다. 조조는 마침내 유비를 의심하지 않게 되었다.

나중에 어떤 사람이 읊은 시가 있다.

유비가 놀라 수저를 떨어뜨리다.

호랑이 굴에 잠시 엎혀살고 있는데

영웅을 들먹이며 놀라 죽게 하는구나

천둥소리 끌어다가 슬쩍 넘어가니

둘러대는 그 솜씨 귀신같구나

비가 막 그칠 때쯤, 두 사람이 칼을 들고 뒷마당으로 뛰어든 뒤 정자 앞까지 달려왔다. 아무도 그들을 막지 못했다. 관우와 장비였다.

원래 두 사람은 성 밖으로 활을 쏘러 나갔다 돌아왔다. 허저와 장료가 유비를 데리고 갔다는 말을 듣고 급히 상부까지 뛰어왔다. 알아보니 유비가 뒷마당에 있다 해서 혹시라도 무슨 일이라도 있나 싶어 막무가내로 뛰쳐들어왔다. 막상 와서 보니 유비가 조조와 마주 앉아 술을 마시고 있어 마음을 놓으며 칼을 짚고 서 있었다. 조조가 턱을 치켜들며 두 사람이 어인 일로 왔느냐고 묻자 관우가 슬쩍 둘러댔다.

"승상께서 우리 형님과 술을 드신다기에 특별히 칼춤이라도 추어서 즐겁게 해드리고자 왔습니다."

조조가 피식 웃었다.

"여기가 홍문회 자리도 아닌데 칼춤 추는 항장과 하백을 어디에다 쓰겠는가?"

유비 역시 웃었다.

조조가 옆 사람에게 일렀다.

"술을 내다 저 두 번쾌에게 주어 뛰는 가슴을 가라앉히도록 하라."

관우와 장비는 조조에게 절을 하며 술잔을 받았다. 이내 곧 술자리가 끝나 유비는 조조와 인사를 마치고 돌아왔다.

관우가 말했다.

"우리 둘은 놀라 죽는 줄 알았습니다!"

유비가 수저 떨어뜨린 일을 두 사람에게 얘기하자 두 사람이 고개를 갸우뚱했다. 유비가 자세히 얘기해주었다.

"내가 채소밭이나 가꾸면서 지내는 일은 조조한테 아무런 큰 뜻을 품고 있지 않다는 걸 알리기 위해서이다. 그런데 조조가 나를 가리키며 뜻밖에도 영웅이라고 하는 바람에 놀라 수저를 떨어뜨리고 말았다. 조조가 의심할까봐 천둥소리에 놀랐다고 둘러댔느니라."

관우와 장비가 고개를 끄덕였다.

"형님은 참으로 생각이 깊으십니다!"

다음 날 조조는 유비를 또 불러 술을 마셨다. 그때 마침 원소의 소식을 알아보러 떠났던 만총이 돌아왔다는 보고가 들어왔다. 조조가 만총을 부르자 만총이 들어와 보고했다.

"공손찬은 이미 원소에게 졌습니다."

유비가 그 말에 놀라 물었다.

"자세히 좀 얘기해보시오."

만총이 말했다.

"공손찬이 원소와 싸우다가 해볼 수가 없자 성을 둥그렇게 쌓고 그 안에 열 길 높이나 되는 역경루라는 건물을 짓고 먹을거리를 삼십만 석이나 쌓아놓고 지켰다 합니다. 군사들을 내보내며 늘 싸우게 했는데 원소의 군사들한테 둘러싸여버렸다는군요. 장수들이 그때마다 구해내자고 하면 공손찬은 안 된다고 했답니다. 구해주다 보면 나중에 싸우는 군사들도 으레 위기에 빠지면 구해줄 거라 믿고 죽기 살기로 싸우지 않을지 모르기 때문에 그랬다고 합니다. 그렇게 구해주는 군사를 보내지 않은 까닭에 원소의 군사가 오면 죽기 살기로 싸우기는커녕 일찌감치 항복해버리는 군사가 많아졌다는군요.

사정이 어렵게 되자 공손찬은 허도로 사람을 보냈는데, 중간에 그 사람이 원소의 군사들한테 잡혀버렸답니다. 게다가 장연에게 편지를 보내 불을 피우면 그걸 신호로 해서 안팎에서 한꺼번에 들이치자고 했는데, 그 편지를 갖고 가던 이도 원소의 군사한테 잡혀버렸습니다. 원소는 그 편지를 잘 이용했지요. 장연의 군사로 여기게 불을 피우자 공손찬이 직접 싸우러 나왔는데, 숨어 있던 군사들이 여기저기서 몰려나오자 군사를 절반이나 잃고 성 안으로 쫓겨 들어가고 말았답니다. 원소의 군사들은 땅굴을 파서 공손찬이 살고 있는 역경루 밑에까지 들어가 불을 질렀답니다. 달아날 길까지 막힌 공손찬은 식구들을 먼저 죽이고 자신도 목매어 죽었는데, 사람이고 집이고 모두 검게 타고 말았습니다.

지금 원소는 공손찬의 군사까지 거느리게 되어 기운이 하늘을 찌를 정도입니다. 원소의 아우 원술은 회남에 있는데 사치스럽고 우쭐대며 잘난 척할 뿐만 아니라, 군사와 백성들은 조금도 돌보지 않는 까닭에 모두들 마음이 돌아서 있답니다. 그래서 원술은 원소한테 사람을 보내 황제라 일컫는 것을 넘겨주겠다고 했는데, 원소가 옥새를 달라고 해서 원술은 자기가 직접 옥새를 가져다주기 위해 회남을 떠나 하북으로 가고 있다 합니다. 만약 둘이 힘을 합치면 세상은 더욱 복잡해집니다. 승상께서는 서둘러 대책을 세우십시오."

유비는 공손찬이 스스로 죽었다는 말을 듣자 자신을 추천해주던 지난날의 은혜가 떠올라 가슴이 미어졌다. 게다가 조자룡이 어찌 되었는지도 궁금했다. 그래서 속으로 이런저런 생각을 재빠르게 한 뒤 마음의 결정을 내렸다.

'내가 지금 여기를 벗어나지 못하면 언제 기회가 또 있겠는가?'

마침내 유비는 자리에서 일어나 조조에게 말했다.

"원술이 만약 원소한테 간다면 반드시 서주를 지납니다. 저한테 군사를 맡겨주시면 중간에서 길을 막고 원술을 사로잡겠습니다."

조조가 웃으며 대답했다.

"내일 황제께 아뢰고, 바로 군사를 일으키도록 하시오."

다음 날 유비가 황제에게 자신의 뜻을 밝히자 조조는 군사 5만 명을 끌고 가게 했다. 조조는 자기 사람인 주령과 노소 두 사람도 같이 가도록 했다. 유비가 황제에게 인사를 드리자 황제가 울면서 그를 배웅했다. 궁에서 물러나온 유비는 그날 밤에 바로 떠날 준비를 했다. 무기를 살펴본 뒤 말에 안장을 얹고 장군도장을 찬 뒤 곧장 군사들을 이끌고 서둘러 떠났다.

동승이 10리 밖까지 따라나와 배웅을 하자 유비가 말했다.

"국구께서는 조금만 더 참으십시오. 이번 길에 반드시 명령을 받들 수 있게 하겠소."

동승이 애가 타게 말했다.

"공께서 절대로 뜻을 잃지 않았으면 합니다. 황제 폐하의 마음을 저버리지 마십시오."

두 사람이 헤어지자 관우와 장비가 말 위에서 물었다.

"형님은 이번에 왜 이렇게 서두르십니까?"

"나는 새장 속에 갇힌 새나 그물 속에 잡힌 고기 신세였다. 이제 고기가 큰 바다로 들어가고 새가 푸른 하늘로 날아오르게 되었다. 드디어 새장과 그물 속에서 벗어나는구나!"

유비는 관우와 장비에게 주령과 노소를 다그쳐 길을 재촉하라고 했다.

이때 곽가와 정욱은 물자와 식량 사정을 살펴보고 돌아오는 길이었다. 조조가 유비에게 군사를 주어 떠나게 했다는 말을 들은 두 사람은 조조에게 급히 달려갔다.

"승상께서는 어쩌자고 유비한테 군사를 맡겨 떠나게 하셨습니까?"

"원술의 길을 끊으려고 그랬소."

정욱이 안타까워했다.

"지난날 유비가 예주목으로 있을 때 저희들은 유비를 없애야 한다고 했으나 승상께서는 듣지 않으셨습니다. 이제 군사까지 주어서 내보냈으니, 이건 용을 바다에 놓아주고 호랑이를 산에다 풀어준 꼴입니다. 나중에 잡으려 하면 쉽게 잡을 수 있으리라 생각하십니까?"

곽가까지 거들었다.

"승상께서 유비를 죽이지는 않더라도 내보내서는 안 됩니다. 옛말에도 한 번 놓아준 적이 두고두고 골칫거리가 된다고 했습니다. 승상께서는 다시 한 번 생각해보십시오."

조조는 그 말을 옳게 여겼다. 바로 허저더러 군사 5백 명을 끌고 뒤쫓아가서 꼭 유비를 데려오라고 했다. 허저는 곧장 떠났다.

군사들을 거느리고 바삐 가고 있던 유비는 갑자기 뒤쪽에서 이는 먼지를 보고 관우와 장비에게 말했다.

"조조가 보낸 군사가 달려오고 있는 게 틀림없다."

유비가 바로 멈추어서 영채를 세우게 하자 관우와 장비는 무기를 들고 양쪽에 섰다. 허저가 도착해서 보니 한판 싸울 준비가 되어 있는 분위기였다. 허저는 말에서 내려 영채로 가서 유비를 만났다.

유비가 물었다.

"공은 무슨 일로 왔소?"

허저가 대답했다.

"승상의 명령을 받고 왔습니다. 군사를 거두어 빨리 되돌아오라고 했습니다. 따로 의논할 일이 있다고 합니다."

"장수가 밖에 있을 때는 때에 따라 임금의 명령도 받지 않을 때가 있다고 했소. 내가 직접 황제를 뵈었고 또 승상의 명령도 받아서 군이 따로 의논할 일이 없소. 공은 빨리 돌아가 내 말을 전해주시오."

허저는 마음속으로 곰곰이 생각해보았다.

'승상은 유비와 가까이 지냈고, 나보고도 죽이라고까지는

안 했다. 일단 돌아가 유비 말을 그대로 전하고 어찌해야 할 지 기다리는 것이 낫겠다.'

허저는 물러나와 군사를 이끌고 다시 돌아를 유비가 한 말을 그대로 전했다. 조조가 망설이며 결정을 내리지 못하자 정욱과 곽가가 말했다.

"유비가 얼른 군사를 되돌려 돌아오지 않는 것을 보면 마음이 바뀌었다고 할 수 있습니다."

조조가 말했다.

"주령과 노소 두 사람을 같이 보냈으니 유비도 섣불리 마음을 바꾸지는 못할 것이오. 그리고 일단 보내버렸는데 이제 와서 안타까워한들 무슨 소용이오?"

조조는 다시는 유비 뒤를 쫓지 않았다.

훗날 어떤 사람이 유비를 노래한 시가 있다.

군사를 챙기고 말을 배불리 먹여 서둘러 떠나네

가슴엔 오로지 황제 말씀 깊이 새기고

쇠로 된 우리 뚫고 뛰쳐나온 호랑이 달아나듯

쇠사슬 끊어 몸을 빼내 교룡은 달아나네

한편 마등은 유비도 떠나고 또 고을에서도 급한 보고가 있어 서량주로 돌아가버렸다.

유비가 군사를 이끌고 서주에 이르자 자사 차주가 나와 맞이하고 잔치를 베풀었다. 잔치가 끝나자 손건과 미축 등이 유비를 찾아왔다. 유비는 집으로 가서 가족을 만났다. 이어 사람을 보내 원술의 소식을 알아보도록 했다.

"원술이 너무 사치를 부리자 뇌박과 진란은 모두 숭산으로 가버렸답니다. 기가 꺾이자 원소에게 황제 소리를 내놓겠다는 편지를 보냈더니, 원소가 사람을 보내 원술을 불렀다 합니다. 원술은 황제만이 쓸 수 있는 물건을 챙겨 군사와 말을 이끌고 서주로 오고 있다 합니다."

유비는 원술이 곧 다다르리라 여기고 관우·장비·주령·노소와 함께 군사 5만 명을 거느리고 나갔다가 앞장서 오던 가령과 마주쳤다. 장비가 앞뒤 따질 겨를도 없이 뛰쳐나가 바로 기령에게 달려들었다. 10합도 다 싸우기 전에 장비가 벼락같은 소리를 내지르며 기령을 찔러 말 아래로 고꾸라뜨렸다. 적군들은 달아나기에 바빴다.

곧이어 원술이 직접 군사를 이끌고 싸우러 나왔다. 유비는 군사를 세 길로 나누었다. 주령과 노소는 왼쪽을 맡고 관우와 장비는 오른쪽을 맡도록 했다. 유비 자신은 가운데를 맡았다.

유비가 문기 아래에서 원술을 꾸짖었다.

"반란이나 일으키는 역적놈아, 황제의 명령을 받들어 너

를 치러 왔노라! 손을 묶고 나와 항복을 하면 죄를 용서해
주겠다."

원술이 마구 욕을 해댔다.

"돗자리나 짜고 짚신이나 삼아 팔던 놈이 건방지게 나를
깔보다니!"

원술이 군사를 휘몰아 쳐들어왔다. 유비는 잠깐 뒤로 물
러났다. 그 틈을 타 양쪽에 있던 유비의 군사들이 원술의 군
사들을 덮쳤다. 죽어 널브러진 시체들이 들에 넘쳤고, 피는
흘러 내를 이루었으며, 도망친 군사들의 수는 셀 수도 없었
다. 게다가 숭산에 있는 뇌박과 진란은 돈이며 식량이며 말
먹이까지 다 빼앗아갔다.

원술은 급히 수춘으로 돌아가려 했다. 그러나 도적 떼의
공격을 받아 하는 수 없이 강정에 머물렀다. 남은 군사는 1천
명 남짓이었는데, 그나마 거의 늙고 약한 이들뿐이었다. 한
창 더운데다 식량마저 바닥이 나고 말았다. 남은 보리 30석
을 군사들에게 나누어주었다. 가족들은 먹을 게 없어 굶어
죽는 이가 줄을 이었다.

이런 사정인데도 원술은 밥이 거칠어 목에 넘어가지 않
는다고 밥 짓는 일을 맡고 있는 이를 불러 목이 마르니 꿀물
을 가져오라 했다. 그러자 그 사람이 퉁명스레 대구했다.

"있는 건 핏물뿐이오. 꿀물이 어디 있소!"

원술은 자리 위에 앉아 있다 외마디 소리를 지르더니 바닥으로 고꾸라져 피를 한 말이나 토하며 죽어갔다. 건안 4년 6월이었다.

나중에 원술을 두고 읊은 사람의 시가 있다.

한나라 말에 여기저기서 군사들 일어날 때

밑도 끝도 없이 원술도 덩달아 날뛰었다네

대대로 높은 벼슬 한 집안 생각은 하지 않고

제 맘대로 황제라고 설치었네

나라를 전하는 옥새를 자랑하고 거칠게 굴며

우쭐대고 사치 부리며 하늘의 뜻을 들먹였네

목이 말라 꿀물 생각 간절했으나 얻어먹지 못하고

누운 자리에서 저 홀로 고꾸라져 피 토하며 죽었다네

원술이 죽자, 조카 원윤이 원술의 시체와 가족들을 끌고 여강으로 달아났다. 그러나 가는 길에 서구를 만나 그의 손에 모두 죽고 말았다.

서구는 옥새를 얻자 허도로 달려가 조조에게 바쳤다. 조조는 좋아라 하며 서구를 고릉 태수로 삼았다. 이때부터 옥새는 조조가 가지게 되었다.

한편 유비는 원술이 이미 죽은 것을 알자 조정에 글을 올려 알렸으며, 조조에게도 편지를 보냈다. 이어 주령과 노소를 허도로 돌려보내며 군사는 서주를 지키게 두고 가도록 했다.

유비는 직접 성 밖으로 나가 백성들의 마음을 어루만지며 다시 농사일을 하도록 다독거렸다.

허도로 돌아온 주령과 노소는 조조에게 유비가 군사는 두고 가라 해서 그냥 빈 몸으로 왔다고 보고했다. 조조는 화를 벌컥 내며 두 사람의 목을 베라고 하였다. 그러나 순욱이 말렸다.

"모든 힘을 유비가 가지고 있었으니 저 두 사람도 어쩔 수 없었겠지요."

조조는 어쩔 수 없이 두 사람을 용서했다.

순욱이 다시 말했다.

"차주에게 편지를 보내 안에서 유비를 죽이도록 합시다."

조조는 그 말을 좇아 몰래 사람을 차주에게 보내 자신의 뜻을 전했다. 차주는 곧장 진등을 불러 의논했다.

진등이 주저하지 않고 말했다.

"그다지 어려운 일이 아닙니다. 지금 유비는 성 밖으로 나가 백성들을 만나고 있지만 며칠 안으로 돌아오겠지요. 군사들을 성 문 가까이 숨겨두고 기다리시오. 유비가 말을 타고 들어오면 마중 나온 척하면서 가까이 다가가 단칼에 베어버리시오. 나는 군사들을 거느리고 성 위에 있다가 활을 쏘아 뒤따라오는 군사들을 막겠습니다. 그러면 끝나는 일입니다."

차주는 그 말을 따랐다. 진등은 집으로 돌아가 아버지 진규에게 이 일을 얘기했다. 진규는 아들더러 이 사실을 유비에게 바로 알려주도록 했다. 진등은 말을 달려나가다가 마침 관우와 장비를 만나 이러저러하다고 알려주었다. 관우와 장비가 먼저 돌아오고 유비는 뒤따라오고 있었다. 장비는 진등의 말을 듣자마자 바로 쫓아가 싸우자고 씩씩거렸다.

관우가 말렸다.

"저놈들이 성 문 곁에 군사를 숨겨두고 우리를 기다리면, 이대로 갔다가는 해보기 어렵다. 나한테 차주를 죽일 좋은 생각이 하나 있다. 밤에 조조 군사로 꾸민 뒤 서주로 가서 차주가 마중을 나오도록 하자. 그때 달려들어 죽여버리자."

장비가 고개를 끄덕였다. 그들의 군사들은 아직도 조조 깃발을 쓰고 있고, 군복도 조조의 군사들과 똑같았다.

그날 한밤중에 그들은 성 가까이 가서 문을 열라고 소리질렀다. 성 위에서 누구냐고 물었다. 모두들 조승상이 보낸 장문원의 군사들이라고 대답했다. 보고를 받은 차주는 급히 진등을 불러 의논했다.

"만약에 나가서 맞지 않으면 의심을 살 테고, 그렇다고 선

불리 나가자니 혹시라도 속임수에 걸려들까봐 걱정이오.”

차주는 성 위로 올라가 외쳤다.

“너무 어두워서 알아볼 수가 없으니 날이 밝으면 다시 만납시다.”

성 아래에서 군사들이 외쳤다.

“유비가 알면 안 되오. 빨리 문을 열어주시오!”

차주는 자꾸 미적거렸다. 성 밖에서는 문을 열라고 마구 외쳐댔다. 마침내 차주는 갑옷 차림에 말을 타고 군사 1천 명을 이끌고 성을 나가 달아맨 다리를 지나면서 외쳤다.

“문원은 어디 있소?”

그때였다. 불빛 속에서 관우가 칼을 번쩍이며 말을 달려 차주에게 덤벼들며 크게 소리쳤다.

“이 좀팽이 같은 놈아, 겁도 없이 속임수를 써서 우리 형님을 죽이려 들다니!”

차주는 깜짝 놀라며 몇 합을 싸웠다. 그러나 해볼 수가 없어 말 머리를 돌려 되돌아갔다. 그러나 달아맨 다리 가까이 이르자 성 위에서 진등이 쏘아대는 화살이 빗발쳤다. 차주는 그대로 성을 끼고 달아났다. 뒤따라온 관우가 칼을 번쩍 들더니 차주를 찍어 말 아래로 고꾸라뜨렸다. 이어 머리를 베어 든 다음 성 위를 쳐다보며 외쳤다.

“역적 차주는 이미 내가 죽였다. 다른 사람들은 아무 죄가 없으니 항복하면 살려주겠다!"

군사들은 모두 무기를 거꾸로 잡고 항복했다. 이로써 군사와 백성들 모두 편안해졌다.

관우는 차주의 머리를 가지고 유비를 맞으며 그를 죽이게 된 이야기를 자세히 했다.

유비가 깜짝 놀랐다.

"조조가 쳐들어오면 어찌하려고 그랬느냐?"

관우가 이를 악물며 말했다.

"제가 장비랑 같이 맞아 싸우겠습니다."

유비는 꺼림칙한 마음을 안고 서주로 들어갔다. 백성들이 길가에 엎드리며 맞아주었다. 안으로 들어가자마자 유비는 장비를 찾았다. 장비는 그새 차주의 온 집안 식구들을 다 죽였다. 유비는 한숨을 길게 내쉬었다.

"조조의 가장 가까운 부하를 죽였으니 뒷일이 걱정이다."

진등이 나섰다.

"조조를 물리칠 방법이 하나 있습니다."

외로운 몸이 겨우 호랑이 굴 벗어나더니

묘한 방법으로 뒤탈을 막으려 하네

과연 진등이 생각하는 방법은 무엇일까……

진림의 글에 놀란 조조

원소와 조조는 저마다 많은 군사를 일으키고
관우와 장비는 적의 장수 둘을 사로잡다

진등이 유비에게 방법을 말했다.

"조조는 원소를 가장 두려워합니다. 원소는 지금 기주·청주·유주·병주 등 여러 고을을 차지하고 있으며, 군사만도 백만에다 문관과 장수도 엄청 많습니다. 그 사람에게 편지를 써서 도움을 바라십시오."

유비가 고개를 갸우뚱했다.

"나는 원소와 왔다 갔다 하지 않았고, 또 그 사람의 아우마저 내가 친 지 얼마 안 되는데 나를 어찌 도와주겠소?"

"여기에 원소와 삼 대를 내려오며 친하게 지낸 사람이 있

습니다. 만약 그분에게 부탁해서 원소에게 편지를 보내면,
원소는 틀림없이 도와줄 것입니다.”

“누구를 말하지요?”

“공께서도 평소 존경하시던 분입니다. 기억나지 않으십
니까?”

유비가 크게 고개를 끄덕였다.

“정강성 선생 말씀인가요?”

진등이 웃으며 대답했다.

“그렇습니다.”

정강성의 이름은 현으로, 학문을 좋아하고 재주가 많은
사람이었다. 그는 마융 밑에서 공부를 했다. 마융은 공부를
가르칠 때마다 붉은 막을 치고, 막 앞에는 학생들을 앉혀놓
고, 막 뒤에는 노래하는 기생들을 앉혔으며, 양옆으로는 시
중드는 여자들을 둘러앉혔다.

정현은 공부를 하는 3년 동안 그 여자들에게 한 번도 곁
눈질을 한 적이 없어 마융은 그를 무척 기특하게 여겼다. 정
현이 공부를 끝내고 돌아갈 때 마융은 칭찬의 말을 아끼지
않았다.

“내 학문의 깊은 뜻을 익힌 이는 오로지 정현 한 사람뿐
이다!”

정현의 집에서는 여자 종들까지 모두《시경》을 외우고

있었다. 어느 날 한 여자 종이 정현의 뜻을 어겨 뜰아래 오랫동안 꿇어앉아 벌을 받았다. 이때 다른 여자 종이 《시경》에 있는 구절을 빌려 벌 받는 이를 놀렸다.

"어이하다 진흙 속에 빠져 있나?"

벌 받는 이 역시 《시경》 구절로 대꾸했다.

"찾아가 하소연하다가 되레 노여움만 샀다네."

이처럼 정현의 집안은 종들에 이르기까지 멋들어진 분위기가 넘쳤다.

정현은 환제 때 벼슬이 상서였는데, 그 뒤 십상시의 난이 일어나자 벼슬을 버리고 서주로 돌아와 살았다.

유비는 탁군에 있을 때 정현을 스승으로 섬겼고, 서주목으로 있을 때도 늘 찾아가 가르침을 받으며 예의를 다해 존경했다.

마침내 정현을 떠올린 유비는 무척 기뻐하며 곧장 진등과 함께 찾아가 편지를 써달라고 부탁했다. 정현은 망설이지 않고 편지 한 통을 써서 유비에게 건네주었다. 유비는 손건더러 밤을 도와 편지를 원소에게 가져다주라고 했다.

편지를 읽고 난 원소는 속으로 생각했다.

'현덕은 내 아우를 무찔러 망쳤다. 그러니 도와줄 이유가 없다. 그런데 정상서의 말씀이 있으니 도와주지 않을 수가

없구나.'

마침내 원소는 여러 벼슬아치들을 모아놓고 군사를 일으켜 조조를 칠 일을 의논했다.

모사 전풍이 말했다.

"해마다 군사를 일으켜 백성들이 지쳐 있고 창고도 비어 있습니다. 이런 때 군사를 크게 일으키는 일은 옳지 않습니다. 먼저 황제께 사람을 보내 공손찬을 이긴 보고부터 올리십시오. 만약에 이 방법이 통하지 않으면 조조가 황제께 통하는 길을 막는다는 글을 올린 뒤 군사를 일으켜 여양에 머무르게 하십시오. 이어 하내에다 배를 더 많이 모아놓고 무기를 손보며 날랜 군사들을 국경 곳곳에 보내 지키게 하면 삼 년 안에 큰일을 이룰 수 있습니다."

모사 심배가 말했다.

"그렇지 않습니다. 귀신같이 군사를 부리는 명공의 힘으로 이미 하삭의 솟구치는 힘을 누른 바 있습니다. 군사를 일으키기만 하면 조조 같은 역적은 손바닥 뒤집을 정도로 쉽게 칠 수 있는데 뭐하러 자꾸만 날짜를 질질 끌 필요가 있겠습니까?"

모사 저수가 말했다.

"힘만 세다고 싸움에 이길 수는 없습니다. 조조는 이미 법에 따른 명령을 실시하고 있으며, 군사들도 훈련이 잘 되어 있습니다. 제자리에 주저앉아 당한 공손찬과는 다릅니다. 앞에서 말한 좋은 방법을 버리고 내세울 만한 이유 없이 군사를 일으키는 일은 명공께서 하실 일이 아닙니다.”

모사 곽도가 말했다.

“아닙니다. 조조를 치는 일이 왜 내세울 만한 이유가 없는 일입니까? 공께서는 어서 빨리 떳떳하게 큰일을 이루어야 합니다. 정상서의 말대로 유비와 함께 큰 뜻을 내세우며 일어나 조조 역적을 무찌르면, 위로는 하늘의 뜻에 따르는 일이고 아래로는 백성들의 마음에 맞는 일이니 얼마나 다행스런 일입니까!”

네 사람의 입씨름은 계속되었다. 원소는 망설이며 결정을 내리지 못했다. 그때 허유와 순심이 들어왔다.

원소가 말했다.

“이 두 사람의 의견이 남다를 테니 한번 들어봐야겠소.”

두 사람이 인사를 마치자 원소가 물었다.

“정상서가 편지를 보내왔는데, 나더러 군사를 일으켜 유비를 도와 조조를 치라는 내용이오. 군사를 일으켜야겠소, 그러지 않아야겠소?”

두 사람이 입을 맞춘 듯이 대답했다.

“명공께선 많은 것으로 적은 것을 누르고, 강한 걸로 약한 걸 쳐야 합니다. 이는 한나라의 역적을 무찔러 황실을 붙들어세우는 일이니 군사를 일으키는 게 옳습니다."

원소가 말했다.

"두 사람의 말이 바로 내 마음이오."

마침내 군사를 일으키기로 뜻이 모아졌다. 원소는 손건더러 정현에게 이 사실을 알리게 하고, 유비에게도 준비를 한 뒤 돕겠다는 약속을 전하도록 했다. 이어 원소는 심배와 봉기에게 모든 군사를 거느리게 하고 전풍·순심·허유는 모사로, 안량과 문추는 장군으로 삼아 말 탄 군사 15만 명과 일반 군사 15만 명, 합해서 모두 30만 명을 일으켜 여양으로 떠나도록 했다.

이처럼 여러 가지를 정하고 나자 곽도가 원소에게 들어와 말했다.

"명공께서 좋고 큰 뜻으로 조조를 치는 일이니, 먼저 조조의 죄를 낱낱이 밝혀 꾸짖는 글을 하나 작성하여 모든 고을에 보내 알리면 도리에 맞고 말발이 서는 일이겠습니다."

원소가 그 말을 받아들여 서기 진림더러 준비를 하도록 했다. 진림의 자는 공장인데 재주가 뛰어난 사람으로 알려졌다. 환제 때 주부로 있으면서 하진에게 옳지 못한 일을 고치도록 말했으나 듣지 않는데다, 동탁의 난까지 일어나자 기주로 피해 와 있었는데 원소가 불러다 서기로 삼았다.

원소가 하라는 대로 진림은 곧바로 붓을 들어 써갈겼다.

밝은 임금은 위험을 무릅쓰고 난리를 억누르며, 충신은 어려운 때를 미리 생각하여 힘을 바로세운다고 들었다. 그러므로 보통 이상의 사람이 있어야 보통 이상의 일을 하며, 보통 이상의 일이 있어야 보통 이상의 공을 세우게 되는데, 보통 이상의 일은 보통 이상의 사람만이 꾀할 수 있다.

옛날에 그토록 강했던 진나라도 임금이 물렁해지자 조고가 힘을 거머쥐고 제멋대로 휘둘렀다. 하지만 사람들은 그 서슬에 눌려 아무 소리도 내지 못하고, 마침내 임금은 망이궁에서 죽음을 맞았다. 이에 나라는 망하여 없어지고, 그 욕됨은 지금까지 남아 사람들 입에 오르내리고 있다.

여후 끝 무렵에 이르러서는 여산과 여록이 나랏일을 마음대로 쥐락펴락하여 안으로는 양쪽 군의 우두머리를 겸하고, 밖으로는 양과 조 두 나라를 거느리며 임금이 할 일을 멋대로 대신하는 바람에 위아래가 없는 세상이 되어 세상이 다 우스운 꼴이 되고 말았다. 이에 강후와 주허후가 군사를 일으켜 역적들을 죽이고 태종을 받들어 모시니 임금의 길이 다시 밝아졌다. 이는 나라의 힘을 바로잡는 일이 대신에게 있다는 걸 보여주는 일이다.

사공 조조의 할아비 조등은 중상시로, 좌관·서황과 함께 온갖 못된 짓을 일삼고, 백성들의 재산을 빼앗으며 못살게 굴었다. 아비 조숭은 스스로 조등의 양자로 들어가 돈으로 벼슬을 산 뒤, 힘 있는 이한테 온갖 금붙이를 수레로 실어나를 정도로 갖다 바치며 더 높은 자리를 도둑질하여 나라를 어지럽혔다. 조조는 바로 환관 양자의 추한 아들로, 원래 덕스러운 데도 없고 간사스럽기 짝이 없는 성격으로 싸움이나 좋아하고 화를 불러 일으키기를 즐기는 인간이다.

나는 응양군을 거느리고 이미 사납고 모진 역적들을 쓸어낸 바 있다. 이어 동탁이 권력을 제 마음대로 휘두르며 나라를 어지럽히자 칼을 뽑아 들고 북소리 높여 동하에서 명령을 내리고, 세상의 영웅을 불러모아 사람을 가리지 않고 힘을 모았다. 그래서 조조도 같이 와서 서로 의논하고, 그도 군사를 맡도록 했다. 이는 그도 어느 정도의 능력은 있으리라 생각했기 때문이다. 그러나 그는 가볍기 짝이 없고 생각이 모자란 인간이라, 무턱대고 나갔다가 쉽게 돌아와버려 때마다 싸움에 지고 군사를 잃기만 했다.

나는 그때마다 다시 군사를 나누어주고 나중엔 글을 올려 동군 태수에 연주 자사로까지 올라가게 해서 호랑이 무늬 옷을 입게 해주었다. 이는 언젠가는 이겼다는 소식을 가져오기를 바라는 마음에서였다. 그러나 조조는 자신에게 생긴 힘을 엉뚱한 데 쓰기 시작하여 여기저기 손을 뻗어 못된 짓을 하고, 백성들의 재산을 빼앗았으며, 어질고 착한 이를 함부로 해치기까지 했다.

구강 태수 변양은 재주가 뛰어난 사람인데, 조조에게 입바른 소리를 했다가 조조의 눈 밖에 나 목이 잘리어 내걸리고, 아내를 비롯한 가족들까지 모두 죽임을 당하고 말았다. 이때부터 선비들은 분한 마음에 가슴을 치고 백성들의 못마땅한 소리가 높아져, 누구든 앞장서기만 하면 세상 사람이 다 따라붙었다. 그래서 조조는 서주에서 지고 여포한테 땅을 빼앗겨 동쪽을 떠돌며 머무를 곳이 없었다.

그러나 나는 오로지 몸통을 강하게 하고 줄기를 약하게 하기 위해서, 또 배신하는 놈들을 거들지 않기 위해서 다시 깃발을 나부끼며 갑옷을 입고 군사를 일으켜 징 소리, 북소리 울리고 나가 여포의 무리를 흩어지게 했다. 이렇게 해서 조조를 구해주고 벼슬자리도 다시 찾아주었다. 이러고 보니 조조가 나 대신 연주 백성들의 칭찬을 듣게 되었다.

그런 뒤 황제께서 되돌아오신 뒤 여러 역적들이 날뛰었다. 나는 마침 기주에 있었는데 북쪽이 공격을 받아 떠날 수가 없었다. 그 대신 종사중랑 서훈을 보내 조조에게 종묘 등을 고치고 어린 황제를 잘 모시라 일렀다. 그러나 조조는 딴마음을 품고 황제를 을러대서 제 맘대로 하고, 황실을 업신여기고 나라의 법을 어지럽히면서 앉아서 삼 대를 부리고 나랏일을 제멋대로 했다. 벼슬을 주고 상을 주는 일도 멋대로이고, 벌을 주고 죽이는 일도 그 입 하나에 달려 있다. 제 마음에 드는 이는 대대로 빛이 나게 하고, 미워하는 이는 친가·외가·처가 가리지 않고

    박상률 완역 삼국지 2

다 죽이며, 모여서 떠드는 이들은 내놓고 죽이고, 속으로 불만을 품은 이들은 아무도 모르게 죽여버린다. 그래서 벼슬아치들은 입을 닫고 길에서 만나도 서로 눈짓만 할 뿐이다. 상서는 조회 사실만 기록하고, 공경은 그저 머릿수나 채우는 자리일 뿐이다.

태위 양표는 이사, 즉 사공과 사도 벼슬을 지낸 이로, 더는 올라갈 수 없을 데까지 벼슬이 올랐으나 조조의 눈 밖에 나서 엉뚱한 죄를 뒤집어쓰고 모진 일을 겪어야 했다. 조조는 이처럼 뭐든지 제 마음대로 하며 나라의 법과 기본적인 틀조차 깔아뭉갰다.

의랑 조언은 오로지 충성스런 마음에 바른 말을 잘하며 누구도 그 말을 받아들이지 않을 수 없게 해, 황제께서도 그의 말이라면 귀를 기울이시고 표정을 가다듬으며 더욱 조심하셨다. 조조는 이런 사람을 잡아 죽임으로써 말길을 막고, 황제께는 알리지도 않았다.

양효왕은 전 황제와 형제이시므로 그분의 능도 귀한 무덤이라 무덤 근처의 나무조차도 함부로 다루어서는 안 된다. 그런데 조조는 군사들을 끌고 가 무덤을 파헤쳐 관을 부수고 시체를 뒤적여 그곳에 묻혀 있던 금붙이들을 훔쳐갔다. 이에 황제께서는 눈물을 흘리셨고, 세상의 선비와 백성들도 다 슬퍼하였다.

조조는 무덤 파내는 일을 하는 벼슬자리까지 두고 여기저기서 마구 무덤을 파헤치는 바람에 드러나지 않는 해골이 없었다.

몸은 삼공의 자리에 있으면서 하는 짓은 도적질이라, 나라를 더럽히고 백성을 해치니 그의 독이 산 사람은 물론 죽은 사람에게까지 미치고 있다. 게다가 법은 모질기 짝이 없어 누구든 손을 벌리면 법의 그물에 걸리고, 발을 떼면 법의 함정에 빠진다. 이러니 연주와 예주 백성들은 근심 걱정 그칠 새가 없고 도읍에는 원망스런 한숨 소리 드높다. 이런저런 책을 아무리 훑어보아도 조조보다 더 욕심 많고 더 모진 신하는 실려 있지 않다.

나는 그동안 바깥 적을 물리치느라 미처 조조를 바로잡을 새가 없어 오히려 너그러이 보아주며 스스로 깨닫기를 기다려왔다. 그러나 조조는 승냥이와 이리 같은 마음을 품고 속으로 반란을 일으킬 계획을 짜 나라의 기둥을 꺾고 황실을 뭉개어 충신을 죽이거나 몰아내면서 겉으로 저 혼자 씩씩한 영웅 노릇을 하고 있다.

지난번에 북을 울려 북쪽의 공손찬을 칠 때, 적들은 내가 에워싸고 있는데도 1년이나 끈질기게 버티었다. 이때 조조는 공손찬에게 몰래 편지를 보내 겉으로는 나를 돕는 체하면서 속으로는 나를 치려 했다. 그러나 마침 편지를 가지고 가던 심부름꾼이 잡히는 바람에 들통이 나고 공손찬도 죽자 조조는 움츠러들며 뜻한 바를 이루지 못했다.

조조는 지금 오창에 군사를 모아놓고 강을 사이에 두고 싸울 준비를 단단히 하고 있으니, 이는 사마귀가 앞발을 들어 수레는 막는 것처럼 자기 분수도 모르고 덤비는 꼴이다. 나는 이제 한나라의 엄숙한 명령을 받들어 천하를 바로잡으려 하노라. 기다란 창을 든 군사가 1백만이요, 말 탄 군사 떼만도 1천에 이른다. 옛날의 씩씩한 용사들인 중황·하육·오획 같은 군사들이 좋은 무기와 활을 가지고 씩씩한 모습으로 앞장선다. 병주 군사는 태행산을 넘고, 청주 군사는 제수와 탑수를 건너고, 대군은 황하를 건너 앞머리를 들이받으며, 형주 군사는 완현과 섭현으로 가서 꽁무니를 치도록 하겠다. 마치 천둥처럼 요란하고, 호랑이처럼 달려들면 타오르는 불길로 마른 쑥을 태우듯 하고, 푸른 바닷물을 숯불에 끼얹듯 하므로 누구라도 배겨날 수 없으리라.

조조의 군사들 가운데 싸울 만한 이들은 거의 유주와 기주 사람들이라 옛날에 내 밑에 있던 이들이다. 그들은 가족이 그리워 북쪽 하늘을 바라보며 돌아갈 생각에 눈물을 흘릴 터이다. 나머지 군사들도 연주와 예주 사람들이거나 여포나 장양의 부하들로, 싸움에 지고 억지로 붙어 있는 이들이라 저마다 싸우고 싶은 마음이 없는 이들이다. 만약에 깃발을 높이 들고 높은 곳에 올라가 북소리만 한 번 내도 흙이 무너지듯 와르르 무너져 굳이 칼끝에 피를 묻힐 필요도 없다.

지금 황실이 약해져 질서가 깨진 바람에 황제를 제대로 모시는 신하 하나 없고, 가까운 이라 해도 적을 쳐서 꺾을 기운이 없

다. 도읍 가까운 곳의 뜻있는 신하들도 머리가 꺾이고 날개가
접혀 어쩔 줄을 모르고 있다. 충성스런 신하라 할지라도 지금
은 사나운 놈한테 짓눌려 있으니 어찌 그 마음을 내비칠 수 있
으랴.

조조는 황제를 보호한다며 날랜 군사 7백 명으로 궁을 둘러싸
고 있으나, 이는 황제를 감시하고 있는 꼴이다. 반란을 일으키
고자 하는 마음이 여기서 싹을 틔울지 몰라 두려울 뿐이다. 이
제야말로 충신들이 나서서 간과 뇌를 땅에 던질 때이고 열사가
공을 세울 때이니 힘을 보태지 않아서야 되겠는가!

조조는 황제의 명령이라 하며 여기저기로 사람을 보내 군사를
모으고 있다. 멀리 떨어진 고을에서 이 말을 그대로 믿을까 두
렵다. 만약 군사를 보낸다면 많은 사람의 뜻을 어기는 짓이며
역적의 무리와 손을 잡는 일이기에 세상의 웃음거리가 될 터이
다. 밝은 사람들은 그러면 안 되리라.

오늘 당장 유주·병주·청주·기주 네 곳에서는 한꺼번에 군사
가 나아간다. 이 글을 보는 대로 형주에서도 곧 군사를 일으켜
건충장군과 힘을 합친다. 여러 고을마다 의로운 군사를 일으켜
마땅한 자리로 나가 씩씩한 기운을 드날리어 나라를 바로잡는
다면 보통 이상의 공이 드디어 나타나는 일이리라.

조조의 머리를 베어 오는 이는 5천 호의 제후로 삼으면서 5천
만 전의 상금도 준다. 그의 부하들 가운데 항복해오는 이는 아

                              박상률 완역 삼국지 2

무런 죄도 묻지 않겠다. 널리 벼슬자리와 상금을 걸고 이 뜻을 알리노라. 모두들 황제께서 어려움에 빠지신 바를 알고 명령이 내리는 대로 따라하라!

원소는 이 글을 보자 무척 기뻐하며, 바로 사람을 시켜 각 고을에 보내라고 했다. 더불어 각 고을을 드나드는 길목과 나루 같은 곳에도 붙이라고 했다.

이 글이 허도에 왔을 때 조조는 마침 머리가 몹시 아파 누워 있었다. 아랫사람이 이걸 갖다 바치자 조조는 글을 읽고 어찌나 놀랐던지 몸이 오싹해지며 식은땀이 흘렀다. 그 바람에 머리 아픈 게 싹 사라져 병상에서 벌떡 일어나 앉으며 조홍에게 물었다.

"이걸 누가 지었다더냐?"

"진림이 지었다고 합니다."

조조가 웃으며 말했다.

"글대로 하자면 군사적인 계획이 뛰어나야 한다. 진림의 글은 뛰어나다만, 원소는 군사를 다루는 방법이 서투니 제가 어쩌겠냐!"

조조는 모사들을 들라 하여 의논을 시작했다.

이때 공융도 소문을 듣고 조조를 찾아와 이야기했다.

"원소의 세력은 엄청납니다. 굳이 싸우지 말고 달래보십시오."

순욱이 나섰다.

"원소는 보잘것없는 인간입니다. 무엇 때문에 달래라고 그러시오?"

공융이 차근차근 설명을 했다.

"원소는 넓은 땅에 강한 백성을 거느리고 있습니다. 부하인 허유·곽도·심배·봉기를 보십시오. 하나같이 능력이 뛰어난 사람들입니다. 전풍과 저수는 충성심이 뛰어나고, 안량과 문추는 전군을 통틀어 가장 씩씩한 장수입니다. 그 밖에 고람·장합·순우경 같은 이들도 보기 드문 장수들입니다. 이런데도 원소를 보잘것없는 인간이라고 할 수 있겠습니까?"

순욱이 웃었다.

"원소의 군사는 수만 많지 질서가 없습니다. 전풍은 너무 뻣뻣해서 윗사람이 오히려 뜻을 펼치지 못하고, 허유는 욕심만 많지 슬기로움이 없고, 심배는 잘난 척이나 하며 막무가내고, 봉기는 과감하기는 하나 남의 말을 듣지 않습니다. 이 사람들은 서로 어울리지 못해 반드시 그 안에서 틀어지고 맙니다. 안량이니, 문추니 하는 이들도 앞뒤 모르고 날뛰는 정도이니 한 번만 싸우면 바로 사로잡을 수 있습니다. 그

밖의 인간들이야 백만이 있다 해도 모두 쓸데없는 이들뿐입니다!"

공융은 더 말을 하지 못했다.

조조가 크게 웃었다.

"순문약의 말이 거의 틀림없소."

조조는 5만 명의 군사를 내주며 전군은 유대가, 후군은 왕충이 맡아 승상기를 앞세우고 서주로 가서 유비를 치라 했다.

유대는 원래 연주 자사였다. 조조가 연주를 빼앗자 항복해서 편장이 되었는데, 이번에 왕충과 함께 군사를 거느리고 나가게 되었다. 조조는 직접 20만 대군을 이끌고 여양으로 가서 원소를 막기로 했다.

정욱이 말했다.

"유대와 왕충이 제대로 해낼 성싶지 않습니다."

조조가 대답했다.

"나도 그 사람들이 유비를 해보기는 힘들다는 걸 알고 있소. 우선 겉이나 잔뜩 부풀려봅시다."

조조는 유대와 왕충을 불렀다.

"가볍게 덤비지 말고 기다려라. 내가 원소를 깨부수고 나서 유비를 치러 갈 테니 그리 알라."

유대와 왕충은 군사를 이끌고 떠났다.

조조는 군사를 이끌고 여양으로 갔다. 조조와 원소 양쪽 군사는 80리 거리를 사이에 두고 도랑을 깊이 파고 방어벽을 높이 쌓은 다음 8월부터 10월까지 서로 싸우지 않고 버티기만 했다.

허유는 심배가 전체 군사를 거느리는 걸 처음부터 마땅치 않게 여겼다. 저수는 원소가 자기 말대로 따라주지 않아 못마땅했다. 그래서 서로 뜻을 합치지 못해 나가 싸우지 않고 있었다. 원소 역시 여러 가지로 머뭇거려져 가만있었다.

조조는 여포 밑에 있다가 항복해온 장수인 장패를 불러 청주와 서주 쪽을 지키게 하고, 우금과 이전은 황하 위쪽으로 보냈다. 이어 조인은 대군을 이끌고 관도에 있게 한 뒤 자신은 군사 한 무리만 이끌고 허도로 돌아갔다.

한편 유대와 왕충은 군사 5만 명을 이끌고 서주성에서 1백 리 떨어진 곳에 영채를 세웠다. 조조가 직접 군사를 이끌고 온 듯 승상기를 중군 앞에 꽂아 대단한 싸움을 벌일 것처럼 잔뜩 부풀린 채 싸우러 나가지는 않고 하북 소식만 기다렸다. 유비 역시 조조군의 속을 알 수 없어 가볍게 움직이지 않고 하북 소식만 기다렸다.

그러던 어느 날 조조가 갑자기 유대와 왕충에게 사람을 보내 공격하라는 명령을 내렸다. 두 사람은 영채 안에서 의

　　　　　　　　　　박상률 완역 삼국지 2

논했다.

유대가 말했다.

"승상께서 성을 치라고 하시니 그대가 앞장서시오."

왕충이 고개를 저었다.

"승상께서는 그대에게 앞쪽 군사를 맡도록 하셨습니다."

"나는 주된 장수인데 먼저 나갈 수는 없잖소?"

"그럼 둘이 같이 나갑시다."

"그러지 말고 제비를 뽑아 정합시다."

제비뽑기 결과 왕충이 먼저 가게 되어 군사 절반을 이끌고 서주를 치러 나갔다.

유비는 조조의 군사들이 몰려온다는 보고를 받자 진등을 불러 의논했다.

"원본초가 여양에 있으면서도 아랫사람들의 다툼으로 아직 공격을 하지 못하고 있다는데 조조는 어디 있는지 모르겠소. 들리는 말에 따르면, 여양군에는 조조의 깃발이 없다는데 어째서 여기에는 있는지 모르겠소."

진등이 대답했다.

"조조는 워낙 속임수가 뛰어납니다. 하북이 더 중요하기 때문에 거기 가 있으면서도 일부러 깃발을 내세우지 않고 여기다 내세워 잔뜩 부풀리고 있을 겁니다. 조조는 분명히 여기 없습니다."

유비가 고개를 끄덕이며 관우와 장비를 돌아보았다.

"두 아우 가운데 누가 가서 적의 사정을 알아보겠느냐?"

장비가 나섰다.

"제가 다녀오겠습니다."

"너는 성질이 급하고 드세어서 안 된다."

"조조가 있으면 아예 잡아올 테니 보내주십시오!"

관우가 나섰다.

"제가 가서 살펴보고 오겠습니다."

유비가 고개를 끄덕였다.

"운장이 간다면 마음이 놓이겠다."

마침내 관우는 군사 3천 명을 거느리고 서주성을 나갔다.

초겨울의 하늘을 덮고 있던 짙은 구름이 눈발을 뿌려댔다. 군사와 말 모두 휘날리는 눈을 그대로 뒤집어쓰며 진을 쳤다. 관우가 칼을 들고 말을 달려나가 큰소리로 왕충을 불렀다.

왕충이 나와 소리 질렀다.

"승상께서 와 계시는데 어째 항복하지 않느냐?"

"그러면 승상보고 나오시라고 해라. 내 할 말이 있다."

"승상께서 너 같은 놈을 무엇 때문에 만나시겠느냐!"

관우가 성을 내며 달려나갔다. 왕충도 창을 뻗쳐들고 나왔다. 두 마리 말이 서로 어우러지려 할 때 관우가 갑자기 말 머리를 돌리더니 달아났다. 왕충은 곧장 뒤쫓았다. 산언덕을 막 돌아갈 때쯤 관우가 말을 돌리더니 소리를 크게 지르고 춤추듯 칼을 놀리며 왕충에게 덤벼들었다. 왕충은 해볼 수가 없어 급히 도망가려 했다. 관우는 칼을 왼손으로 바꿔 잡은 뒤 오른손을 뻗어 왕충의 갑옷을 움켜잡더니 말에서 끌어내린 뒤 다시 자기 말로 들어올려 옆에 끼고 돌아왔다. 왕충의 군사들은 뿔뿔이 흩어졌다. 관우는 왕충을 묶어 서주성으로 들어가 유비 앞으로 끌고 갔다.

유비가 물었다.

"너는 누구이며 어떤 벼슬을 살고 있는데 겁도 없이 조승상이라 속였더냐?"

왕충이 대답했다.

"제가 어찌 주제넘게 속임수를 쓰겠습니까? 명령을 받들어 그렇게 부풀렸을 뿐입니다. 승상께서는 여기 계시지 않습니다."

유비는 그에게 옷과 음식을 주어 가둬놓으라 한 뒤 유대를 잡아와서 다시 의논하자고 했다.

관우가 말했다.

"저는 형님께서 다툼을 그치고 싶어 하시는 뜻을 알았기에 사로잡아왔습니다."

유비가 말했다.

관우가 왕충을 사로잡다.

"나는 익덕이 성질이 급하고 드세어서 왕충을 죽일까봐 보내지 않았다. 이런 사람은 죽여봤자 아무런 도움이 되지 않는다. 살려두었다가 다툼을 그치고자 할 때 쓸 수 있으면 그 정도로 알맞다."

장비가 나섰다.

"둘째 형님이 왕충을 잡아왔으니 저도 가서 유대를 사로잡아오겠습니다."

유비가 말했다.

"유대는 연주 자사까지 지냈고, 호뢰관에서 동탁을 칠 때는 한 진을 맡은 제후의 한 사람이었다. 지금 앞쪽을 맡아왔다고 쉽게 생각해서는 안 된다."

"그 정도밖에 안 되는 놈을 왜 자꾸 들먹이시오? 저도 둘째 형님처럼 사로잡아올 테니 두고 보십시오."

"네가 유대를 죽여 큰일을 그르칠까봐 그런다."

"만약에 유대가 죽으면 제 목을 내놓겠습니다."

마침내 유비가 군사 3천 명을 이끌고 다녀오라 했다. 장비는 곧장 떠났다.

한편 유대는 왕충이 사로잡히자 영채만 굳게 지키며 꼼짝도 하지 않았다. 장비는 날마다 유대의 영채 앞에 가서 욕설을 퍼부어댔다. 유대는 욕설을 퍼부어대는 이가 장비인 줄 알자 더욱 꼼짝도 하지 않았다.

장비는 며칠이 지나도 유대가 꼼짝도 하지 않자 꾀를 하나 생각해내고 오늘 밤 이슥해질 무렵 쳐들어갈 테니 준비하라는 명령을 군사들에게 내렸다. 그런 다음 장비는 한낮부터 술을 마시며 취한 체했다. 그런 뒤 벌 받을 일이 있는 군사 하나를 불러다 매질을 한 다음 묶어놓으며 말했다.

"오늘 밤에 적을 들이치러 가기 전에 제사 지낼 때 너를 잡아 쓰겠다."

그런 뒤 장비는 아랫사람을 불러 달아날 수 있게 살짝 풀어주라고 했다.

그 군사는 풀리자마자 몰래 영채를 빠져나와 유대의 영채로 달아나서 장비가 오늘 밤 쳐들어온다는 말을 전했다. 유대는 도망쳐온 군사의 온몸이 매 자국으로 얼룩져 상처투성이인 것을 보고 그 말을 그대로 믿었다. 그래서 서둘러 영채를 비우고 군사들은 바깥에 숨어 있게 하였다.

밤이 되자 장비는 군사를 세 길로 나누었다. 가운데를 맡은 30명 넘는 군사들이 유대의 영채로 몰려가 불을 지르게 하고, 양쪽을 맡은 군사들은 영채 뒤쪽에 숨어 있다가 불길이 솟는 걸 신호로 삼아 양쪽에서 들이치도록 했다. 밤이 이슥해지자 장비는 직접 날랜 군사를 거느리고 나가 유대가 달아날 길을 미리 막아놓았다. 가운데를 맡은 30명 넘는 군사들이 뛰어들어 영채에 불을 질렀다. 숨어 있던 유대의 군사들이 뛰쳐나왔다. 그 순간 장비의 군사들이 양쪽에서 덮쳤다. 유대의 군사들은 저절로 어지러움에 빠져 장비의 군사가 많은지 적은지도 모르고 이리저리 흩어져 달아났다.

유대는 남은 군사 한 무리를 이끌고 길을 뚫고 달아나다 장비와 바로 맞닥뜨렸다. 하필 좁은 길이라 유대는 피할 새도 없었다. 말이 어우러져 1합도 채우기 전에 유대는 장비에게 사로잡히고 말았다. 나머지 군사들은 모두 항복했다.

장비는 이 소식을 서주에 급히 알렸다.

유비가 보고를 받고 나서 관우에게 말했다.

"익덕이 급하고 드세어서 걱정이었는데 이제 꾀를 쓸 줄 아니 더는 걱정 안 해도 되겠다."

장비가 돌아오자 유비는 성 밖까지 직접 나가 맞았다.

장비가 말했다.

"형님은 저보고 만날 급하고 드세기만 하다고 하셨는데 오늘 보니까 어떻습니까?"

유비가 말했다.

"내가 그런 말로 늘 조심을 시키지 않았으면 네가 어찌 꾀를 쓸 생각을 했겠느냐!"

장비가 기분 좋게 웃었다.

유비는 유대가 꽁꽁 묶인 채 끌려오자 얼른 말에서 내려 밧줄을 풀어주며 부드럽게 말했다.

"내 아우 장비가 버릇없이 굴었군요. 부디 이해해주시기 바랍니다."

유비는 유대를 서주성으로 맞아들인 뒤 왕충도 데려오라 해서 함께 대접을 하며 말했다.

"지난번에 차주가 나를 죽이려 하기에 어쩔 수 없이 그 사람을 죽였는데, 승상께서는 내가 배반이라도 한 줄 알고 두 장군을 보내 나를 치게 했으니 나로서는 참으로 억울한 일이오. 나는 승상의 은혜를 많이 입은 사람이라 늘 은혜 갚을 일만 생각하고 있소. 내 어찌 주제넘게 배반을 하겠소? 두 분 장군께서 허도로 돌아가셔서 내 속마음을 잘 말씀드려주신다면 정말 고마운 일이겠소."

유대와 왕충이 말했다.

"사군께서 저희를 살려주신 은혜가 참으로 큽니다. 마땅히 승상께 잘 말씀드리겠습니다. 우리 두 집안 식구들 모두의 목숨을 걸고라도 사군을 위해 애쓰겠습니다."

유비가 고마움을 나타냈다.

다음 날 유비는 그들이 거느리고 왔던 군사와 말을 다 내어주며 성 밖까지 나가 배웅을 했다. 두 사람이 10리도 채 못 갔을 때였다. 갑자기 북소리가 울리더니 장비가 뛰어나와 길을 막았다.

"우리 형님은 뭘 몰라도 한참 모르시는 사람이다! 기껏

사로잡은 적의 장수를 뭣 때문에 놓아주신단 말이냐?"

유대와 왕충은 말 위에서 벌벌 떨기만 했다. 장비가 고리눈을 부릅뜨고 창을 치켜든 채 내달리려 하는데 갑자기 등 뒤에서 한 사람이 나는 듯이 말을 달려오며 소리쳤다.

"함부로 굴지 마라!"

관우였다. 유대와 왕충은 그때에야 겨우 마음이 놓였다.

관우가 장비를 나무랐다.

"형님이 이미 놓아주셨는데 왜 명령을 따르지 않느냐?"

장비가 투덜댔다.

"지금 놓아주면 또 온단 말이오!"

"다시 오면 그때 죽여도 늦지 않다."

유대와 왕충은 거듭거듭 사정하며 애가 달았다.

"승상께서 친가·외가·처가를 다 죽인다 해도 다시는 오지 않을 테니 장군께서는 한번 봐주시오."

장비가 을러댔다.

"조조가 온다 해도 한 놈도 살려 보내지 않겠다! 이번만 네놈들 대갈통을 그대로 붙여두겠다!"

유대와 왕충은 머리를 감싸안은 채 뒤도 안 돌아보고 달아났다.

관우와 장비는 돌아가 유비에게 말했다.

"조조가 반드시 우리를 치러 다시 올 겁니다."

손건이 유비를 보며 말했다.

"서주는 적이 공격하기 쉬운 곳이라 오래 있을 만한 데가 못 됩니다. 소패하고 하비성 양쪽에 군사를 나누어 있게 해서 조조를 막을 계획을 세웁시다."

유비는 그 말을 좇아 관우가 하비성을 맡도록 했다. 감부인과 미부인도 관우와 함께 하비로 가도록 했다. 감부인은 원래 소패 사람이고, 미부인은 미축의 누이이다. 손건·간옹·미축·미방은 서주를 지키고, 유비는 장비와 같이 소패에 있기로 했다.

허도로 돌아간 유대와 왕충은 조조에게 유비가 배반한 게 아니라고 말했다. 조조는 있는 대로 화를 냈다.

"나라를 욕보인 놈들을 살려두어 어디다 쓰겠느냐!"

그런 뒤 두 사람을 끌고 나가 목을 베라고 소리쳤다.

개와 돼지가 어찌 호랑이를 해보겠는가
물고기와 새우가 용과 헛되이 싸웠구나

과연 유대와 왕충 두 사람의 목숨은 어찌 될는지……

예형과 길평

예정평은 옷을 벗어 역적을 욕보이고
태의 길평은 독약을 쓰려다 도리어 죽다

조조가 유대와 왕충의 목을 베려 하자 공융이 말렸다.

"두 사람은 처음부터 유비를 해볼 수 있는 사람이 아니었습니다. 그런데도 죽여버린다면 장수들의 마음만 잃게 됩니다."

조조는 그 말을 받아들여 두 사람을 죽이지는 않고 벼슬자리를 빼앗는 걸로 일을 마무리지었다. 그런 다음 직접 유비를 치기 위해 군사를 일으키려 했다. 다시 공융이 말렸다.

"지금은 한겨울로 가장 추운 때입니다. 군사를 일으킬 때가 아닙니다. 내년 봄에 쳐도 늦지 않습니다. 그 사이에 장수와 유표에게 사람을 보내 우리 쪽으로 끌어들인 뒤에 서주를 치도록 하시지요.”

조조는 그 말 역시 옳게 여겨 먼저 유엽을 장수에게 보내 달래보도록 했다. 양성에 다다른 유엽은 가후에게 가서 조조의 덕스러움을 칭찬했다. 가후는 유엽을 일단 자기 집에 머물도록 했다.

다음 날 가후는 장수를 만나, 조조가 유엽을 보내 자기 밑으로 들어오라고 권한다는 말을 전하고 그에 따른 일을 의논했다. 그때 원소가 보낸 사람이 왔다. 장수가 그를 들어오라 하여 원소의 편지를 받아 읽었다. 원소 역시 장수를 자기 편으로 끌어들이려고 하였다.

가후가 그에게 물었다.

“군사를 일으켜 조조를 친다는 소식을 들었는데, 그 뒤 이기고 지는 게 어찌 되었소?”

“너무 추운 때라 일단 군사를 거두었습니다. 여기 계신 장군은 형주의 유표와 더불어 나라의 뛰어난 인물이십니다. 그래서 이렇게 찾아뵈었지요.”

가후가 웃음을 크게 터뜨린 뒤 비아냥거렸다.

“돌아가서 본초에게 이렇게 전해라. 형제하고도 같이하지 못하면서 어찌 세상의 인물을 들먹이느냐고 말이다.”

가후는 바로 원소의 편지를 발기발기 찢어버린 다음 심

부름 온 사람을 쫓아버렸다.

장수가 걱정스레 쳐다보았다.

"지금 원소가 조조보다 더 강한데, 원소가 보낸 편지를 찢어발기고 편지를 가져온 사람까지 그 자리에서 쫓아버렸으니, 원소가 쳐들어올까봐 걱정이오."

가후가 딱 부러지게 말했다.

"조조 쪽에 붙으면 됩니다."

"내 이미 조조와 원수진 사이요. 그런데 조조가 나를 받아주겠소?"

가후가 차분히 말했다.

"조조를 따라야 하는 이유는 세 가지입니다. 무엇보다도 조조는 천자의 명령을 겉으로 내세우며 천하의 힘을 모으고 있습니다. 또 원소는 지금 힘이 세므로 우리 정도가 붙어봐야 크게 대접을 하지 않지만, 조조는 지금 힘이 더 약하기에 우리가 붙으면 아주 좋아합니다. 게다가 조조는 속으로 엄청난 뜻을 품고 있어 세상인심을 얻으려고 웬만한 일은 털어버리며 덕을 베푸는 모습을 보이고 있습니다. 이러니 조조를 따르는 게 가장 나은 길입니다. 장군은 더 망설이지 마시지요."

장수는 그 말을 좇아 유엽을 들라 하여 만났다. 유엽은 조조의 덕을 입에 침이 마를 정도로 늘어놓았다.

“승상께서 장군과의 지난 일을 가슴에 품고 있다면 저를
보내 장군과 함께하자고 하셨겠습니까?”

장수는 크게 기뻐하며 조조 밑으로 들어가기 위해 가후
등과 함께 허도로 갔다.

장수가 섬돌 아래에서 절을 하자 조조가 급히 그를 일으
킨 다음 손을 잡았다.

“지나간 일들은 마음에 두지 맙시다.”

조조는 장수를 양무장군으로, 가후를 집금오로 삼았다.
이어 조조는 장수에게 유표를 끌어들이는 편지를 써 보내
도록 하였다.

가후가 나섰다.

“유경승은 명사들과 어울리기를 좋아하니 글재주가 좋은
사람을 보내 설득시키면 뜻을 이룰 수 있습니다.”

조조가 순유를 돌아보았다.

“그렇다면 누가 가는 게 좋겠소?”

“공문거가 가면 딱 좋겠습니다.”

조조가 고개를 끄덕였다. 순유는 곧바로 공융을 만났다.

“승상께서 글재주 좋은 사람 하나를 뽑아 심부름 보내려
합니다. 공께서 다녀오시지 않겠습니까?”

공융이 고개를 저었다.

“내 친구 가운데에 예형이라는 이가 있소. 자는 정평인데

재주가 나보다 열 배는 뛰어난 사람이오. 이 친구는 황제를 가까이서 모실 만한 자격이 넉넉한 사람이오. 심부름이나 맡기고 말 사람이 아니니까 내 직접 황제께 추천하겠소.”

공융은 황제에게 올릴 글을 지었다.

제가 듣기로 요 임금께서는 홍수가 나자 이를 갈무리하기 위해 어질고 뛰어난 사람을 널리 구했다고 합니다. 또 옛적에 세종 께서도 자리를 이어받아 나라의 바탕을 단단히 하기 위해 널리 사람을 구하자 재주 있는 사람들이 모여들었다 합니다. 깊고 밝으신 폐하께서 자리를 이어받으신 뒤 뜻하지 않게 좋지 않은 난리를 만났지만, 몸을 낮추고 애를 쓰신 까닭에 신령이 내려 오듯 특별한 사람도 나타나고 있습니다.

자가 정평인 평원 사람 예형은 스물네 살인데, 어질고 곧으며 재주가 남달라 뭇사람 가운데 가장 으뜸입니다. 어려서부터 학 문과 예술을 두루 닦아 깊은 뜻을 깨우쳤으며, 눈으로 한 번 보 기만 하면 곧바로 외워 입으로 나오고, 귀로 슬쩍 듣기만 해도 그대로 머릿속 깊이 새겨집니다. 타고난 성질은 바로 올바름 그 대로이고, 생각은 귀신도 놀랄 정도여서 홍양의 속셈 실력이나 안세의 기억력도 못 당할 듯합니다. 게다가 충성스럽고 맺고 끊 는 게 또렷하며, 서리나 눈처럼 깨끗한 마음을 지녀 착한 걸 보 면 스스로 그만큼 못 되는 수준을 부끄러워하며 나쁜 건 원수 보듯 합니다. 임좌의 입바른 행동이나 사어의 곧은 절개도 예형을 뛰어넘지는 못할 듯합니다.

보통 매 수백 마리보다는 사나운 독수리 한 마리가 낫습니다. 예형을 불러다 나라에서 쓰면 반드시 이름에 걸맞은 몫을 다하리라 여겨집니다. 그의 말과 글은 기운이 넘치고 막힘이 없습니다. 따라서 그는 적 앞에서도 여유 있는 자세로 막히고 얽힌 걸 술술 풀어내리라 여겨집니다.

옛적에 가의는 일부러 오랑캐 나라의 벼슬아치가 되어 그 나라 왕이 스스로 따르도록 했으며, 종군은 긴 갓끈으로 거센 월나라 왕을 묶어오겠다고 했습니다. 옛사람들은 이들의 젊은 용기와 뜻을 어여삐 여겼습니다. 요즘엔 노수와 엄상이 그들의 특별한 재주가 돋보여 뽑히었습니다. 예형도 그들 못지않은 사람입니다. 예형을 뽑아 쓰면 그는 용이 되어 하늘로 올라가 은하수에 날개를 펼치고, 자미별자리에 소리를 울리고, 무지개 위에 빛을 드리워서 뭇 선비들의 자리까지 밝게 하고, 여러 곳을 다 편하게 할 사람입니다. 하늘의 음악에는 그에 맞는 아름다움이 있고, 황실에는 특별한 보물이 쌓여 있겠지만, 예형 같은 이는 그리 흔치 않은 사람입니다.

격초와 양아 같은 기가 막힌 음악은 음악 하는 사람들이 탐내고, 비토와 요뇨 같은 날랜 말은 말을 잘 보는 왕량과 백락이 다투어 얻고자 했습니다. 더 말씀드리지 않겠습니다. 폐하께서는 사람을 쓰는 데에 조심스러우시므로 몸소 시험을 해보십시오. 바라옵건대 예형을 입은 그대로 불러보십시오. 만약에 특별한 재주를 찾을 수 없다면 그때는 사람을 잘못 추천한 죄에 따른 벌을 받겠습니다.

황제는 이 글을 읽은 뒤 조조에게 주었다. 조조는 곧바로 사람을 시켜 예형을 불러오게 하였다. 예형이 오자 조조는 인사를 나누고도 앉으라는 소리를 하지 않았다. 이에 예형이 하늘을 우러러 길게 한숨을 내뱉었다.

"하늘과 땅은 너른데 사람은 하나도 없구나!"

조조가 맞받았다.

"내 밑에 있는 수십 명이 모두 요즘 세상의 영웅인데 사람이 없다니, 무슨 말이냐?"

"어떤 사람이 있는지 들어봅시다."

"순욱·순유·곽가·정욱은 슬기로운 꾀가 뛰어나 한나라를 세울 때 공을 세운 소하와 진평이 다시 살아온다 해도 이들을 따를 수 없다. 또 장료·허저·악진·이전은 매우 씩씩해 옛날 뛰어난 장수였던 잠팽이나 마무라도 해볼 수 없을 터이다. 여기에 종사를 맡은 여건과 만총이 있고, 항상 앞장세울 수 있는 우금과 서황이 있으며, 세상에 뛰어난 재주꾼인 하후돈에 복스런 장수 조자효가 있는데 어찌 사람이 없다는 말이냐?”

예형이 껄껄 웃었다.

“공의 말씀은 틀린 말이오. 나도 그런 사람을 알고 있소. 순욱은 사람 죽은 데나 보내고 아픈 사람 안부나 물으러 보내면 딱 알맞고, 순유는 묘지기나 하면 되고, 정욱은 관문 여닫는 문지기나 시키면 알맞고, 곽가는 남의 글 외우는 일이나 하게 하면 됩니다. 장료는 북이나 징을 치게 하면 잘하고, 허저는 소나 말을 치는 일에, 악진은 문서 읽는 일에, 이전은 급한 편지나 격문 심부름 시키는 일에, 여건은 칼이나 갈고 벼르는 일에 알맞은 사람이오. 만총은 술독 찌꺼기 치우는 일에, 우금은 널빤지나 져다 담장이나 막는 일에, 서황은 개나 돼지 잡는 일에 딱 맞는 사람이오. 하후돈은 저 혼자 잘난 장군이고, 조자효는 돈밖에 모르는 태수라고나 할 만하오. 사정이 이러하니 나머지 사람들이야 핫바지고 밥버러지고 술 바가지에 고깃덩이지요 뭐.”

조조의 낯빛이 붉으락푸르락했다.

“그럼 너는 뭘 할 수 있느냐?”

“나는 하늘과 땅의 이치에 대해 모르는 게 없고, 유교·불교·선교 등 삼 교는 물론이고 유학을 비롯한 아홉 갈래의 학문도 다 꿰뚫고 있소. 그래서 위로는 임금을 요순 임금처럼 훌륭하게 만들 수 있고, 아래로는 공자·안연 같은 덕을

갖추게도 할 수 있는데 어찌 속된 무리들과 견주려고 듭니
까!"

곁에 있던 장료가 더 참지 못하고 칼을 빼어 들어 죽이려
했다.

조조가 손을 내저었다.

"지금 마침 북 치는 사람 자리가 하나 비어 있다. 예형에
게 조회나 잔치가 열릴 때 북 치는 일을 맡아 하도록 하라."

예형은 마다하지 않고 그 일을 맡겠다고 한 뒤 물러갔다.

장료가 조조에게 따졌다.

"그놈 말본새가 버르장머리라곤 눈곱만큼도 없는데 왜
못 죽이게 하셨습니까?"

"그놈은 헛이름이 세상에 꽤나 나 있다. 만약에 그놈을 죽
이면 세상 사람들은 나를 보고 속이 좁다며 혀를 찰지 모른
다. 그놈이 저 잘난 맛에 못하는 게 없다고 했기에 북 치는
자리나 주어 창피나 안겨줄 생각이다."

다음 날 조조는 손님들을 잔뜩 불러모아 잔치를 연 뒤 북
을 치게 하였다.

전부터 북 치는 일을 맡고 있던 이가 예형에게 말했다.

"북을 칠 때는 새 옷으로 갈아입어야 합니다."

그러나 예형은 낡은 옷차림 그대로 북을 치러 갔다. 마침
내 예형은 직접 지은 '어양삼과'라는 곡을 치기 시작했다.

북의 장단과 곡조가 뭔가 모르게 야릇해서 깊고 그윽한 소리가 어울려 나왔다. 사람들은 북소리를 듣는 순간 가슴이 미어지는 슬픔이 밀려와 눈물을 흘리지 않을 수 없었다.

조조 곁에 있는 이들이 느닷없이 소리 질렀다.

"왜 옷을 갈아입지 않았느냐?"

예형은 아무 대꾸 없이 바로 그 자리에서 낡은 옷을 하나하나 벗어던졌다. 예형의 알몸이 그대로 드러나자 사람들이 낯을 가렸다. 그제야 예형은 느릿느릿 바지를 입기 시작했다. 낯빛 하나 바뀌지 않았다.

조조가 꾸짖었다.

"조정에서 버르장머리 없이 이 무슨 짓인고?"

예형이 대꾸했다.

"임금을 속이는 일이 버르장머리 없는 짓이다. 나는 부모님한테서 받은 몸을 그대로 내보여 깨끗함을 나타냈을 뿐이다!"

조조가 다시 소리 질렀다.

"네가 깨끗함을 나타냈으면, 대체 누구를 보고 더럽다고 하느냐?"

"너는 눈이 더러워 어진 사람과 어리석은 사람을 구분할 줄 모르고,《시경》과《서경》을 읽지 않아 입이 더럽고, 옳고 곧은 말을 듣지 않아 귀가 더럽고, 옛날과 오늘을 꿰뚫지 못하니 몸이 더럽고, 제후들을 감싸안을 줄 모르니 뱃속이 더럽고, 자나 깨나 역적질 할 생각만 하니 마음이 더러워 그렇다! 세상에 이름을 떨치고 있는 선비더러 북이나 치라고 했으니, 이는 양화가 공자를 업신여기고 장창이 맹자를 해치려 한 짓과 똑같다. 큰 뜻을 이루고자 하는 이가 이렇듯 나를 놀릴 수 있느냐?”

자리에 있던 공융은 조조가 예형을 바로 죽일지 몰라 조용히 일어나 조조에게 말했다.

“예형이 하는 짓을 보니 죄를 물어 막노동이나 시키는 게 마땅합니다. 옛날 어느 밝은 임금은 꿈속에서 본 사람을 막노동판에서 찾아 썼다지만, 그렇게 뽑아서 쓸 만한 사람은 아닙니다. 너무 신경 쓰지 마십시오.”

조조가 예형을 손가락으로 가리키며 말했다.

“너를 형주로 보내야겠다. 만일 유표가 와서 항복을 한다면 너를 공경으로 대접하겠다.”

예형은 선선히 말을 듣지 않았다. 그러나 조조는 말 3마리를 준비시킨 뒤 양쪽에서 붙들고 가게 했다. 이어 동문 밖에 술자리를 마련하고 벼슬아치들을 내보내 배웅하게 했다.

순욱이 배알이 뒤틀린 소리를 냈다.

“예형이 와도 일어나지 말고 모두 자리에 그냥 앉아 있읍시다.”

　　　　　　　　　　　　　　　博상률 완역 삼국지 2

예형이 이르러서 보니 모두들 조용히 앉은 채 꼼짝도 하지 않았다. 예형이 갑자기 목놓아 울기 시작했다.

순욱이 물었다.

"왜 우는가?"

"시체들 앞을 지나가는데 눈물이 나지 않겠는가?"

모두들 화가 치밀어 되는 대로 지껄였다.

"우리가 시체라면 너는 머리통도 없는 미친 귀신이다!"

"너희들은 조조의 패거리라서 머리가 없지. 그러나 나는 한나라의 신하라서 마땅히 섬길 머리가 있는데 왜 없다고 하느냐?"

사람들이 달려들어 그를 죽이려 하였다. 그러나 순욱이 뜯어말렸다.

"쥐 새끼나 참새 새끼 정도밖에 안 되는 놈 때문에 칼을 더럽힐 수는 없소!"

"내가 쥐 새끼든 참새 새끼든, 나는 사람의 마음을 지녔다. 그런데 너희들은 어떠냐? 꼭 나나니벌이 물어다 기른 벌레 같다."

벼슬아치들은 저마다 욕을 하며 흩어졌다.

예형은 형주로 가서 유표를 만나 겉으로는 유표를 띄우는 척하면서 속으로는 비꼬임이 들어 있는 말만 내뱉었다.

기분이 나빠진 유표는 예형에게 강하로 가서 황조를 만나
보라며 따돌려 보냈다.

곁에 있던 이가 유표의 뜻을 몰라 뜻밖의 표정을 지었다.

"예형이 주공을 놀리고 업신여겼는데 왜 당장 죽이지 않
습니까?"

유표가 대답했다.

"예형은 조조도 여러 차례 놀려댔소. 그러나 조조 역시 그
사람을 죽이지 않았소. 세상의 인심을 잃을까봐……. 그래
서 나한테 보내 내가 그 사람을 죽여주길 바랐소. 어진 사람
을 죽였다는 말을 나한테 뒤집어씌우고 싶었으니까. 내가
예형더러 황조한테 가라고 한 뜻은 조조한테 나도 생각이
깊다는 걸 보여주기 위해서요."

모두들 고개를 끄덕이며 칭찬을 아끼지 않았다.

이때 원소가 보낸 사람이 왔다. 유표가 모사들을 모아놓
고 의논을 시작했다.

"원본초가 사람을 보내왔고, 조맹덕도 예형을 보내 지금
여기 있소. 어느 쪽을 따를까요?"

종사중랑장 한숭이 대답했다.

"지금 두 영웅이 버티고 있습니다. 장군께서 뭔가 큰 뜻을
이루시려면 지금 그 사람들을 쳐부수어야 합니다. 그런 뜻
이 없으시다면 둘 가운데에 더 나은 쪽을 따라야겠지요. 지

금 조조는 군사를 잘 부리고 있는데다 재주가 뛰어난 부하들이 많습니다. 조조는 틀림없이 원소를 먼저 친 다음에 우리 쪽으로 몰려옵니다. 그렇게 되면 장군의 힘으로는 막아내기가 힘듭니다. 차라리 형주를 조조한테 바치시지요. 그렇게 하면 조조는 장군을 잘 대접할 테니까요."

"그럼 그대가 일단 허도로 가서 그쪽 사정을 살펴보고 오시오. 그런 다음 다시 의논합시다."

"임금과 신하는 저마다 정해진 자리가 있습니다. 저는 지금 장군을 모시고 있기 때문에 명령만 내리시면 끓는 물 속이든 불 속이든 마다하지 않고 바로 뛰어들 수 있습니다. 장군께서 위로는 천자를 받들어 모시고 아래로는 조공을 따르시려거든 저를 보내십시오. 그러나 마음에 의심이 일어 망설여지면 그만두십시오. 제가 거기 가서 천자께서 내린 벼슬이라도 받게 되면 저는 천자의 신하가 되어야 하므로 다시는 장군을 위해 죽을 수 없게 됩니다."

"일단 가서 사정부터 살펴보시오. 나도 생각이 있소."

한숭은 유표와 인사를 나눈 뒤 허도로 가서 조조를 만났다. 조조는 바로 한숭을 시중으로 삼고 아울러 영릉 태수를 맡도록 했다.

순욱이 고개를 갸우뚱했다.

"한숭은 우리네 사정이나 살피러 왔지 아직 조그마한 공도 세운 바가 없습니다. 그런데 덜컥 이렇듯 높은 벼슬부터 내리시는 뜻을 알 수 없습니다. 더더구나 예형한테선 아무런 소식도 없는데 승상께선 사람만 보내놓고 어찌 되었는지 묻지도 않으시니 어인 일이십니까?"

"예형은 나를 지나치게 놀려대기에 유표의 손을 빌려 죽이려고 보냈소. 다음 일을 구태여 물을 게 뭐 있소?"

조조는 한숭더러 형주로 돌아가서 유표를 설득하라고 했다. 형주로 돌아온 한숭은 유표에게 조정의 크고 높은 덕을 들먹이며 아들을 조정으로 보내 천자를 모시도록 권했다.

유표가 몹시 화를 내며 한숭을 죽이려 들었다.

"네가 두 마음을 먹고 나를 놀리는구나!"

한숭이 크게 소리 질렀다.

"무슨 말씀이십니까? 장군께서 저를 버리셨지, 제가 장군을 버린 게 아닙니다!"

그때 괴량이 나섰다.

"한숭이 떠나기 전에 이런 일이 있을 걸 이미 말한 바 있습니다."

유표는 하는 수 없이 한숭을 용서했다.

이때 사람이 들어와 황조가 예형을 죽였다는 보고를 했다. 유표가 사정을 묻자 그 사람이 자세히 일렀다.

"황조가 예형과 함께 술을 취하도록 마신 뒤 예형에게 허도에서 누가 인물이더냐고 물었답니다. 그러자 예형이 그나마 큰아이 노릇이나 하는 이는 공문거이고, 작은아이 노릇을 하는 이는 장덕조인데, 두 사람을 빼면 인물이라고 할 사람이 하나도 없다고 했답니다. 이때 황조가 자기 같은 사람은 어떻냐고 묻자 예형이 대답하기를, '너는 사당 안의 귀신처럼 제삿밥은 곧잘 받아먹으면서도 신비로운 기운은 못 쓰는 놈이다'라 했답니다. 그러자 황조가 발끈해서 이놈이 자기를 나무토막이나 흙덩이로 여긴다며 목을 베었다 합니다. 예형은 죽으면서도 끝까지 입을 다물지 않았답니다."

유표는 예형의 죽음을 안타까워하며 그의 주검을 거두어 앵무주 가에 묻어주도록 했다.

훗날 어떤 사람이 예형을 안타까워하며 시를 읊었다.

황조 재주가 보잘것없어서

예형의 머리 여기다 묻었다네

오늘 앵무주 옆 지나노라니

무정하게 푸른 물만 넘실대는구나

한편 조조는 예형이 죽었다는 소식을 듣자 한껏 비웃으며 말했다.

"썩어빠진 선비놈이 제 혓바닥으로 저를 찔러 죽었구나!"

조조는 유표가 항복하러 오지 않자 바로 군사를 일으키려 했다. 그러자 순욱이 말렸다.

"원소도 아직 무찌르지 못하고 유비도 쓸어버리지 못했는데, 유표를 치기 위해 군사를 일으키는 건 가슴을 내놓은 채 손발을 살피는 꼴과 같습니다. 원소를 무찌르고 유비를 무찌르고 나면 유표는 한 번에 쓸어버릴 수 있습니다."

조조는 그 말을 따랐다.

한편 동승은 유비가 떠난 뒤에도 왕자복 등을 밤낮으로 만나 조조를 없앨 방법을 의논했으나 좋은 수가 떠오르지 않았다.

건안 5년 정월 초하룻날, 동승은 새해 인사를 하기 위해 조정에 들어갔다가 조조가 더욱 설치는 꼴을 보고 온 뒤 분을 다스리지 못해 병이 나고 말았다. 황제는 국구가 병이 난 걸 알자 태의를 보내 치료하도록 했다. 태의는 낙양 사람으로 병을 아주 잘 고쳤다. 원래 이름은 길태이고 자는 칭평인데, 사람들은 그를 길평이라 불렀다.

동승의 집에 간 길평은 약을 쓰고 치료를 하며 동승의 곁을 잠시도 떠나지 않았다. 동승은 쉴 새 없이 한숨을 내쉬었지만 길평은 까닭을 물어보지 못한 채 지켜보기만 했다.

정월 대보름날이었다. 길평이 돌아가기 위해 인사를 하

자 동승이 붙잡았다. 두 사람은 밤이 이슥하도록 술잔을 기울였다. 술에 취하자 동승은 옷을 입은 채 그대로 쓰러져 잠이 들고 말았다.

얼마나 잤을까. 갑자기 왕자복을 비롯한 네 사람이 찾아왔다는 연락이 왔다. 동승은 나가서 그들을 맞았다.

왕자복이 말했다.

"큰일을 이룰 기회가 왔습니다."

동승이 놀라 물었다.

"정말이오? 어찌 된다는 얘기요?"

"유표가 원소와 같이 오십만 군사를 일으켜 열 길로 나누어 쳐들어오고, 마등은 한수와 함께 칠십이만 서량군을 몰고 북쪽에서 쳐들어오고 있답니다. 이에 맞서 조조는 허창의 군사를 모두 끌어모아 각 길목을 막도록 한 터라 지금 성 안이 텅 비어 있습니다. 우리 다섯 집의 하인들만 모아도 천 명은 넘습니다. 마침 오늘 밤 승상부에서 보름맞이 잔치를 크게 연다 하니 그 틈을 타 쳐들어가서 승상부를 둘러싸고 덮치면 됩니다. 이번 기회를 놓치면 안 됩니다!"

동승은 너무 기뻤다. 곧바로 집안의 하인들을 불러모은 뒤 저마다 무기를 갖추도록 하고, 자신도 갑옷 차림에 창을 들고 말에 올라탔다. 모두들 안으로 들어가는 문 앞에서 모여 한꺼번에 쳐들어가기로 약속을 했다.

밤이 제법 깊어지자 약속대로 다 모여들었다. 동승은 칼을 빼어 들고 바로 쳐들어갔다. 조조는 뒤채에서 한창 잔치를 열고 있었다.

"조조, 이 역적놈, 꼼짝 마라!"

동승은 크게 소리치며 힘껏 칼을 내리쳤다. 조조는 그 자리에서 폭 고꾸라졌다. 그 순간 동승은 잠에서 퍼뜩 깨어났다. 꿈이었다. 동승의 입에선 계속 "조조, 이 역적놈"이라며 꾸짖는 소리가 새어나왔다.

길평이 동승을 내려다보며 꾸짖는 말을 했다.

"허허, 조공을 해칠 생각인가요?"

동승은 정신이 번쩍 들었다. 너무 놀라 입이 떡 벌어졌다.

길평이 차분히 말했다.

"너무 놀라지 마십시오. 제가 비록 의원에 불과하지만 한나라 걱정을 잠시도 하지 않은 때가 없습니다. 저는 날마다 국구께서 한숨을 내쉬는 걸 보고도 그 까닭을 섣불리 여쭤지 못했습니다. 그런데 지금 꿈을 꾸시며 하시는 말씀을 듣고 속마음을 알았으니 굳이 감추지 마십시오. 저 같은 사람도 쓰일 데가 있다면 일가친척이 모두 화를 입더라도 후회하지 않겠습니다."

동승이 손등으로 눈물을 훔쳤다.

"괜히 마음에 없는 말 하지 말게!"

길평이 손가락 하나를 깨물어 피를 내보였다. 동승은 마침내 조서를 꺼내다 길평에게 보여주었다.

"아직까지 일을 못 일으키고 있는 건 현덕과 마등이 떠나버려 어찌해야 할지 몰라서이네. 그래서 속만 태우다 병이 났네."

길평이 고개를 끄덕였다.

"여러 공들께서는 너무 신경 쓰지 마십시오. 역적 조조 목숨은 내 손안에 들어 있습니다."

동승이 물끄러미 쳐다보자 길평이 자세히 일렀다.

"조조는 늘 머릿골이 깨지게 아픕니다. 한번 아프기 시작하면 뼛속까지 견딜 수 없을 정도입니다. 그때마다 제가 불려가서 치료를 해주고 있습니다. 머지않아 또 부르겠지요. 그때 독약을 타 먹여 죽일 수 있습니다. 그러면 되는데 굳이 군사를 일으킬 필요가 있겠습니까?"

"그렇게만 된다면 한나라는 그대가 구하는 것일세."

길평이 돌아가자 동승은 가벼운 마음을 안고 뒤채로 발걸음을 옮겼다. 그때였다. 어두운 곳에서 하인 진경동과 동승을 가까이서 모시는 운영이 속삭이는 것이 눈에 들어왔다. 동승은 화를 크게 내며 두 남녀를 잡아다 당장 죽이라고 했다. 그러나 부인이 말렸다. 동승은 두 사람에게 매 40대씩을 때리게 한 뒤 진경동은 쇠사슬에 묶어 냉방에 가두도록 했다.

진경동은 속이 부글부글 끓었다. 있는 힘을 다해 쇠사슬을 풀고 담을 넘은 뒤 승상부로 달려갔다. 조조가 그를 안쪽 조용한 방으로 불러들였다.

진경동이 달려온 까닭을 숨 가쁘게 풀어놓았다.

"왕자복·오자란·충집·오석·마등 다섯 사람이 저의 주인집에서 몰래 만났습니다. 승상을 해치기 위한 의논을 했습니다. 제 주인이 흰 천을 내놓자 모두들 거기다 무언가를 쓰더군요. 게다가 이번엔 길태의가 손가락을 깨물어 다짐도 하더군요."

조조는 진경동을 일단 부중에 숨겨두었다.

동승은 진경동이 멀리 도망쳤나보다 하고 굳이 찾으려 하지 않았다.

다음 날 조조는 머리가 몹시 아픈 척하며 길평을 불러 약을 지어달라고 했다. 길평은 속으로 '이 역적놈도 이젠 끝이다!'라며 독약을 몰래 가지고 승상부로 갔다. 조조는 자리에 누운 채 어서 약을 지어달라고 했다.

길평이 대답했다.

"이 약 한 번만 드시면 됩니다."

길평은 약탕관을 가져오라 하여 조조가 보는 데서 약을

달이기 시작했다. 약이 반쯤 달여졌을 때 독약을 탄 다음 약을 짜서 조조에게 바쳤다. 조조는 이미 독약이 들어 있는 걸 아는지라 약을 마시지 않고 일부러 머뭇거렸다.

길평이 재촉했다.

"따뜻할 때 드시고 땀을 내십시오."

조조가 일어나 앉으며 말했다.

"그대도 글깨나 읽었으니 반드시 예의를 알겠지. 임금이 병이 나 약을 먹을 때는 신하가 먼저 먹어보고, 아버지가 병이 나 약을 먹을 때는 자식이 먼저 먹어본다 했다. 그대는 내 아랫사람이 되어가지고 어째서 먼저 약을 먹어보지 않는고?"

길평은 속으로 찔끔했으나 얼른 둘러댔다.

"약은 병을 고치기 위해 먹습니다. 굳이 다른 사람이 먹어볼 필요가 있겠습니까?"

길평은 이미 일이 틀어졌음을 깨닫고 조조에게 달려들어 조조의 귀를 붙잡고 억지로 약을 먹이려 했다. 조조가 힘껏 내치는 바람에 약그릇이 바닥에 떨어지고, 쏟아진 약물에 바닥 벽돌들이 쩍쩍 금이 갔다. 조조가 미처 소리를 지르기도 전에 사람들이 달려들어 길평을 끌어냈다.

조조가 길평을 보며 꾸짖었다.

"나는 아픈 데가 없다. 너를 시험해보고 싶었을 따름이다.

길평이 조조를 죽이려 하다.

너는 내 짐작대로 나를 해치려 들었다!"

조조는 험상궂게 생긴 옥졸 20명을 불러 길평을 닦달하기 위해 뒤뜰로 끌고 가게 했다. 조조는 정자 위에 앉고, 길평은 꽁꽁 묶인 채 바닥에 내동댕이쳐졌다. 그러나 길평은 낯빛 하나 바뀌지 않은 채 꼿꼿했다.

조조가 비웃음을 지었다.

"네까짓 의원놈 혼자서 어찌 나한테 독약을 먹일 생각을 했겠느냐? 너한테 그 짓을 시킨 놈이 있을 테다. 그놈 이름만 대면 너는 용서해주마."

길평이 꾸짖었다.

"너는 임금을 속인 역적이다. 세상사람 모두 너를 죽이고 싶어 하는데 나라고 그런 마음이 없겠느냐!"

조조가 몇 번이나 같은 말을 되묻자 길평이 화를 내며 외쳤다.

"내 뜻에 따라 너를 죽이려 했을 뿐이다. 누가 나한테 시키고 말고 하겠느냐? 일이 그르쳐졌으니 이제 내가 죽으면 그만이다!"

조조는 있는 대로 화가 나서 옥졸들에게 사정없이 패라고 했다. 두어 시간 동안이나 두들겨 맞자 길평의 살점은 너덜너덜 뜯겨나가고 피가 바닥을 흥건히 적셨다.

조조는 길평이 죽으면 나중에 증인 역할을 못 하리라 여겨 일단 조용한 곳에 가두어두도록 하였다.

다음 날 조조는 뒤채에 술자리를 마련하고 벼슬아치들을 모이게 했다. 동승만이 병을 핑계 삼아 나오지 않았고, 왕자복을 비롯하여 다른 사람들은 조조의 의심을 살까봐 모두 술자리에 나왔다.

술잔이 몇 번 돌자 조조가 말했다.

"술자리가 좀 시시하구만. 술이 확 깰 놈을 보여주겠소."

조조가 옥졸 20명에게 명령했다.

"내 앞으로 끌고 오너라!"

잠시 뒤 큰칼을 쓴 길평이 끌려나왔다.

조조가 소리쳤다.

"여러분은 잘 모르시겠지만, 이놈이 못된 놈들과 짜고 나라를 배반하고 나를 죽이려 했지만 하늘이 막았소. 이놈 말을 좀 들어보시지요."

조조는 옥졸들더러 일단 두들겨 패라고 하였다. 길평이 까무러치자 얼굴에 물을 들이부었다. 길평은 깨어나자 눈을 부릅뜨고 이를 갈며 꾸짖었다.

"조조, 이 역적놈아! 나를 곧바로 죽이지 않고 왜 질질 끄느냐!"

조조가 소리쳤다.

"여섯 놈이 먼저 짠 게 맞지? 너까지 치면 일곱 명이지?"

길평은 다른 말 없이 욕설만 내뱉었다. 왕자복을 비롯한 네 사람은 서로 슬쩍 쳐다보았다. 모두들 바늘방석에 앉아 있는 듯했다.

조조는 계속 매질을 하게 했다. 까무러치면 그때마다 물을 들이붓길 되풀이했다. 길평이 끝내 불지 않자 조조는 길평을 끌고 가서 가두도록 했다.

술자리가 끝나고 모두들 돌아가는데, 조조는 왕자복을 비롯한 네 사람은 뒤풀이에 남으라 했다. 네 사람은 혼이 빠지는 느낌이었지만 어쩔 수 없었다.

조조가 애써 너스레를 떨듯 말했다.

"처음부터 남으라고 할 생각은 아니었소. 근데 꼭 물어볼 말이 있으니 어쩌겠소. 네 사람이 동승과 뭘 그리 잘 의논했나요?"

왕자복이 대답했다.

"아무것도 의논하지 않았소."

조조가 낯빛을 고치며 다그쳤다.

"흰 비단 천에 무얼 썼다는데?"

왕자복을 비롯하여 모두들 둘러댔다. 그러자 조조는 진경동을 데려오라 하여 마주 대하게 하였다.

왕자복이 진경동에게 다그쳐 물었다.

"네가 무얼 보았다는 게냐?"

진경동이 대답했다.

"여섯이서 사람들 눈을 피해 천에다 함께 글씨를 써놓고도 아니라고 하오?"

왕자복이 조조를 쳐다보았다.

"이놈은 동국구를 모시는 여자와 놀아나다 들켜 혼이 난 일이 억울해 제 주인을 헐뜯고 있소. 이놈 말을 곧이곧대로 믿으면 안 되오."

조조가 코웃음을 쳤다.

"길평이 나에게 독약을 먹이려 했는데, 동승 아니면 누가 시켰단 말이냐?"

네 사람은 모두 모르는 일이라고 잡아뗐다.

조조가 쐐기를 박듯 말했다.

"오늘 밤에 스스로들 털어놓으면 용서해주겠지만, 일이 다 드러날 때까지 숨기면 결코 용서하지 않겠다!"

네 사람은 계속 그런 일 없다고 입을 모아 잡아뗐다. 조조는 사람들을 불러 네 사람을 잡아 가두도록 했다.

다음 날 조조는 여러 사람을 거느리고 동승의 집으로 문병을 갔다. 동승이 어쩔 수 없이 나와서 맞자 조조가 물었다.

"어제는 왜 안 나왔소?"

동승이 대답했다.

"몸이 다 낫지 않아 바깥을 드나들지 못하고 있소."

조조가 빈정거렸다.

“나라를 걱정하는 병이 단단히 들었구려.”

동승은 속으로 깜짝 놀랐다. 조조가 틈을 주지 않고 소리 쳤다.

“국구는 길평이 한 짓을 알고 있소?”

“모르오.”

조조의 입꼬리에 싸늘한 웃음이 서렸다.

“국구가 모를 리가 있소?”

조조가 뒤를 돌아보았다.

“끌어내서 국구의 병이 싹 가시도록 하라.”

동승이 어쩔 줄 몰라 하는데 옥졸 20명이 길평을 뜰아래 로 끌고 왔다. 길평은 계속 욕설을 퍼부어댔다.

“조조, 이 역적놈아!”

조조가 길평을 손가락으로 가리키며 동승을 노려보았다.

“이놈이 이미 불어서 왕자복을 비롯해 네 놈은 붙잡아 옥 에 가두고 왔는데 아직 한 사람을 잡지 못했소.”

조조는 이번엔 길평을 노려보았다.

“누가 너더러 나를 독약 먹여 죽이라고 하더냐? 빨리 털 어놓아라!”

길평이 대답했다.

“하늘이 나더러 역적놈을 죽이라고 하더라!”

조조는 화가 나서 다시 매질을 시켰다. 그러나 길평의 몸은 더 때릴 곳이 없었다. 이 꼴을 보고 있는 동승의 가슴은 칼로 저미는 것만 같았다.

조조가 다시 길평에게 물었다.

"원래 네 손가락은 열 개였는데 지금은 어째서 아홉 개밖에 없느냐?"

"나라의 역적을 죽일 걸 다짐할 때 하나를 씹어먹어버려서 그렇다!"

조조는 칼을 가져오라 하여 뜰아래로 가더니 길평의 손가락 아홉 개를 잘라버렸다.

"이제 모두 잘랐으니 더 크게 다짐해보아라!"

"아직 입이 있으니 역적놈을 삼킬 수 있고, 혀가 있으니 역적놈을 꾸짖을 수 있노라!"

조조는 길평의 혀를 잘라버리라고 했다. 그때 길평이 말했다.

"잠시 손을 멈추어라. 더는 참을 수 없으니 다 털어놓겠다. 좀 풀어다오."

길평은 묶인 몸이 풀리자 대궐 쪽을 보고 절을 했다.

"제가 나라를 위해 역적을 없애려 했는데 그리하지 못했습니다. 하늘의 운수가 그 정도로 그쳐서 어찌겠습니까!"

절을 마친 길평은 댓돌에 머리를 들이박아 스스로 목숨

을 끊고 말았다. 조조는 길평의 머리와 팔다리를 잘라버리라고 명령했다. 때는 건안 5년 정월이었다.

이를 두고 역사를 기록하던 벼슬아치가 시를 남겼다.

한나라는 다시 일어날 낌새가 없는데

나라 병 고치려는 길평이 있었네

간사스런 무리들 없애겠다 다짐하고

제 몸 내던져 나라 은혜 갚으려 했네

독한 벌 받을수록 더욱 매서운 말 쏟아지고

몸은 끔찍하게 죽었지만 그 기운 아직 살아 있네

열 손가락 잘린 자리에 붉은 핏방울 맺혀

두고두고 그의 이름 살아나리

조조는 길평이 죽자 진경동을 데려오게 한 뒤 동승을 노려보았다.

"국구는 이 사람을 알지요?"

동승이 화를 크게 냈다.

"도망친 종놈이 여기 있구나! 당장 죽여야겠다!"

조조가 손을 내저었다.

"저 사람이 이번 일을 알려주어서 서로 확인시키려는데 누구 맘대로 죽이겠다는 거요?"

"승상은 어째서 도망친 종놈의 한쪽 말만 믿으시오?"

"왕자복이랑 모두 잡혀와 다 털어놓았다. 그런데도 너는 버티겠다고?"

조조는 동승을 끌어내게 한 뒤 집안을 샅샅이 뒤지게 해서 옥띠와 조서, 이름을 적은 천 등을 찾아냈다.

조조가 소리쳐 웃었다.

"쥐새끼 같은 것들이 별짓을 다했구만! 동승의 가족이고 종들이고 가리지 말고 모두들 잡아 가두어라! 한 놈도 놓치지 마라."

조조는 승상부로 돌아오자마자 가져온 것들을 모사들에게 보여주며 황제를 갈아치울 일을 의논했다.

몇 줄 조서가 다 헛되이 끝나는구나
이름 적어 다짐한 게 불행의 씨앗이라

과연 황제의 목숨은 어찌 될까…….

누구든 마구 죽이는 조조

역적은 동귀비를 끔찍하게 죽이고
유비는 싸움에 져서 원소한테 가다

조조는 동승의 집에서 가져온 것들을 모두 모사들에게 내보이며, 덕 있는 사람을 골라 새로 황제로 세우자고 했다. 그러나 정욱이 말렸다.

"명공께서 사방에 이름을 묵직하게 떨칠 수 있고 세상을 다스릴 수 있는 건 바로 한나라 이름을 받들고 있기 때문입니다. 아직 지방의 제후들도 다 다스리지 못했는데 갑자기 황제를 갈아치운다면 틀림없이 여기저기서 군사를 일으킵니다."

조조는 그 말을 받아들였다. 그 대신 동승을 비롯한 다섯 사람과 그들의 일가친척을 늙은이·어린이 가리지 않고 모두 다 문밖으로 끌어다 죽이니, 죽은 사람이 무려 7백 명이 넘었다. 성 안의 벼슬아치든 백성이든, 이를 보고 눈물을 흘리지 않는 이가 없었다.

훗날 어떤 이가 동승을 기리는 시를 읊었다.

옥띠 속에 감추어진 비밀 조서
천자의 말씀이 대궐 문을 나왔네
지난날 천자를 구한 일이 있어
그날 다시 은혜가 이어졌네
나라 걱정하다 병을 얻어
꿈속에서도 간사스런 자를 없애려 했네
충성스럽고 곧은 지조 길이길이 빛나니
성공과 실패를 굳이 따져 뭐하리

왕자복을 비롯한 네 사람을 기리는 시도 있다.

흰 천에 이름 적어 충성을 다짐하니
나라 은혜 갚으려는 그 마음 깊고 깊다
나라를 붙들어세우자고 일가친척 다 버렸으니
충성스런 그 마음 두고두고 빛나리

조조는 동승을 비롯하여 많은 사람을 죽이고도 분이 풀리지 않아 칼을 차고 궁으로 들어갔다. 동귀비를 죽이기 위해서였다. 동귀비는 동승의 딸인데, 황제의 사랑을 받고 있는 몸으로 아이를 밴 지 다섯 달째였다.

황제는 이날 뒤쪽 궁에서 복황후와 함께 동승에게 부탁한 일에 대해 이야기를 나누고 있었다. 여태껏 아무런 소식이 없어 마음에 걸렸다. 그때 갑자기 칼을 찬 조조가 화난 얼굴로 들어왔다. 황제는 놀라 낯빛이 변했다.

조조가 다짜고짜 지껄였다.

"동승이 배반한 일을 알고 계십니까?"

"동탁은 이미 죽었잖소?"

조조가 소리를 꽥 질렀다.

"동탁이 아니고 동승 말입니다!"

황제는 두려움에 벌벌 떨었다.

"나는 아무것도 모르오."

"손가락을 깨물어 비밀 조서를 쓴 일을 잊으셨소?"

황제는 아무 대답을 할 수가 없었다. 조조는 동귀비를 잡아오게 했다.

황제가 사정을 했다.

"동귀비가 아이를 가진 지 다섯 달째요. 부디 승상께서 불쌍히 여겨주시오."

"만약에 하늘이 돕지 않았다면 나는 벌써 죽었을지 모르오. 이런 계집을 살려두었다가 뒤탈을 또 만들란 말이오?"

복황후도 사정했다.

"차가운 궁에 가두어두었다가 아이라도 낳은 뒤에 죽여도 늦지 않습니다."

"역적의 씨를 낳게 해서 제 어미를 죽인 원수를 갚게 할 생각이오?"

동귀비가 울면서 사정했다.

"나를 죽이더라도 험하게만 죽이지 말고, 죽은 뒤에도 길바닥에 널어놓지만 마시오."

조조가 흰 천 한 자락을 내던졌다.

황제가 울면서 동귀비를 달랬다.

"저세상에 가더라도 나를 너무 원망하지 마시오."

말을 마친 황제는 눈물을 비 오듯 흘렸다. 복황후 역시 큰소리로 울었다.

조조가 소리를 꽥 질렀다.

"계집아이들처럼 계속 징징 짜고만 있을 테요?"

조조가 무사들에게 동귀비를 끌고 나가라 했다. 그들은 궁 문 밖에서 동귀비를 목을 졸라 죽였다.

나중에 어떤 이가 동귀비를 두고 안타까워하며 시를 읊었다.

봄 대궐에서 받던 사랑 다 허물어지는구나

가슴 아프도다, 황제의 핏줄까지 같이 끊어지다니

거침없어야 할 황제도 이를 구하지 못하고

바라보기만 하면서 하염없이 눈물만 흘리네

조조는 궁궐지기들에게 단단히 일렀다.

"지금부터는 황제의 외가 친척이든 친족이든, 내 허락 없이 궁 문을 들어오는 이는 목을 베라. 궁 문을 제대로 지키지 못하는 이가 있으면 그 사람도 마찬가지다."

이어 조조는 믿을 만한 부하 3천 명을 어림군에 넣어 조홍이 거느리면서 감시를 철저히 하도록 했다.

조조가 정욱을 불렀다.

"이번에 동승의 무리는 죽여 없앴지만 마등과 유비가 아직 남아 있소. 어떻게든 해치워야 하오."

"마등은 서량에 군사를 두고 있어 가볍게 칠 수가 없습니다. 그러니 편지를 보내 일단 마음을 놓게 한 다음 이곳으로 꾀어내서 없애십시오. 유비는 지금 서주에 머물며 앞뒤로 적을 칠 준비를 하고 있어 역시 가볍게 칠 수가 없습니다. 게다가 원소는 관도에다 군사를 모아놓고 허도로 쳐들어올 틈을 노리고 있습니다. 만일 유비를 치기 위해 우리가 동쪽으로 가면 유비는 틀림없이 원소에게 도와달라고 할 겁니

다. 그리되면 원소는 우리의 빈틈을 노리고 쳐들어올 게 뻔
합니다. 그러면 어떻게 막아내시렵니까?"

"그렇지 않소. 유비는 보통 사람이 아니라서 이런 때 치지
않고 날개까지 달도록 내버려두면 나중에는 어찌해볼 수가
없게 되오. 원소는 강하기는 하지만, 무슨 일이든 벌어지면
의심이 많아 쉽게 결정을 못 하고 머뭇머뭇하는 사람이라
걱정할 게 없소!"

이렇게 한참 동안 의논을 하고 있는데 곽가가 들어왔다.
조조가 그에게 물었다.

"내 이제 동으로 유비를 치러 가고 싶은데, 그 틈을 타 원
소가 쳐들어올까봐 걱정이오. 어떡하면 좋겠소?"

곽가가 대답했다.

"원소는 원래 느려터진데다 의심이 많고 모사들도 서로
시샘하고 미워한다니 걱정할 까닭이 없습니다. 유비는 군
사를 새로 짠 지 얼마 안 되어서 아직 군사들의 마음을 다잡
지 못하고 있을 겁니다. 이럴 때 승상께서 몸소 군사를 거느
리고 가서 동쪽을 치기만 하면 한 번 싸움으로 이길 수 있습
니다."

조조는 크게 기뻐했다.

"그대 말이 바로 내 생각이오."

마침내 조조는 20만 대군을 일으킨 뒤 다섯 길로 나누어

서주를 향해 나아갔다.

이 사실이 서주에 보고되자 손건은 하비로 달려가서 관우에게 알린 뒤 곧바로 소패로 가서 유비에게도 알렸다.

손건의 보고를 받은 뒤 유비가 말했다.

"원소에게 가서 도와달라고 해야 이 어려움에서 벗어날 수 있겠소."

유비는 편지 한 통을 써 손건에게 주며 하북으로 가도록 했다. 손건은 먼저 전풍을 찾아가 앞뒤 사정을 설명하며 원소를 만나게 해달라고 했다. 전풍은 곧장 손건을 데리고 원소에게 갔다. 원소의 얼굴엔 근심이 가득했고, 몸가짐도 단정하지 못했다.

전풍이 말했다.

"오늘 주공께 무슨 일이 있으십니까?"

원소가 힘없이 대꾸했다.

"나는 머지않아 죽을 것 같소!"

"주공께선 왜 그런 말씀을 하십니까?"

"내 다섯 아들 가운데 막내 녀석을 가장 사랑했는데, 그 녀석이 지금 옴이 올라 곧 죽게 되었소. 내 이런 처지인데 다른 일에 정신을 쓸 수 있겠소?"

"지금 조조는 동쪽으로 유현덕을 치러 갔기에 허도가 비어 있습니다. 이 빈 틈을 타 곧장 의로운 군사를 일으켜 들이치면, 위로는 천자를 보호하고 아래로는 만백성을 구할 수 있습니다. 이런 기회는 자주 있지 않으므로 명공께서는 얼른 결정을 하십시오."

"나 역시 이번이 좋은 기회인 줄 알고 있소. 그러나 지금 내 마음이 어수선하니 군사를 일으키고 싶지 않소."

"무엇 때문에 그렇게 어수선하시다는 겁니까?"

"내 다섯 아들 가운데 이 아이가 가장 똑똑한데, 자칫 잘못되면 나도 더 살 수가 없소."

원소는 끝내 군사를 일으키지 않기로 하고 손건에게 말했다.

"그대는 돌아가서 현덕에게 이런 까닭을 자세히 이르시오. 만약에 일이 잘못되면 그때 나를 찾아오라 하시오. 그러면 도울 수 있는 데까지 도와주겠소."

전풍은 지팡이로 땅을 치며 한숨을 내쉬었다.

"두 번 다시 오지 않을 기회를 만났는데 그깟 어린아이 병 때문에 기회를 날려버리다니! 다 끝났다. 원통하고 분하구나!"

전풍은 발을 구르며 길게 한숨을 뱉은 뒤 나갔다.

손건은 원소가 군사를 일으킬 뜻이 없는 걸 확인하자 하는 수 없이 밤을 도와 소패로 돌아와서 유비에게 보고 들은 대로 다 얘기했다.

유비가 깜짝 놀랐다.

"일이 이렇게 되면 어떡해야 하나?"

장비가 나섰다.

"형님, 아무런 걱정 마십시오. 조조 군사는 먼 길을 오느라 틀림없이 지쳐 있을 테니, 오자마자 쉴 틈을 주지 않고 영채를 바로 들이치면 무찌를 수 있습니다."

"너를 그저 힘센 장사로만 알았는데 유대를 사로잡을 때 보니 제법 꾀를 내더니만, 지금 말한 것도 싸움의 이치에 제법 맞구나."

유비는 장비의 말을 좇아 군사를 나누어 조조의 영채를 덮치기로 하였다.

한편 조조는 군사를 이끌고 소패를 향해 가고 있었다. 갑자기 세찬 바람이 일더니 상아로 꾸민 큰 깃대가 뚝 부러졌다. 조조는 군사들을 제자리에 멈추게 하고 모사들을 불러 좋은 일인지 나쁜 일인지를 물었다.

순욱이 대꾸했다.

"바람이 어느 쪽에서 불어왔습니까? 또 부러진 깃대의 깃발은 무슨 색입니까?"

조조가 설명했다.

"바람은 동남쪽에서 불어왔고, 모퉁이 쪽에 있는 깃발인

푸른색과 붉은색 깃발이 달린 깃대가 부러지다.

데 푸른색과 붉은색 두 색이오.”

“다른 게 아니라 이건 오늘 밤 쳐들어오려고 하는 유비의 기운이 뻗쳐서 그렇습니다.”

조조가 머리를 끄덕였다. 그 사이 모개가 들어와 물었다.

“조금 전에 동남풍이 불어와 푸른색과 붉은색 깃발이 달린 깃대를 부러뜨렸는데, 주공께서는 무슨 일이 일어난다고 생각하십니까?”

조조가 되물었다.

“공은 무슨 일이 일어나리라 생각하시오?”

“제가 잘 모르긴 하지만, 오늘 밤 누군가가 영채를 쳐들어올지도 모른다는 느낌이 듭니다.”

훗날 어떤 사람이 이때의 일을 몹시 아쉬워하며 지은 시가 있다.

아아, 황제를 위하는 이들은 고달프기 짝이 없구나

영채를 몰래 덮쳐 끝장내려 하였는데

때맞춰 깃대 부러져 이쪽 사정 알게 하는구나

하늘이여, 어찌하여 간사스런 조조 편을 드는가

조조가 모두를 돌아보았다.

“하늘이 내게 미리 알려주었으니 막을 준비를 해야겠다.”

조조는 전체 군사를 아홉으로 나눈 뒤 한 부대만 앞으로 나아가 영채를 세우게 하고 나머지는 여덟 방향으로 나누어 숨어 있게 하였다.

밤이 되었다. 달빛이 뚜렷하지 않았다. 유비는 왼쪽으로, 장비는 오른쪽으로 나누어 들이치기로 했다. 손건만이 남아 소패를 지켰다.

장비는 자기가 생각한 대로 일이 풀리는 성싶어 들떴다. 그래서 가볍게 무장한 말 탄 군사들만 데리고 조조의 영채로 쳐들어갔다. 그러나 영채 안은 사람과 말이 별로 보이지 않고 거의 비어 있다시피 했다. 바로 그 순간 사방에서 불길이 솟아오르고 외침 소리가 밤하늘을 가득 메웠다. 장비는 적의 속임수에 빠진 걸 알아차리고 급히 영채 밖으로 빠져나왔다.

조조군은 여덟 갈래로 나누어 동쪽에서는 장료가, 서쪽에서는 허저가, 남쪽에서는 우금이, 북쪽에서는 이전이, 동남쪽에서는 서황이, 서남쪽에서는 악진이, 동북쪽에서는 하후돈이, 서북쪽에서는 하후연이 한꺼번에 무찔러 들어왔다.

장비는 이리저리 날뛰며 닥치는 대로 앞을 막고 뒤를 치며 빠져나갈 길을 뚫으려 애썼다. 장비가 거느린 군사들은 원래 조조 밑에 있던 군사들이었다. 그들은 돌아가는 판이 어렵게 되자 싸울 마음을 내지 않고 얼른 항복해버렸다.

장비는 치고받으며 싸우다 보니 서황과 맞닥뜨리게 되었다. 둘이 한판 크게 싸우고 있는데 뒤에서 악진이 쫓아왔다. 장비가 가까스로 길을 뚫고 달아나는데, 겨우 말 탄 군사 수십 명만이 뒤따를 뿐이었다. 소패로 돌아가려 했으나 이미 길이 막혀 있었다. 장비는 서주나 하비로 갈까 하는 생각을 잠깐 했으나 그쪽 역시 조조군이 막고 있을 듯싶어 포기했다. 아무리 궁리해도 갈 곳이 마땅치 않았다. 생각 끝에 장비는 망탕산 쪽으로 달아났다.

유비 역시 조조의 영채를 덮치려고 군사를 이끌고 다가갔다. 바로 그때 외침 소리가 하늘을 찌르며 뒤쪽에서 한 떼의 군사가 덮쳐 유비 군사를 둘로 나누어버렸다. 아차 하는 순간 하후돈이 달려들었다. 달아날 구멍을 찾아 겨우 내빼는데 이번엔 하후연이 쫓아왔다. 돌아보니 말 탄 군사 30명 정도만이 뒤를 따를 뿐이었다. 소패로 돌아가려고 달려가는데 멀리 소패성에서 불길이 올라오는 게 보였다. 소패로 가는 걸 그만두고 서주와 하비를 떠올렸다. 그러나 조조군이 이미 산과 들에 가득 차서 뚫고 나갈 길이 없었다.

유비는 아무리 생각해도 갈 곳이 없었다. 그 순간, 일이 잘못되면 자기를 찾아오라고 했다던 원소의 말이 떠올랐다.

'원소한테 가서 잠시 얹혀 있으면서 앞날을 생각해보자.'

마침내 유비가 청주 쪽으로 달아나기 시작하는데 이번엔 이전이 앞을 가로막았다. 유비는 깜짝 놀라 이전을 피해 북쪽으로 죽어라 도망쳤다. 이전은 유비를 따르던 말 탄 군사들을 모조리 잡아갔다.

유비는 혼자서 청주를 향해 하루에 3백 리씩 말을 달렸다. 청주성 아래에 이르자 문을 열라고 외쳤다. 문지기가 이름을 물은 뒤 곧바로 자사에게 보고했다. 자사는 원소의 맏아들인 원담이었다. 원담은 원래 유비를 존경했는데, 유비가 혼자 말을 타고 왔다는 보고를 받자 곧장 성 문을 열고 나와 맞은 뒤 혼자 온 까닭을 물었다. 유비는 싸움에 져서 몸을 맡기러 온 과정을 자세히 설명했다.

원담은 유비가 안에 머무르는 동안 아버지인 원소에게 편지를 보냈다. 이어 군사 몇을 유비에게 붙여주며 평원 땅 가까운 데까지 모시게 했다. 원소는 여러 사람을 거느리고 업군 30리 밖까지 나와 유비를 맞았다. 유비가 절을 하며 고마움을 나타내자 원소가 얼른 맞절을 했다.

"지난번엔 어린 자식이 병이 나 도와드리지 못해 미안하기 짝이 없었소. 다행히 이렇게 서로 만났으니 평생 그리던 마음이 풀리는 성싶소."

"오갈 데 없는 유비는 진즉 오고 싶었으나 마땅한 기회를 만나지 못했습니다. 이번에 조조가 쳐들어오는 바람에 가족마저 적의 손아귀에 빼앗기고 생각해보았습니다. 장군께서는 천하의 인물들을 받아들이는 품이 넓다 하시기에 부끄러움을 무릅쓰고 찾아왔습니다. 거두어주신다면 그 은혜를 반드시 갚겠습니다."

원소는 크게 기뻐하며 유비를 잘 대접하고 함께 기주에 살도록 했다.

조조는 그날 밤 소패를 손안에 넣은 뒤 곧장 서주로 쳐들어갔다. 미축과 간옹이 서주성을 지키지 못하고 달아나자 진등이 성 문을 열어 조조에게 바쳤다. 조조는 대군을 거느리고 성 안으로 들어가 백성들을 안심시켰다. 이어 모사들을 불러모아 하비를 어떻게 쳐야 하는지를 의논했다.

순욱이 말했다.

"운장은 현덕의 가족을 보호하고 있어 죽기 살기로 성을 지키고 있을 터입니다. 빨리 빼앗지 않으면 원소가 먼저 차지할지 모릅니다."

조조가 말했다.

"나는 평소에 운장의 무술에 관한 재주와 사람됨을 좋아해왔소. 이번 기회에 그를 내 사람으로 만들고 싶소. 누구를 보내 항복하도록 달래보면 좋겠소?"

곽가가 고개를 저었다.

"운장은 의리를 중요하게 여기기 때문에 틀림없이 항복하지 않습니다. 괜히 사람을 보냈다가 도리어 다치게 될지 모릅니다."

그때 장막 아래에서 한 사람이 나섰다. 장료였다.

"제가 관공과 아는 사이니 한번 가서 달래보겠습니다."

정욱이 나섰다.

"문원이 비록 운장과 아는 사이라 하나, 제가 보기에 그 사람은 말로 달래서 들을 사람이 아닙니다. 저한테 좋은 생각이 하나 있습니다. 그 사람이 나아갈 수도, 물러날 수도 없게 해놓고 문원이 가서 달래면 반드시 승상께 굽히고 들어옵니다."

감추어놓은 활로 사나운 범을 쏘고
향기 나는 미끼를 던져 큰 고기를 낚네

과연 정욱의 생각은 뭘까…….

박상률 완역 삼국지 2

ⓒ 박상률, 백남원, 2025

초판 1쇄 인쇄 ┃ 2025년 10월 29일
초판 1쇄 발행 ┃ 2025년 11월 6일

옮긴이 ┃ 박상률
책임편집 ┃ 배상현
콘텐츠 그룹 ┃ 배상현, 김다미, 김아영, 박화인, 기소미
표지 디자인 ┃ design R 이보람
본문 디자인 ┃ 스튜디오 보글

펴낸이 ┃ 전승환
펴낸곳 ┃ 책 읽어주는 남자
신고번호 ┃ 제2024-000099호
이메일 ┃ bookpleaser@thebookman.co.kr

ISBN
979-11-93937-86-0 (세트)
979-11-93937-88-4 (04820)